KB214157

야성이 부르는 소리

잭 런던
걸작선 4

야성이 부르는 소리

THE CALL
OF THE WILD
AND OTHER STORIES

잭 런던 | 곽영미 옮김

궁리
KungRee

차례

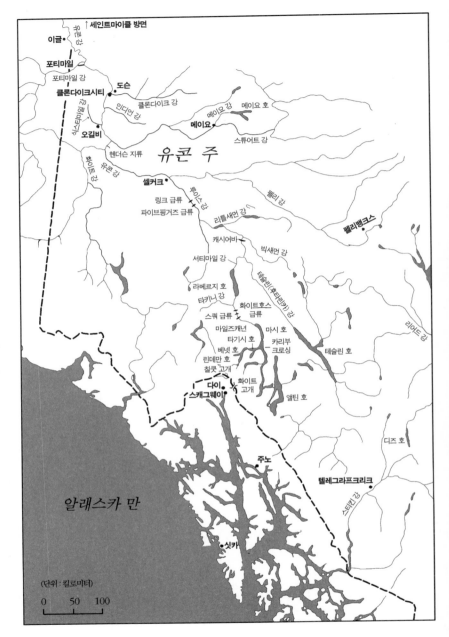

↑ 세인트마이클 방면

이글

포티마일

포티마일 강

클론다이크시티

도슨

인디언 강

클론다이크 강

메이요 강

메이요 호

메이요

스튜어트 강

오길비

헨더슨 지류

유콘 주

유콘 강

셀커크

링크 급류

파이브핑거즈 급류

리틀새먼 강

펠리 강

펠리뱅크스

캐시어바

빅새먼 강

서티마일 강

라베르지 호

타키니 강

화이트호스 급류

테슬린(후탈린쿠) 강

스쿼 급류

마일즈캐년

마시 호

베넷 호

타기시 호

카리부 크로싱

린데만 호

테슬린 호

칠쿳 고개

다이

스캐그웨이

화이트 고개

앨틴 호

리어드 강

주노

디즈 호

텔레그라프크리크

알래스카 만

스티킨 강

싯카

(단위 : 킬로미터)

0   50   100

◆ 위의 클론다이크 지역 지도는 원서에 없는 것으로 독자들의 이해를 돕고자 제작하였다.

THE CALL OF THE WILD

야성이 부르는 소리

JACK LONDON

1

문명 세계에서 원시 세계로

유랑을 향한 오랜 갈망이 솟구쳐
관습의 굴레를 벗겨내고,
겨울잠에 빠진
야성을 다시 일깨운다.

벅은 신문을 읽지 않았다. 신문을 읽었다면, 자신만이 아니라 퓨
젓사운드에서 샌디에이고에 이르는 연안 지대에 사는 억센 근
육에 따뜻하고 덥수룩한 털을 가진 모든 개들에게 시련이 닥쳐
오고 있다는 사실을 알았을 것이다. 북극의 암흑 지대를 탐색하
던 사람들이 노란 금속을 발견하고 증기선 회사와 운송 회사가
그 발견을 떠들어대자 수천 명이 북극으로 몰려들었다. 이 사람

들은 개를 원했다. 그것도 고된 일을 할 만한 억센 근육과 모진 추위도 견딜 수 있는 털가죽을 가진 큼지막한 개를 말이다.

벅은 양지바른 산타클라라 계곡의 큰 저택에 살았다. 사람들은 그 집을 밀러 판사 댁이라 불렀다. 한길에서 어느 정도 떨어진 저택은 나무들에 반쯤 가려져 있었고, 나무들 사이로 집을 빙 둘러싼 넓고 시원스러운 베란다가 언뜻 보였다. 저택에 가려면 가지들이 뒤얽힌 키 큰 포플러 아래 넓은 잔디밭 사이로 꼬불꼬불 휘어진 자갈길을 지나야 했다. 저택의 뒤쪽 공간은 앞쪽보다 훨씬 넓었다. 열두 명의 마부들과 사내아이들이 왁자하게 떠들어대는 큼직한 마구간들, 담쟁이덩굴로 뒤덮인 하인들의 오두막집들, 끝없이 질서정연하게 늘어선 헛간들, 기다란 포도밭, 푸른 목초지, 과수원, 딸기밭이 있었다. 지하수를 퍼올리는 펌프와, 밀러 판사의 아들들이 아침마다 뛰어들고 더운 한낮이면 더위를 식히는, 시멘트로 된 커다란 물탱크도 있었다.

이 광대한 영토를 벅이 지배하고 있었다. 그는 여기서 태어나 4년 동안 살아왔다. 사실 벅 말고 다른 개들도 있었다. 이렇게 넓은 땅에 다른 개들이 없을 리 만무했지만, 그들은 중요한 축에 들지 않았다. 그 개들은 혼잡한 개집을 들락날락하거나 일본 발바리인 투츠나 멕시코 종인 털 없는 이자벨을 따라 집안 한구석에서 있는 듯 없는 듯 조용히 살았다. 투츠와 이자벨은 여간해선 문밖으로 코를 내밀거나 발을 땅에 내딛지 않는 별종들이었다. 반면에 스무 마리 정도 되는 폭스테리어(영국 원산의 애완견으로, 키가 40센티미터 정도 되는 작은 개이다. 여우 사냥에 많이 쓰여서 이 이름이 붙여졌다. 감각이 예민하고 행동이 민첩하며 두뇌가 총명하다―옮긴이)들은 빗자루와 대걸레로 무장한 하녀들의 보호를 받으며 창밖으로 자신들을 쳐다보고 있는 투츠와 이자벨에게 혼을 내줄 듯이 무섭게 짖어댔다.

그러나 벽은 집 안에만 있는 개도, 개집에만 사는 개도 아니었다. 저택 전체가 그의 것이었다. 그는 물탱크에 뛰어들거나 판사의 아들들과 사냥을 나가기도 했다. 해질녘이나 이른 아침에 긴 산책을 나서는 판사의 두 딸 몰리와 앨리스를 호위하기도 했다. 겨울밤이면 활활 타오르는 서재의 벽난로 앞에서 판사의 발밑에 누워 있기도 했다. 판사의 손자들을 등에 태워주고 풀 위에 뒹굴려주기도 했고, 그 아이들이 뒤뚱거리는 걸음으로 마구간 뜰에 있는 분수와 심지어 그 너머 작은 목장과 딸기밭으로 모험을 떠날 때면 곁을 지켜주었다. 벽은 폭스테리어들을 지나칠 때는 도도하게 걸었고, 투츠나 이자벨은 아예 무시했다. 그것은 벽이 인간들을 포함해 밀러 판사 댁의 날고 기는 모든 것들 위에 군림하는 왕이었기 때문이다.

벽의 아버지 엘모는 몸집이 큰 세인트버나드 종(스위스 원산의 몸집이 아주 큰 개로, 구조견으로 길러졌다. 성 베르나르두스가 페나인 알프스에서 길을 잃거나 위험에 처한 사람들을 구조한 데서 이름을 따왔다. 큰 머리와 억센 주둥이를 가지고 있으며 귀는 늘어졌고,

눈은 검은색이며, 털이 길다—옮긴이)으로 밀러 판사가 가는 곳이면 어김없이 따라다녔는데, 벽도 아버지의 뒤를 충분히 이을 것 같았다. 벽은 스코틀랜드산 양치기 개인 어머니 셰프를 닮아 덩치가 크지 않고 몸무게도 64킬로그램밖에 나가지 않았다. 그럼에도 불구하고 64킬로그램이라는 무게에 풍족한 생활과 주위의 존경에서 비롯된 위엄이 더해져, 벽은 왕족다운 행동을 취할 수 있었다. 태어나서 4년을 사는 동안 귀족적인 삶을 실컷 누렸다. 우물 안 개구리처럼 지내는 시골 신사들처럼 벽도 자부심이 강했고 약간 자기중심적이었다. 그렇다고 집만 지키는 아주 응석받이 개가 되지는 않았다. 사냥 같은 야외 활동으로 비계 없는 탄탄한 근육을 유지했다. 냉수욕을 좋아하는 사람처럼 벽도 물을 좋아해서 늘 원기왕성하고 건강했다.

1897년 가을까지, 벽은 그렇게 지냈다. 그해 클론다이크의 노다지는 전 세계 사람들을 극한의 북쪽 땅으로 불러들였다. 그러나 벽은 신문을 읽지 않았고, 정원사의 조수들 중 한 명인 매뉴얼이 탐탁지 않은 인간이라는 것도 몰랐다. 매뉴얼에게는 한 가지 못된 버릇이 있었다. 그는 중국 도박을 너무 좋아했다. 게다가 도박꾼들에게 늘 따라붙는 약점—일확천금의 꿈—을 가지고 있었다. 이 때문에 그의 파멸은 불을 보듯 뻔했다. 도박을 하려면 돈이 필요했지만, 정원사 조수의 임금으로는 아내와 여러 자식을 먹여 살리기에도 힘에 부쳤다.

매뉴얼이 배신을 한 그 잊지 못할 밤, 밀러 판사는 건포도 업자 조합 회의에 참석하고 있었고, 아이들은 운동 모임을 준비하느라 바빴다. 그래서 매뉴얼과 벽이 과수원을 지나는 모습을 아무도 못 보았다. 벽은 그저 산책을 가는 거라고만 생각했다. 단 한 사람을 제외하곤, 그들이 칼리지 파크라는 작은 간이역에 도착하는 것을 본 사람도 없었다. 그 사나이는 매뉴얼과 이야기를 나눴고, 둘 사이에선 돈이 쨍그랑거렸다.

"물건을 건네려면 미리 좀 묶고 올 것이지." 낯선 사내가 퉁명스럽게 말하자 매뉴얼은 벽의 개목걸이 아래 튼튼한 밧줄을 두 번 감았다.

"비트슈. 그래야 목이 확 조일 테니." 매뉴얼이 말하자 그 낯선 사내는 툴툴거리며 그리하겠다고 했다.

벽은 얌전히 위엄 있게 밧줄을 받아들였다. 분명 전에 없던 일이지만 그는 지금까지 자신이 아는 사람들을 믿어야 한다고, 또한 자신보다 나은 인간의 지혜를 인정해야 한다고 배웠다. 그러나 밧줄의 양끝이 모르는 사람의 손으로 옮겨지자 벽은 위협적으로 으르렁거렸다. 이제까지는 그렇게만 하면 통한다는 자부심으로 자신의 불쾌감을 알려왔다. 그런데 놀랍게도 밧줄은 숨을 못 쉬게 할 정도로 목을 조여왔다. 벽은 화가 치밀어 사내에게 달려들었다. 하지만 그는 오히려 벽의 목덜미를 꽉 움켜잡더니 잽싸게 비틀어 내동댕이쳤다. 밧줄은 사정없이 조여들었다. 벽은 너무 화가 나서 대들었지만, 혀가 축 늘어지고 숨만 찰 뿐이었다. 이런 지독한 대우를 받는 것도, 이렇게 화가 난 것도 난생처음이었다. 점점 기운이 빠지면서 눈이 흐릿해졌고, 두 사내가 역으로 들어온 기차 화물칸에 자신을 던져넣었을 때는 의식을 완전히 잃었다.

정신이 들었을 때 벅은 혀가 얼얼했다. 그리고 자신이 화물 열차 비슷한 것에 탔다는 사실을 희미하게 의식했다. 건널목을 지나면서 기차가 울리는 날카로운 기적소리가 자신이 있는 곳을 알려준 것이다. 판사와 자주 여행을 다녔던 벅은 화물 열차의 진동을 잘 알았다. 벅은 눈을 떴다. 두 눈에는 납치된 제왕의 억제할 수 없는 분노가 서렸다. 낯선 사내가 그의 목을 움켜 잡으려 달려들었지만, 벅이 더 빨랐다. 이빨로 그의 손을 물고서 다시 한 번 의식을 잃을 때까지 놓지 않았다.

"아, 발작이에요." 사내는 싸움소리를 듣고 달려온 수하물 관리인에게 찢긴 손을 감추면서 말했다. "샌프란시스코에 있는 주인에게 데려가는 길입니다. 거기 일류 수의사는 고칠 수 있다고 해서요."

사내는 그날 밤의 여행에 대해 샌프란시스코 해안가의 한 술집 뒤에 붙은 작은 창고에서 자못 웅변조로 지껄였다.

"이 짓으로 내가 받는 몫이 겨우 50달러요." 그가 투덜거렸다. "이젠 현금 박치기로 1,000달러를 준대도 두 번 다시 안 할라요."

그의 한쪽 손엔 피로 얼룩진 손수건이 둘러져 있었고, 오른쪽 바지 자락은 무릎에서 발목까지 찢겨져 있었다.

"저쪽은 얼마나 받았나?" 술집 주인이 물었다.

"100달러요." 사내가 말했다. "한 푼도 에누리 안 되니까 좀 봐주슈."

"그럼 150달러로군." 술집 주인이 계산을 했다.

"그만한 값어치가 있겠어. 아님 내 손에 장을 지지지."

납치범은 피로 얼룩진 손수건을 풀고 찢긴 손을 보았다. "광견병이나 걸리지 말아야 할 텐데……."

"어차피 교수형을 피할 수 없을 테니 괜찮아." 술집 주인이 웃었다. "자, 떠나기 전에 좀 도와주게."

벅은 숨넘어갈 만큼 목이 졸려 아찔하고 목구멍과 혀가 참을 수 없이 아팠지만 자신을 괴롭히는 자들에게 덤벼들었다. 그러나 다시 내동댕이쳐지고 여러 번 목이 졸리다 결국에는 목에 무거운 놋쇠 목걸이가 채워졌다. 다음에는 밧줄이 제거되고 새장 같은 궤짝에 던져졌다.

벅은 궤짝 속에서 분노와 상처 입은 자존심을 달래며 피곤한 밤을 보냈다. 어찌된 노릇인지 알 수 없었다. 낯선 사내들은 나를 어쩔 셈인가? 왜 나를 이런 답답한 우리 속에 가두었을까? 벅은 이런 일이 일어난 이유는 몰랐지만 자신에게 재앙과 같은 일이 닥치고 있다는 막연한 느낌에 짓눌렸다. 그날 밤 창고 문이 덜컥거리며 열릴 때마다 벅은 밀러 판사나 아이들이 자신을 데리러 왔나 싶어 몇 번씩이나 벌떡 일어났다. 그러나 매번 나타난 것은 빛이 희미한 양초를 들고 자신을 응시하는 술집 주인의 부은 얼굴이었다. 그때마다 벅의 목에서 튀어나오려던 반가운 짖음은 사나운 으르렁거림으로 변했다.

하지만 술집 주인은 벅을 내버려두었다. 다음 날 아침 남자 넷이 들어와 궤짝을 들었다. 벅은 그들이 사악하게 생긴 데다 옷이 남루하고 단정치 못해 더 못된 놈들이라고 단정지었다. 벅은 나무틀로 사납게 돌진해 그들에게 덤벼들었다. 그들은 실실 웃으면서 꼬챙이로 벅을 쿡쿡 찔렀다. 벅은 잽싸게 꼬챙이를 물었는데, 알고 보니 그것이 그자들이 원한 것이었다. 벅은 시무룩해져 드러누워버렸고 궤짝이 마차로 옮겨질 때도 얌전히 있었다. 그때부터 벅을 가둔 궤짝은 여러 사람의 손을 거치기 시작했다. 먼저 운송 회사 직원들이 그를 맡았다. 벅은 또 다른 짐마차로 옮겨졌고, 다음에는 각종 상자와 짐들과 함께 트럭에 실린 채 증기선을 탔다. 벅은 트럭과 함께 증기선에서 내린 뒤 큰 철도역까지 갔고, 마지막으로 급행 화물 열차로 옮겨졌다.

화물 열차는 이틀 낮 이틀 밤을 날카로운 기적소리를 울리며 달렸다. 벅은 그 이틀 동안 먹지도 마시지도 않았다. 운송 회사 배달원들을 처음 대면했을 때 벅은 화를 내며 으르렁거렸는데, 그들은 놀려대며 응수했다. 벅이 몸을 부르르 떨며 입에 거품을 물고 나무틀에 부딪치기라도 하면 웃고 조롱했다. 밉상스런 개처럼 으르렁대거나 짖기도 했고, 고양이 울음소리를 내기도 했으며, 팔을 파닥거리며 닭 울음소리를 내기도 했다. 벅은 그 모든 것이 자신을 놀리는 짓인 줄 알았다. 하지만 그보다 자신의 위엄을 짓밟힌 것에 점점 더 화가 났다. 배고픔은 견딜 만했지만, 목이 마른 것은 아주 고통스러워서 그의 분노는 병적인 흥분으로 치달았다. 이렇게까지 된 것은 벅이 긴장을 잘하고 워낙 예민한 데다 고약한 대우에 열까지 오르면서 바짝 마르고 부은 목과 혀에 염증이 생겼기 때문이었다.

한 가지 사실은 기뻤다. 목을 감고 있던 밧줄에서 풀려난 것이었다. 밧줄 때문에 불리했지만 밧줄에서 풀려났으니 이제야말로 본때를 보여주리라. 내 목에 또다시 밧줄을 감을 수는 없으리라. 벅은 단단히 결심했다. 이틀 밤낮을 먹지도 마시지도 않고 그 고통스런 시간 동안 분노가 쌓이고 쌓여, 이제는 누구라도 벅을 건드리기만 하면 화를 입을 판이었다. 눈에 핏발이 선 벅은 격노한 마귀로 변해가고 있었다. 너무 변해서 밀러 판사도 알아보지 못할 지경이었다. 그래서 운송 회사 배달원들도 시애틀에서 벅의 궤짝을 기차에서 내려놓았을 때 안도의 숨을 내쉬었다.

네 사람은 마차에서 조심스럽게 궤짝을 내려 높은 담으로 에워싸인 작은 뒤뜰로 옮겼다. 목이 꽤 늘어진 빨간 스웨터를 입은 건장한 남자가 나와 마부의 장부에 서명을 했다. 벅은 그 남자가 다음 고문자임을 간파하고 나무틀에 맹렬히 몸을 부딪쳤다. 남자는 험상궂게 웃더니 도끼와 몽둥이를 들고 나왔다.

"설마 지금 꺼내려는 겁니까?" 마부가 물었다.

"물론이요." 남자는 이렇게 답하고서 궤짝을 열려고 도끼를 날렸다.

궤짝을 운반해온 네 남자는 순식간에 흩어져 담 위에 안전하게 자리를 잡고서 앞으로 펼쳐질 공연을 지켜볼 준비를 했다.

벅은 쪼개지는 나뭇조각에 달려들어 이빨로 물어뜯고 맞붙어 싸웠다. 밖에서 도끼가 날아들 때마다 벅은 안에서 으르렁거리고 딱딱거렸는데, 나가고 싶어 안달이 난 벅과는 대조적으로 빨간 스웨터를 입은 남자는 벅을 꺼내는 데만 차분히 몰두했다.

"자, 눈이 시뻘건 악마야." 벅의 몸이 통과할 만한 구멍이 뚫렸을 때 그가 말했다. 동시에 그는 도끼를 내려놓고 오른손에 몽둥이를 들었다.

털을 곤두세우고 입에는 거품을 물고 핏발 선 두 눈에 광기를 번득이며 달려들 준비를 한 벅의 모습은 영락없이 시뻘건 눈의 악마였다. 이틀 밤낮을 벼르고 벼르던 일이라 벅은 64킬로그램짜리 분노의 불덩이가 되어 그에게 곧장 달려들었다. 턱이 그에게 닿으려는 순간 벅은 공중에서 자신의 몸을 강타하는 고통에 이를 악다물어야 했다. 벅은 공중에서 빙빙 돌다가 등과 옆구리를 땅에 부딪혔다. 몽둥이로 맞아보기는 난생처음이라 영문을 알 수가 없었다. 벅은 짖는다기보다 비명에 가까운 으르렁거림으로 다시 일어나 공중으로 뛰어올랐다. 또다시 날아든 충격에 벅은 땅으로 쿵 하고 떨어졌다. 이번에는 몽둥이를 의식했지만, 격한 분노로 앞뒤 분간이 되지 않았다. 벅은 열두 번을 덤벼들었고, 그때마다 몽둥이에 걸어채여 나가떨어졌다.

한번은 아주 심하게 얻어맞고 쓰러졌는데, 다시 덤빌 기운도 없을 만큼 아찔했다. 휘청거리며 간신히 일어섰지만, 코와 입과 귀에서는 피가 흘렀고 아름다운 털도 피 묻은 침으로 얼룩덜룩했다. 남자는 다시 다가와 벅의 콧등을 일부러 호되게 후려갈겼다. 이 격렬한 고통은 앞서 겪은 아픔들과는 비교가 되지 않았다. 그 광포한 행위에 맞서 벅은 거의 사자처럼 으르렁대며 또다시 그에게 돌진했다. 그러나 남자는 몽둥이를 왼손에 바꿔 쥐고는 침착하게 벅의 아래턱을 잡더니 뒤로 휙 비틀었다. 벅은 공중에서 한 바퀴 반을 돌고 머리와 가슴을 땅에 부딪혔다.

벅은 마지막으로 달려들었다. 남자는 이때를 위해 일부러 아껴두었던 빈틈없는 한 방을 날렸고, 쿵 하는 소리와 함께 벅은 나가떨어져 완전히 의식을 잃었다.

"저치, 개를 죽여놓는 솜씨가 여간 아닌데." 담 위에 앉아 있던 남자들 중 한 명이 흥분해서 소리쳤다.

"일요일에 두 번 일하는 한이 있어도 난 조랑말이나 길들이겠어." 마부는 이렇게 말하고 마차에 올라타 말들을 출발시켰다.

벅은 의식이 돌아왔지만, 기운은 돌아오지 않았다. 쓰러진 자리에 그대로 누워 빨간 스웨터를 입은 남자를 주시했다.

"이름이 벅이라고." 사내는 술집 주인이 상자와 내용물을 부치면서 함께 동봉한 편지를 읽으며 혼잣말을 했다. "자아, 벅, 친구." 그는 부드러운 목소리로 계속 말했다. "엔간히 싸웠으니 이쯤에서 그만두는 게 좋겠다. 너도 네 처지를 알았을 테고, 나도 내 처지를 잘 안다. 말만 잘 들으면 만사 오케이고, 좋게 좋게 지낼 수 있다. 대신 말을 안 들으면 내장이 튀어나오도록 두들겨 패줄 테다. 알겠지?"

이렇게 말하면서 그는 지금껏 인정사정없이 두들겨 팼던 벅의 머리를 겁도 없이 쓰다듬었다. 그 손길에 벅은 저도 모르게 털이 곤두섰지만, 대들지 않고 참았다. 그 남자가 물을 가져왔을 때는 정신없이 마셨고, 그의 손에 놓인 날고기도 한 점 한 점 통째로 삼키면서 배가 부르도록 먹었다.

벅은 졌다(그는 그것을 알았다). 그러나 낙담하진 않았다. 다만 몽둥이를 든 사람에겐 승산이 없다는 것을 제대로 알았다. 그 교훈을 체득한 후 벅은 평생 동안 그것을 잊지 않았다. 몽둥이는 하나의 계시였다. 그것은 원시의 법칙이 지배하는 세계로 이끈 서곡이었고, 벅은 그 세계에 반쯤 들어섰다. 삶의 진상은 훨씬 더 잔인한 면모를 띠고 있었다. 처음에는 벅도 그 현실에 겁 없이 맞섰지만, 이제는 잠들었던 교활함을 깨어내 현실에 맞섰다. 날이 갈수록 점점 더 많은 개들이 밧줄에 매인 채 궤짝에 실려 왔는데, 순한 놈들도 있고 벅처럼 화를 내며 으르렁대는 놈들도 있었다. 그러나 하나같이 빨간 스웨터를 입은 남자에게 지배당했다. 예의 그 잔혹한 광경을 거듭 지켜볼 때마다 그 교훈이 벅에게 아로새겨졌다. 몽둥이를 가진 인간은 법이므로 비위를 맞추지는 않아도 반드시 복종해야 한다는 것. 벅은 비위를 맞추는 일만큼은 절대 하지 않았다. 그는 몽둥이로 얻어맞은 개가 그 남자에게 알랑거리고 꼬리를 흔들고 손을 핥는 모습을 보았다. 알랑거리지도 복종하지도 않던 어떤 개가 끝까지 덤비다 결국 죽는 것도 보았다.

이따금 낯선 남자들이 찾아와서는 흥분해서 말하고 감언이설도 늘어놓으며 별의별 방법으로 빨간 스웨터를 구슬리곤 했다. 그들 사이에 돈이 오갈 때면 낯선 남자들이 개를 한 마리나 몇 마리씩 데리고 갔다. 일단 가면 다시는 돌아오지 않았기 때문에 벅은 그 개들이 어디로 가는지 궁금했다. 그러나 그런 궁금증보다는 미래에 대한 공포가 더 강해서 자신이 뽑히지 않을 때마다 기뻤다.

그러나 마침내, 벅의 차례가 왔다. 왜소하고 마른 남자가 나타나 엉터리 영어와 괴상하고 거친 감탄사를 연발했다.

"오오, 시상에!" 그는 벅을 발견하자마자 소리쳤다. "저리 기맥힌 개가! 안 그런가? 얼만가?"

"300달러. 그만하면 거저요." 빨간 스웨터가 잽싸게 대답했다. "공금인데 이렇다 저렇다 군말할 사람은 없을 거요. 안 그래요, 페로?"

페로는 히죽 웃었다. 이례적인 수요로 개 값이 하늘 높은 줄 모르고 치솟은 상황을 고려하면, 이렇게 훌륭한 개에 그 정도

액수면 비싼 편도 아니었다. 정부로서도 손해 보지 않을 것이고, 급한 공문서도 더 빨리 배달할 수 있을 것이다. 페로는 개를 보는 안목이 있어서 벅을 보는 순간 천에 하나 있을까 말까 한 개라는 걸 알았다. "만에 하나야⋯⋯." 그는 속으로 중얼거렸다.

벅은 두 사람 사이에 돈이 건네지는 것을 보았고, 온순한 뉴펀들랜드 종(캐나다 원산의 아주 큰 개로, 방수성이 좋은 두꺼운 이중 털과 물갈퀴 모양의 발을 가지고 있어 수영을 잘한다—옮긴이)인 컬리와 함께 그 왜소하고 마른 남자를 따라가게 되었을 때도 놀라지 않았다. 그것으로 빨간 스웨터를 입은 남자와는 이별이었고, 나월호의 갑판에서 컬리와 함께 멀어져가는 시애틀을 본 것이 따뜻한 남부와의 마지막 대면이었다. 컬리와 벅은 페로를 따라 선실로 들어가 프랑수아라는 얼굴이 검고 덩치 큰 사내에게 넘겨졌다. 페로는 프랑스계 캐나다인으로 얼굴이 가무잡잡한 반면, 프랑수아는 프랑스계 캐나다인이면서 인디언 혼혈이어서 페로보다 훨씬 가무잡잡했다. 그들은 벅에게 새로운 부류의 인간들이었다(앞으로는 이런 인간들을 더 많이 만나게 될 터였다). 애정이 쌓일 정도는 아니었지만, 벅은 그들을 진심으로 존경하게 되었다. 그는 페로와 프랑수아가 공정한 사람들이고, 개들을 심판할 때 침착하고 치우침이 없으며, 개들의 습성을 훤히 꿰뚫고 있어 개들에게 농락당하지 않는다는 것을 재빨리 알아챘다.

벅과 컬리는 나월호의 중갑판에서 다른 개 두 마리와 만났다. 그중 한 마리는 스피츠베르겐에서 온 몸집이 크고 눈처럼 하얀 개였는데, 처음에는 포경선 선장을 따라나섰고 나중에는 지질 조사단을 따라 파인배런스까지 다녀온 녀석이었다.

녀석은 상냥하지만 겉과 속이 다른, 다시 말해 웃는 낯짝으로 은밀히 못된 속임수를 꾸미는 놈이었다. 이를테면 처음 식사가 나왔을 때 벅의 먹이를 슬쩍 가져가는 식이었다. 벅이 놈을 혼내주려고 달려들자 프랑수아의 몽둥이가 먼저 날아와 녀석을 패주었다. 벅은 뼈다귀만 되찾고 매는 맞지 않았다. 벅은 프랑수아의 태도가 공정하다고 느꼈고, 그 후로는 그 혼혈을 높게 평가했다.

다른 한 놈은 먼저 접근하지도, 다른 개들의 접근을 받아들이지도 않았다. 또한 신참자의 먹이를 슬쩍하는 법도 없었다. 그 개는 음울하고 시무룩했으며, 자신이 바라는 건 오직 가만히 내버려두는 것이니 건드리기라도 하면 가만두지 않겠다는 뜻을 컬리에게 분명히 드러냈다. 녀석의 이름은 데이브였고, 먹고 자고 간간이 하품을 하는 일 말고는 어떤 것에도 관심이 없었다. 심지어 나월호가 퀸샬럿 해협을 지날 때 선체가 신들린 뭐 마냥 좌우로 흔들리고 곤두박이치고 덜커덕거릴 때도 그랬다. 벅과 컬리가 겁이 나서 반쯤 미쳐 날뛸 때도 녀석은 성가시다는 듯 고개를 들어 무심히 그들을 힐긋 쳐다보고는 하품을 하더니 다시 잠을 잤다.

배는 밤낮으로 지칠 줄 모르는 추진기의 고동에 맞춰 나아갔다. 그날이 그날 같았지만, 벅은 점점 추워지는 날씨를 확연히 느꼈다. 그러던 어느 날 아침 마침내 추진기가 멈췄고, 나월호에는 흥분의 기운이 번지기 시작했다. 다른 개들과 마찬가지로 벅도 그런 기운을 느꼈고, 곧 어떤 변화가 일어나리라 짐작했다. 프랑수아는 개들을 가죽끈으로 묶어 갑판으로 끌고 나갔다. 차가운 땅에 발을 내디뎠을 때 벅의 발이 진흙처럼 말랑말랑한 하얀 물질 속으로 쑥 빠졌다. 벅은 놀라서 콧김을 내뿜으며 뒤로 껑충 물러섰다. 이 하얀 물질은 공중에서 자꾸 떨어지고 있었다. 몸을 흔들어보았지만 그것은 더 많이 자꾸만 몸 위로 떨어졌다. 벅은 신기해서 코를 킁킁거리고 혀로 핥아보았다. 그것은 불처럼 화끈거리는가 싶더니 이내 사라졌다. 벅은 어리둥절했다. 다시 한 번 혀를 대보았지만 결과는 마찬가지였다. 구경꾼들이 왁자하게 웃었다. 벅은 창피했지만, 그들이 왜 웃는지 알 수 없었다. 이것이 벅이 난생처음 본 눈이었다.

2

몽둥이와 엄니의 법칙

다이 해변에서 보낸 첫날은 벅에게 악몽 같았다. 매 순간이 놀라움과 충격의 연속이었다. 벅은 갑자기 문명의 심장부를 벗어나원시 세계의 한복판에 내던져졌다. 이곳에서는 햇볕을 쬐며 빈둥거리거나 무료하게 지내는 게으른 생활이라는 게 없었다. 여기에는 평화도 휴식도 한순간의 안전도 없었다. 모든 게 혼란스럽고 떠들썩했으며, 시시각각 생명과 사지를 위협하는 위험이도사렸다. 언제나 정신을 바짝 차려야 했다. 여기 개들과 사람들은 벅의 마을에 살던 개들이나 사람들과는 달랐다. 사람이고 개고 그들은 몽둥이와 엄니의 법칙밖에 모르는 야만족이었다.

벅은 이제껏 개들이 이곳의 늑대 같은 개들처럼 싸우는 광경을 한 번도 본 적이 없다. 첫 경험은 벅에게 잊지 못할 교훈을 남겼다. 물론 간접 경험이었지만, 만일 직접 싸웠다면 살아남 지도 교훈을 얻지도 못했을 것이다. 컬리가 희생자였다. 늑대 개들은 땔나무 창고 근처에서 야영을 했는데, 컬리가 제 덩치 의 반도 안 되지만 그래도 다 자란 늑대만 한 허스키에게 평소 처럼 친근하게 다가갔다. 아무런 예고도 없이 허스키는 번개처 럼 달려들어 금속성의 딱 하는 소리를 남기더니 잽싸게 물러났 다. 컬리의 얼굴이 눈에서 턱까지 쭉 찢겨져 있었다.

치고 빠지는 늑대의 싸움법이었다. 하지만 그것으로 끝이 아 니었다. 허스키 삼사십 마리가 달려오더니 두 싸움꾼을 둘러싸 고 조용히 지켜보았다. 벅은 그 조용한 긴장감을, 그리고 개들 이 왜 그렇게 열심히 입맛을 다시고 있는지도 이해할 수 없었 다. 컬리가 덤벼들자 상대 개는 또 잽싸게 치고 빠졌다. 컬리가 다시 덤벼들었을 때는 이전과 다르게 컬리를 가슴으로 받아쳐 넘어뜨렸다. 컬리는 다시 일어나지 못했다. 구경하던 허스키들 이 기다린 것이 바로 이 순간이었다. 그들은 으르렁대고 캥캥 대면서 컬리에게 모여들었다. 컬리는 털을 곤두세운 개떼에게 파묻힌 채 고통스런 비명을 질렀다.

벅은 너무나 갑작스럽고 뜻밖인 일에 당황했다. 스피츠를 보 니 녀석은 비웃듯이 붉은 혀를 날름거렸다. 곧이어 프랑수아가 도끼를 휘두르며 어수선한 개들 속으로 뛰어들었다. 몽둥이를 든 다른 세 사람도 와서 개들을 쫓았다. 그 일은 오래 걸리지 않았다. 컬리가 쓰러진 지 2분 만에 공격자들은 몽둥이를 맞고 모조리 흩어졌다. 그러나 컬리는 온몸이 거의 갈가리 찢긴 채 피투성이로 뭉개진 눈 속에 축 늘어져 있었다. 가무잡잡한 혼혈인은 컬리 옆에 서서 무섭게 욕을 해댔다. 그 장면은 종종 꿈에 등장해 벅을 괴롭히곤 했다. 이런 것이다. 공정한 싸움은 없다. 일단 쓰러지면, 그걸로 끝이다. 그렇다면, 절대 쓰러져서는 안 된다. 스피츠는 혀를 내밀고 다시 웃고 있었다. 그 순간부터 벅은 놈에게 영원히 지워지지 않는 강한 적개심을 품게 되었다.

컬리의 비극적인 최후가 가져다준 충격이 채 가시기도 전에 벅은 또 하나의 충격을 받았다. 프랑수아가 그의 몸에 가죽끈과 물림쇠를 채운 것이다. 그것은 고향에서 마부들이 말에게 채우던 장치였다. 전에는 말들이 일하는 걸 보기만 했는데, 이제는 벅도 그들처럼 일해야 했다. 프랑수아를 태운 썰매를 끌고 계곡 근처 숲까지 가서 땔감을 싣고 돌아왔다. 짐을 끄는 짐승으로 전락해 자존심이 몹시 상했지만, 반항해봐야 소용없었다. 전혀 낯설고 새로운 일이었지만 벅은 성심껏 일하려고 최선을 다했다. 프랑수아는 즉각적인 복종을 요구하는 엄격한 사람이었고, 명령에 따르지 않으면 바로 채찍을 날렸다. 한편 노련한 썰매끌이 개인 데이브는 벅이 잘못할 때마다 엉덩이를 물었다. 마찬가지로 노련한 스피츠는 선두 개였는데, 벅에게 다가갈 수 없을 때는 무섭게 으르렁대며 꾸짖거나 가야 할 쪽으로 교묘히 체중을 실어 벅을 바른 길로 끌었다. 벅은 금방 배웠고, 두 동료와 프랑수아의 지도 아래 눈에 띄게 발전해갔다. 그들이 야영지로 돌아올 때쯤 벅은 '워'에서 멈추고 '이랴'에서 출발하며, 모퉁이를 돌 때는 크게 돌고, 짐을 실은 썰매를 끌며 내리막길을 달릴 때는 썰매끌이 개와 거리를 두어야 한다는 것을 터득했다.

"셋 다 훌륭한 개들이야." 프랑수아가 페로에게 말했다. "저 벅이란 놈, 무서운 힘으로 끈단 말이야. 뭐든 빨랑 가르쳐야겠어."

속달 공문서를 부치러 서둘러 떠났던 페로가 오후가 다 되어 개 두 마리를 데리고 돌아왔다. 빌리와 조라는 형제 개는 순종 허스키였다. 같은 배에서 나온 형제인데도 그들은 낮과 밤처럼 달랐다. 빌리의 흠이 지나치게 착한 것이라면, 조는 정반대로 아주 까다롭고 내성적이며 늘 으르렁대고 악의에 찬 눈빛을 띠었다. 벅은 그들을 동료로 받아들였고, 데이브는 그들을 무시했고, 스피츠는 한 놈씩 공격하기 시작했다. 빌리는 스피츠의 환심을 사려고 꼬리를 흔들어보다 그런 회유책이 소용없다는 걸 깨닫고 도망쳤지만, 결국 스피츠의 날카로운 이빨에 옆구리를 물리자 큰 소리로 울었다(여전히 환심을 사려는 듯이). 그러나 조는 스피츠가 어떤 식으로 빙빙 돌든 뒷발을 휙 돌려 정면으로 맞섰고, 털을 곤두세우고 귀를 뒤로 납작 붙인 채 입술을 비틀어 으르렁댔다. 언제든 덥석 물기 위해 턱에 힘을 꽉 주고 악마처럼 눈을 번뜩였다. 그야말로 싸움에 목숨을 건 공포의 화신이었다. 조의 모습이 얼마나 끔찍했던지 스피츠도 결국 그만둘 수밖에 없었다. 대신 녀석은 그 실패에 대한 분풀이로 울고 있는 애꿎은 빌리에게 달려들어 놈을 야영지 끝으로 쫓아냈다.

저녁 때 페로는 개를 또 한 마리 확보했다. 몸이 길쭉하고 야위고 수척한 데다 얼굴에는 싸워서 생긴 흉터가 있지만 눈빛만큼은 상대를 제압하는 용맹한 기운이 번뜩이는 늙은 애꾸눈 허스키였다. 이름이 '성난 자'를 뜻하는 솔렉스라고 했다. 데이브처럼 솔렉스도 무엇을 요구하지도, 주지도, 기대하지도 않았다. 녀석이 개들 사이로 천천히 신중하게 걸어올 때면 스피츠도 감히 건드리지 못했다. 솔렉스에게는 벅이 운 나쁘게도 걸려든 특이한 버릇이 하나 있었다. 솔렉스는 자신의 보이지 않는 눈 쪽으로 누가 접근하는 것을 싫어했다. 이런 불쾌한 짓을 벅이 자신도 모르게 범하고 말았는데, 솔렉스에게 어깨뼈가 8센티미터나 드러나도록 물어뜯기고 나서야 벅은 자신의 경솔함을 깨달았다. 그 후로 벅은 녀석의 보이지 않는 눈 쪽은 피해 다녔고, 동료로 지낸 마지막 날까지 불화를 일으키지 않았다. 솔렉스가 바라는 건 데이브처럼 자신을 가만히 내버려두는 것이었다. 그러나 벅이 나중에야 안 일이지만, 그 둘은 각자 다른, 훨씬 더 중대한 야망을 품고 있었다.

그날 밤 벅은 잠자리 문제로 큰 불편을 겪었다. 초 한 자루만 켜진 텐트는 하얀 평원 위에서 따뜻하게 빛났다. 벅은 당연하다는 듯이 텐트로 들어갔는데, 페로와 프랑수아가 욕을 퍼붓고 취

사도구를 집어던졌다. 그제야 깜짝 놀라 정신을 차린 벅은 추운 바깥으로 수치스럽게 달아났다. 차가운 바람이 살을 에듯이, 부상당한 어깨를 아주 도려낼 듯이 불어왔다. 벅은 눈 위에서 자보려고 했지만 너무 추워서 발까지 바들바들 떨릴 정도였다. 비참하고 서글픈 심정으로 수많은 텐트 사이를 돌아다녀 보았지만 어느 곳이나 춥기는 매한가지였다. 여기저기서 야생의 개들이 덤벼들었지만 벅이 털을 곤두세우고 으르렁거리자(벅은 그 방법을 재빨리 터득했다) 조용히 길을 터주었다.

마침내 좋은 생각이 떠올랐다. 벅은 돌아가서 썰매를 같이 끈 동료들이 어떻게 하고 있는지 보기로 했다. 놀랍게도 그들은 어디론가 사라지고 없었다. 그들을 찾아 다시 한 번 넓은 야영지를 돌아다니다가 같은 자리로 돌아왔다. 텐트 안에 있는 건가? 아니, 그럴 리가 없었다. 자신도 매몰차게 쫓겨나지 않았던가. 그렇다면 도대체 어디 있는 걸까? 벅은 꼬리를 축 늘어뜨리고 몸을 덜덜 떨면서 그야말로 쓸쓸한 심정으로 텐트 주위를 무작정 맴돌았다. 갑자기 앞발 밑에서 눈이 무너지며 몸뚱이가 쑥 빠졌다. 무언가 발밑에서 꿈틀거렸다. 벅은 보이지도 않고 알 수도 없는 것에 두려움을 느꼈다. 털을 곤두세우고 으르렁대며 뒤로 펄쩍 물러섰다. 그러나 귀에 익은 작은 소리에 안심하고 살펴보았다. 한 줄기 따스한 바람이 그의 코끝에 와닿았는데, 거기 눈 밑에서 아늑하게 웅크리고 누워 있는 것은 빌리였다. 빌리는 벅을 안심시키려는 듯 낑낑거렸고, 자신의 선의를 보여주려고 몸을 꿈틀거렸다. 화해의 뜻으로 따뜻하고 축축한 혀로 벅의 얼굴을 핥아주기까지 했다.

또 하나의 교훈이었다. 아아, 이렇게들 자는 거였어, 그래? 벅은 자신 있게 한 지점을 골라 몇 번의 헛수고를 해가며 야단스럽게 구덩이를 파기 시작했다. 몸의 열기가 순식간에 좁은 공간을 채웠고 그는 곧 잠이 들었다. 길고 고단한 하루였기에 곤하고 편안히 잤다. 비록 악몽으로 으르렁대고 짖고 뒤척이긴 했지만.

야영지가 소란스럽게 들썩일 때에야 벅은 눈을 떴다. 처음에는 자신이 어디에 있는지 알지 못했다. 밤사이 내린 눈으로 벅은 완전히 파묻혀 있었다. 눈 벽이 사방에서 그를 짓누르자 공포감이 큰 파도처럼 휘몰아쳐 왔다. 야생동물이 덫에 대해 가지는 그런 공포감이었다. 그것은 벅이 지금까지의 삶을 벗어나 선조들의 삶으로 되돌아가고 있다는 징후였다. 사실 벅은 문명화된 개, 그것도 상당히 문명화된 개였기에 그동안의 경험상 덫이라는 것을 알 수도 없었고, 따라서 그것을 두려워할 수도 없었다. 그런데 온몸의 근육이 본능적으로 수축되면서 목과 어깨의 털이 곤두섰다. 벅이 사납게 으르렁대며 눈부신 세상으로 펄쩍 뛰어오르자 눈송이들이 반짝이는 구름처럼 주위로 흩날렸다. 발이 땅에 닿기 전 눈앞에 펼쳐지는 하얀 야영지를 보고서야 벅은 자신이 어디에 있는지를 알았고, 매뉴얼과 산책하러 나간 때부터 간밤에 구덩이를 판 일까지 모든 게 기억났다.

프랑수아가 벅을 보자 큰 소리로 환호했다. "내가 뭐랬어?" 개몰이꾼 프랑수아가 페로에게 소리쳤다. "저 벅이란 놈 뭐든 빨리 배운다 했지."

페로는 진지하게 고개를 끄덕였다. 중요한 속달 공문서를 나르는 캐나다 정부의 배달원으로서 그는 최고의 개를 구하려 애썼는데 특히 벅을 손에 넣게 되어 기뻤다.

한 시간 사이에 허스키 세 마리가 더 합류했고 팀은 모두 아홉이 되었다. 십오 분이 지나지 않아 개들은 마구를 갖추고 다이 협곡을 향해 힘차게 눈길을 달렸다. 벅은 길을 나선 것이 기뻤다. 일이 힘든데도 딱히 싫거나 하지 않았다. 벅은 팀에 활기를 불어넣고 자신에게도 전해지는 열정에 놀랐다. 더 놀라운 것은 데이브와 솔렉스의 변화였다. 그들은 마구를 두르자 전혀 새로운 개들로 돌변했다. 심드렁하고 무관심했던 모습이 감쪽같이 사라졌다. 그들은 민첩하고 적극적이었고 일이 잘되기를 열망했으며, 지체나 혼란으로 일이 지연되면 무섭게 화를 냈다. 썰매 끄는 일이 자신들의 존재를 드러내는 최고의 상징이자 삶의 보람이며 유일한 기쁨인 듯했다.

데이브는 맨 뒤쪽, 즉 썰매끝이 개였고, 그 앞을 벅이 끌고 또 그 앞에는 솔렉스가 있었다. 나머지 개들은 스피츠가 맡고 있는 선두까지 일렬로 쭉 서 있었다.

벅이 데이브와 솔렉스 사이에 배치된 것은 지시를 받게 하려는 뜻에서였다. 벅이 영리한 학생이라면, 데이브와 솔렉스는 벅이 실수할 때 꾸물거릴 틈을 주지 않고 날카로운 이빨로 수업을 강행하는 영리한 선생들이었다. 데이브는 공정하고 현명했다. 이유 없이 절대 벅을 물지 않았고, 필요할 때는 반드시 물고 넘어갔다. 프랑수아의 채찍이 그런 데이브를 후원해주었기 때문에 벅은 대들기보다 자신의 잘못을 바로잡는 편이 더 낫다는 걸 알았다. 한 번은 잠깐 멈춘 사이 벅이 썰매줄에 엉켜 출발이 지연되자 데이브와 솔렉스가 벅에게 나는 듯이 호되게 벌을 내렸다. 결과적으로는 줄이 더 심하게 엉키고 말았지만, 그 후로 벅은 줄이 엉키지 않도록 더 조심했다. 그날의 일과가 채 끝나기도 전에 벅이 자신의 일을 아주 잘해내자 동료들은 더 이상 그를 들볶지 않았다. 프랑수아의 채찍이 날아오는 횟수도 줄어들었고, 페로는 심지어 벅의 발을 들어올려 세심히 살펴봐주는 인심까지 베풀었다.

그날은 고되게 달렸다. 다이 협곡을 올라 십 야영지를 거쳐 스케일즈와 수목 한계선을 지나고, 수십 미터 깊이의 빙하와 눈 더미를 가로질러 거대한 칠쿳 분수령을 넘었다. 칠쿳 분수령은 바다와 호수 사이에 위협하듯 우뚝 서서 슬프고도 고독한 북쪽 땅을 지키고 있다. 그들은 사화산(死火山)의 분화구들마다 생긴 호수들을 따라 내달려 밤늦게 베넷 호 입구의 대규모 야영지에 도착했다. 그곳에서는 금을 찾아나선 수천 명이 얼음이 녹는 봄을 기다리며 보트를 만들고 있었다. 벅은 눈 속에 구덩이를 파고서 녹초가 되어 곯아떨어졌지만, 아주 이른 새벽

차가운 어둠 속에서 밖으로 끌려나왔다. 그리고 동료들과 함께 썰매끌이 장치에 매여야 했다.

그날은 길이 다져져 있어서 64킬로미터를 갔다. 그러나 다음 날부터 며칠 동안은 길을 내면서 가야 했기 때문에 더 힘이 들었고 속도도 느렸다. 대개는 페로가 선두에 서서 개들이 쉽게 갈 수 있도록 물갈퀴 신발로 눈을 다져주었다. 썰매채를 잡고 방향을 이끄는 프랑수아가 이따금 그와 교대하곤 했지만, 자주는 아니었다. 페로는 길을 서둘렀고 자신이 얼음에 대해 알고 있는 지식을 자랑했다. 가을철 얼음은 살얼음인 데다 물살이 센 곳은 아예 얼지도 않기 때문에 반드시 알아야 하는 지식이었다.

날마다, 쉬지 않고, 벅은 썰매줄에 매여 달렸다. 언제나 어두울 때 야영지를 떠나 회색빛 먼동이 터올 때쯤이면 자신들 뒤로 수 킬로미터를 다져놓은 채 새 길을 닦곤 했다. 또한 언제나 해가 진 뒤에야 텐트를 치고서 제 몫의 생선을 먹고 눈 속으로 기어 들어가 잠을 잤다. 벅은 게걸스럽게 먹었다. 하루치 양식인 햇볕에 말린 연어 700그램 정도가 순식간에 없어지는 듯했다. 벅은 배불리 먹어본 적이 없었고, 늘 허기에 시달렸다. 그러나 다른 개들은 벅보다 체중이 적게 나가는 데다 그렇게 타고났기 때문인지 생선을 500그램만 먹고도 건강이 양호한 편이었다.

벅은 예전의 까다로운 식성을 재빨리 버렸다. 음식을 가려

먹던 그는 동료들이 제 것을 먹어치우고는 아직 남은 그의 것을 뺏어 먹는다는 사실을 알았다. 막을 길이 없었다. 두세 놈을 물리치노라면 먹이는 어느새 다른 놈들의 목구멍으로 사라졌다. 자신도 그들만큼 빨리 먹는 수밖에 없었다. 도저히 허기를 이길 수 없을 땐 자신도 다른 개들의 먹이를 넘보지 않을 수 없었다. 그는 보고 배웠다. 신참들 중 꾀병 잘 부리고 도둑질에 능한 파이크가 페로가 등을 돌린 사이 베이컨 한 조각을 슬쩍 훔치는 걸 보고서 자신도 다음 날 같은 수법으로 베이컨 한 덩어리를 가지고 달아났다. 큰 소동이 벌어졌지만 벅은 의심받지 않았고, 늘 붙잡히기나 하는 서투른 얼간이 더브가 벅 대신 벌을 받았다.

벅의 첫 도둑질은 그가 험난한 극지방에서도 살아남을 수 있는 적격자임을 말해주었다. 적응력, 변화하는 환경에 적응하는 능력이었다. 그런 능력이 부족하면 당장에 무참히 죽을 수 있다. 이는 또한 무자비한 생존 싸움에서는 허영이자 약점에 불과한 벅의 도덕성이 부패하고 산산조각났다는 뜻이다. 사랑과 동료애의 법칙이 중시되는 남쪽 지방에서는 사유 재산과 개인 감정의 존중은 아주 바람직한 일이었다. 그러나 몽둥이와 엄니의 법칙이 지배하는 북쪽 지방에서는 그런 것을 고려하는 놈은 바보 멍청이였고, 그런 걸 지키려 들면 결코 잘살 수 없었다.

머리로 깨달은 게 아니었다. 그는 단지 적격자였기 때문에 무의식적으로 새로운 생활양식에 적응해나갔다. 지금까지 벅은 아무리 승산이 없어도 싸움을 피하지 않았다. 그러나 빨간 스웨터를 입은 남자의 몽둥이는 그에게 더 근본적이고 원시적인 방식을 단단히 주입시켰다. 문명화된 벅이었다면 밀러 판사의 말채찍을 지키는 것과 같은 도덕적 동기를 위해 죽었을 테지만, 이제는 도덕적 동기를 슬슬 피해 다니며 벌을 면할 줄 알았기에 완전히 탈문명화된 것 같았다. 벅은 재미가 아니라 배 속의 아우성 때문에 훔쳤다. 몽둥이와 엄니가 두려워 공공연히 훔치지는 않고 은밀하고 교묘히 훔쳤다. 요컨대 그는 하지 않는 것보다 하는 게 더 쉬웠기 때문에 그렇게 했다.

벅의 성장(어쩌면 퇴보)은 빨랐다. 근육은 쇠처럼 단단해졌고 어지간한 고통에는 무감각해졌다. 외적으로만이 아니라 내적으로도 알차졌다. 아무리 역겹고 소화되지 않는 음식이어도 어쨌든 먹을 수 있었고, 일단 먹으면 위액이 양분이 될 만한 것을 마지막 한 톨까지 뽑아냈다. 그러면 피가 그 양분을 온몸 구석구석으로 운반하여 그의 몸을 가장 단단하고 튼튼한 조직으로 만들어주었다. 시각과 후각은 현저하게 예민해졌고, 청각은 자는 동안에도 무슨 소리가 들릴라치면 안심해도 되는 것인지 위험을 뜻하는지를 구별해낼 정도로 날카로워졌다. 발가락 사이에 얼음이 끼면 이빨로 깨무는 법도 배웠다. 목이 마를 때는 뒷다리로 서서 물웅덩이에 낀 두꺼운 얼음을 딱딱한 앞발로 쳐서 깨뜨리는 법도 배웠다. 벅의 가장 현저한 특징은 바람 냄새를 맡고 그날 밤의 날씨를 예측하는 능력이었다. 바람이 전혀 없는 날인데도 벅이 나무나 둑 옆에 잠자리를 파면 나중에 어김없이 바람이 불었다. 그때마다 그는 바람을 등진 쪽에 숨어 포근히 자고 있었다.

벅은 경험으로도 배웠지만, 오랫동안 잠들어 있던 본능도 다시 깨어났다. 대대로 길들여진 습성은 떨어져나갔다. 막연하지만 벅은 선조들의 태곳적, 들개들이 무리를 지어 원시림을 돌아다니며 먹이를 찾아 잡아먹던 그 시절을 기억해냈다. 늑대처럼 덥석 물어 싸우는 법을 배우는 것은 이제 일도 아니었다. 선조들은 그렇게 싸웠다. 그들은 벅에게 깃들어 있던 옛 삶을 소생시켰고, 그들의 유전형질에 찍혀 있던 옛 기술들은 이제 벅의 것이 되었다. 그 기술들은 마치 언제나 그의 것이었던 것처럼 힘들이지 않고 찾아왔다. 고요하고 차가운 밤에 벅이 별을 향해 코를 치켜들고 늑대처럼 길게 울부짖는다면 이는 이미 죽어 재가 된 선조들이 수십 세기를 거슬러 그의 몸으로 들어와 별을 향해 코를 치켜들고 울부짖는 것이었다. 따라서 그의 울음은 그들의 울음, 즉 그들의 슬픔과 그들에게 정적과 추위와 어둠이었던 모든 것을 나타내는 울음이었다.

그리하여 삶은 진정 꼭두각시라는 말을 증명하듯 고대의 노래가 벅의 몸속으로 밀려들어 벅은 다시 자기 자신으로 돌아왔다. 벅이 이렇게 된 것은 사람들이 북쪽에서 황금을 발견했기 때문이었고, 매뉴얼이 자신의 봉급만으로는 아내와 자식새끼들을 부양할 수 없는 정원사 조수였기 때문이다.

3

야수성을 되찾은 벅

우성 형질의 원시적 야수성이 벅 안에 내재해 있었고, 그것은 썰매끌이라는 사나운 환경 속에서 점점 더 강해졌다. 그러나 은밀히 강해지고 있었다. 교활함이 되살아나 벅은 평정과 자제력을 갖추게 되었다. 벅은 새로운 삶에 적응하기 바빠 마음을 놓을 수 없었고, 싸움을 걸지도 않을뿐더러 가능하면 피했다. 눈에 띄게 신중했다. 무분별하고 경솔하게 행동하지 않았다. 스피츠와는 몹시 적대적이었지만, 절대 성급하게 굴지 않았고 불쾌한 행동도 일체 삼갔다.

그에 반해 스피츠는 벅이 위험한 적수임을 간파하고 기회만 나면 이를 드러내고 으르렁거렸다. 심지어는 일부러 벅을 들볶으며 어느 하나가 죽어야만 끝날 싸움을 걸려고 끊임없이 애썼다.

어떤 이례적인 사건만 아니었다면 여행 초기에 그 일이 벌어졌을지 모른다. 이날 밤 일행은 라베르지 호수 기슭에서 쓸쓸하고 비참한 야영을 했다. 눈보라와 살을 에는 칼날 같은 바람과 캄캄한 어둠 때문에 그들은 야영지를 찾아 더듬고 다녀야 했다. 이보다 더 고된 날도 없을 것 같았다. 등 뒤로는 깎아지른 암벽이 버티고 있어 페로와 프랑수아는 언 호수 위에 불을 지피고 잠자리를 펼 수밖에 없었다. 텐트는 짐을 덜기 위해 다이에 버렸다. 물 위에 떠 있는 나뭇조각들로 불을 지폈지만, 불은 얼음이 녹으면서 꺼져버렸기에 그들은 어둠 속에서 저녁을 먹었다.

벅은 바람을 막아주는 암벽 바로 밑에 보금자리를 만들었다. 그 자리가 어찌나 아늑하고 따뜻한지, 프랑수아가 불 위에 처음 녹인 생선을 나누어줄 때도 자리를 뜨기 싫을 정도였다. 그런데 벅이 식사를 마치고 돌아와 보니 자신의 보금자리를 다른 놈이 차지하고 있었다. 경고조의 으르렁거리는 소리를 들으니 침입자는 스피츠였다. 이제까지 벅은 스피츠와의 싸움을 피해왔지만, 이번만큼은 참을 수 없었다. 내재해 있던 야수성이 포효했다. 벅은 자신도 놀랄 만큼 맹렬한 기세로 스피츠에게 날아올랐다. 스피츠는 더 놀랐는데, 자신이 이제까지 지켜본 벅은 대단한 겁쟁이고 단지 체중과 큰 몸집 덕에 그럭저럭 제 역할을 하는 것으로 보였기 때문이다. 그들이 뭉개진 보금자리에서 서로 뒤엉켜 튀어나왔을 때 프랑수아도 깜짝 놀랐고 곧 그 분쟁의 원인을 간파했다. "아—아—하!" 그는 벅에게 소리쳤다. "그눔을 혼내, 기필코! 그 더러운 놈에게 본때를 보여!"

스피츠도 질 수 없다는 태세였다. 녀석은 덤벼들 기회를 찾아 이리저리 빙빙 돌면서 분노와 투지를 불태우며 짖어댔다. 벅도 마찬가지로 기회를 찾아 이리저리 빙빙 돌면서 투지를 불태우며 신중을 기했다. 그러나 바로 그때 예기치 않은 사건이 일어났다. 이 일로 둘의 패권다툼은 훨씬 뒤에, 지치고 힘든 길을 수 킬로미터나 지나온 뒤에야 다시 시작된다.

페로의 욕지거리와 함께 누군가의 골격을 강타하는 몽둥이 소리, 뒤이어 날카로운 캥 하는 소리가 울려퍼졌다. 그것은 대혼란을 예고하는 신호탄이었다. 야영지는 갑자기 살금살금 다가오는 털 짐승들로 우글거렸다. 80마리에서 100마리쯤 되는 굶주린 허스키들이 인디언 마을에서 냄새를 맡고 온 것이었다. 그들은 벅과 스피츠가 싸우고 있는 사이 슬그머니 접근했는데, 두 사내가 단단한 몽둥이를 휘두르자 으르렁대며 반격했다. 그들은 음식냄새를 맡고 미쳐 날뛰었다. 페로는 식량 상자에 머리를 처박고 있는 놈을 발견했다. 그의 몽둥이가 놈의 앙상한 갈비뼈를 호되게 내리쳤고 식량 상자가 땅에 뒤집혔다. 바로 그 순간 스무 마리쯤 되는 굶주린 짐승들이 빵과 베이컨을 먹으려고 앞 다투어 달려들었다. 몽둥이가 날아와도 아랑곳하지 않았다. 빗발치는 몽둥이세례에 깨갱거리고 울부짖으면서도,

마지막 한 조각을 먹어치울 때까지 결사적으로 달려들었다.

한편 놀란 썰매끌이 개들은 잠자리를 박차고 나갔지만 사나운 침입자들의 공격을 받고 말았다. 벅은 그런 개들을 본 적이 없었다. 그들의 뼈는 가죽 밖으로 툭 튀어나올 것만 같았다. 눈을 이글거리며 침을 질질 흘리는 그들은 더러운 가죽을 대충 걸친 해골이었다. 그러나 굶주림으로 광포해져 당해낼 수 없을 만큼 무시무시했다. 그들에게 대항하는 건 불가능했다. 썰매끌이 개들은 첫 공격을 받고 벼랑 끝까지 밀렸다. 벅은 허스키 세 마리에게 에워싸여 순식간에 머리와 양어깨를 물어뜯겼다. 소름끼치는 소동이었다. 빌리는 평소처럼 울고 있었다. 데이브와 솔렉스는 수십 군데 부상을 당해 피를 흘리면서도 나란히 용감하게 싸우고 있었다. 조는 악에 받쳐 적을 물어뜯고 있었다. 한 번은 허스키의 앞발을 뼈가 드러날 정도로 우두둑 깨물었다. 꾀병쟁이 파이크는 절름발이에게 덤벼들어 목덜미를 확 물고 비틀어 목을 부러뜨렸다. 벅은 입에 거품을 물고 덤비는 적의 목을 물었는데, 이빨이 놈의 급소를 찔러 피가 흩날렸다. 입 안에 도는 따뜻한 피맛이 벅을 더욱 사납게 몰아쳤다. 그가 또 다른 개에게 덤비는 순간 누군가의 이빨이 자신의 목에 들어와 박혔다. 의리 없게도 옆에서 공격해온 것은 스피츠였다.

페로와 프랑수아가 자신들을 공격하던 개들을 쫓아내고 썰매끌이 개들을 구하러 달려왔다. 그들이 다가오자 굶주린 짐승들의 거친 물결이 우르르 물러나 벅은 적의 공격에서 놓여났다. 하지만 그것도 잠시였다. 두 사람이 식량을 지키려 돌아간 사이 허스키들이 다시 썰매끌이 개들을 공격하러 왔다. 겁에 질렸다가 용감해진 빌리가 광포한 개들의 포위를 뚫고 얼음 위로 달아났다. 파이크와 더브가 그 뒤를 따르자 나머지 개들도 합류했다. 그들을 쫓아가려고 몸을 일으키던 벅은 곁눈질로 스피츠가 자신을 쓰러뜨릴 속셈으로 달려오는 것을 보았다. 넘어져서 허스키들의 무리에 깔리는 날엔 모든 게 끝장이었다. 그러나 벅은 스피츠의 공격에 마음의 준비를 하고서 호수 위로 달아나는 무리에 합류했다.

얼마 후 썰매팀 아홉 마리는 함께 모여 숲에서 피난처를 찾았다. 더 이상 쫓기지는 않았지만, 그들은 비참한 처지에 있었다. 네댓 군데 이상 다치지 않은 개가 없었고, 몇 놈은 부상이 심했다. 더브는 뒷다리를 심하게 다쳤고, 다이에서 마지막에 합류한 허스키 돌리는 목이 심하게 찢겼다. 조는 한쪽 눈을 잃었고, 마음 좋은 빌리는 한쪽 귀를 갈기갈기 찢겨 밤새도록 울부짖고 낑낑거렸다. 새벽녘에 그들이 조심조심 다리를 절뚝거리며 야영지로 돌아가 보니, 약탈자들은 떠나고 두 인간만 몹시 화가 나 있었다. 식량이 반이나 없어졌다. 허스키들은 썰매끈과 텐트 덮개도 물어뜯어버렸다. 도저히 먹을 수 없는 것들까지 죄다 뜯겼다. 놈들은 페로의 무스가죽 모카신 한 짝, 가죽끈 조각들, 심지어 프랑수아의 채찍도 60센티미터나 먹어치웠다. 프랑수아는 쓸쓸히 채찍을 바라보다 부상당한 개들의 얼굴을 살폈다.

"오, 녀석들." 그는 부드럽게 말했다. "요렇게 많이 물렸으니 미쳐 불겠지. 미쳐 불고말고, 빌어먹을! 안 그래, 페로?"

페로는 불안하게 고개를 저었다. 도슨까지는 아직 644킬로미터나 남았는데, 지금 개들이 미치면 큰일이었다. 두 시간을 욕을 해대며 애를 쓴 덕에 썰매팀이 갖춰졌고, 부상으로 몸이 뻣뻣해진 개들은 길을 나섰다. 그들은 이제까지 온 길 중에서 가장 힘든 길을 고통스럽게 나아갔다. 도슨까지 가는 여정 중 그때가 가장 힘들었다.

서티마일 강은 넓게 트여 있었다. 물살이 빨라 얼음이 얼지 않았고, 그나마 얼음이 붙어 있는 곳은 소용돌이 속과 물소리가 나지 않는 곳들뿐이었다. 이 무시무시한 48킬로미터를 건너기 위해 엿새 동안 죽을힘을 다해야 했다. 그 엿새는 끔찍했다. 한 발짝 내디딜 때마다 개와 사람의 목숨이 왔다 갔다 했다. 길을 탐색하던 페로는 얼음 다리를 헤치고 나아가다 열두 번이나 물에 빠졌는데, 들고 있던 장대 덕에 목숨을 건지곤 했다. 장대가 그의 몸이 빠진 얼음 구멍 위로 탁 걸쳐졌기 때문이다. 그러나 영하 45도에 달하는 한파 때문에 그는 얼음물에 빠질 때마다 필사적으로 불을 피우고 옷을 말려야 했다.

페로는 조금도 굴하지 않았다. 절대 포기하지 않는 성격 때문에 정부의 우편배달부로 뽑힌 것이었다. 그는 그 작고 여윈 얼굴을 찬 서릿발에 단호하게 내밀고서 어스레한 새벽부터 밤까지 계속 길을 나아가며 온갖 위험을 무릅썼다. 그는 밟기만 해도 금이 가서 감히 발을 내디딜 수 없는, 얼음이 얇게 언 위험한 가장자리는 피했다. 한번은 데이브와 벅이 썰매와 함께 물에 빠졌는데, 물에서 끌어내 보니 두 녀석은 반쯤 얼어붙어 거의 죽을 지경이었다. 녀석들을 구하려면 불을 피워야 했다. 두 사람은 얼음에 뒤덮인 개들이 땀을 흘려 얼음을 녹일 수 있도록 불 주위를 계속 달리게 했다. 그러다 두 녀석이 너무 불 가까이 갔다가 털을 그을리기도 했다.

또 한번은 스피츠가 빠졌다. 이때는 개들이 모두 스피츠에게 끌려갔는데, 벅이 미끄러운 가장자리에 앞발을 디딘 채 있는 힘껏 줄을 잡아당기자 사방의 얼음이 흔들리며 우지직 갈라졌다. 다행히 벅 뒤에 있던 데이브도 줄을 당겼고, 썰매 뒤에서 프랑수아가 힘줄이 끊어질 때까지 줄을 당겼다.

또다시 얇게 낀 얼음이 앞뒤에서 부서져 이제는 절벽을 타는 수밖에 없었다. 페로가 기적적으로 절벽을 오르는 동안 프랑수아는 그 기적이 이루어지기를 기도했다. 페로는 모든 가죽끈과 썰매 채찍과 남아 있는 마구를 긴 밧줄로 한데 꼬아 개들부터 한 놈씩 절벽 위로 끌어올렸다. 썰매와 짐을 올리고 마지막으로 프랑수아가 올라갔다. 그런 다음 내려갈 장소를 물색했고, 하강할 때도 결국 밧줄의 도움을 빌렸다. 그들이 강에 다시 내려섰을 때는 이미 밤이었고, 그날의 이동거리는 고작 400미터였다.

일행이 얼음이 단단히 언 후타린카 강에 이르렀을 즈음 벅은 녹초가 되었다. 나머지 개들도 마찬가지였다. 그러나 페로는 잃어버린 시간을 메우기 위해 아침 일찍부터 밤늦게까지 그들을 몰아붙였다. 첫날은 빅새먼까지 56킬로미터를 갔고, 이튿날은 리틀새먼까지 56킬로미터를 달렸다. 사흘째는 64킬로미터를 강행군하여 파이브핑거즈 근방까지 갔다.

벅의 발은 허스키들만큼 단단하지 못했다. 벅의 발은 그의 마지막 야생의 조상이 동굴이나 강에 사는 원시인에게 길들여진 이래 많은 세대를 거치면서 부드러워졌다. 하루 종일 벅은 아파서 절뚝거렸고, 야영지만 만들어지면 죽은 듯이 드러누웠다. 아무리 배가 고파도 먹이를 받으러 오지 않아서 프랑수아가 손수 갖다주었다. 또한 그 개몰이꾼은 저녁 식사 후 매일 밤 삼십 분씩 벅의 발을 주물러주었고, 자신의 모카신 윗부분을 잘라 벅을 위한 모카신 네 짝을 만들어주었다. 그러자 발이 훨씬 편해졌는데, 어느 날 아침 프랑수아가 신발 신겨주는 걸 잊어버리자 벅은 벌러덩 드러누워 네 발을 허공에 대고 애원하듯 흔들어대며 신발 없이는 꼼짝도 하지 않겠다는 듯이 굴었다. 그 모습에 페로조차 그 여윈 얼굴을 일그러뜨리며 씽긋 웃었다. 나중에 벅의 발은 단단해졌고, 닳아빠진 신발은 버려졌다.

어느 날 아침 펠리에서 두 사람이 개들의 썰매끈을 채우고 있을 때, 이제까지 두각을 드러내지 않던 돌리가 갑자기 미쳤다. 그 암컷은 모든 개들이 공포로 털을 곤두세울 만큼 길고 애

끓는 늑대 울음을 내지르더니 곧장 벅에게 달려들었다. 벅은
개가 미치는 걸 본 적도 없었고, 그래서 광기를 무서워할 이유
도 없었다. 그러나 사태의 심각성을 직감하고 허겁지겁 달아났
다. 곧장 달아나는 벅의 뒤를 돌리가 거품을 뿜고 숨을 헐떡거
리며 바짝 쫓았다. 벅이 워낙 공포에 질려 달아난 터라 돌리는
벅을 따라잡지 못했고, 벅은 벅대로 돌리가 워낙 미쳐 있어서
그녀를 따돌리지 못했다. 벅은 그 섬에서 나무가 우거진 둔덕
으로 뛰어들었다가 낮은 곳으로 내달렸고, 거친 얼음으로 가득
한 후미진 수로를 건너 또 다른 섬에 이르렀고, 다음에는 세 번
째 섬으로 건너가 강의 본줄기로 다시 방향을 틀어 필사적으로
강을 건너기 시작했다. 그러는 내내 비록 보이진 않았지만 돌리
가 바로 뒤에서 으르렁대며 쫓아오는 소리가 들렸다. 프랑수아
가 400미터 떨어진 데서 자신을 부르는 소리가 들려 벅은 속력
을 더 내보았지만, 돌리와의 간격은 그대로였다. 벅은 고통스럽
게 숨을 헐떡거리며 프랑수아가 자신을 구해주리라 굳게 믿었
다. 그 개몰이꾼은 한 손에 도끼를 들고 있다가 벅이 자기 옆을
쏜살같이 지나치자 미친 돌리의 머리 위로 도끼를 내리찍었다.

벅은 숨을 헐떡거리며 완전히 지치고 힘이 빠져 비틀비틀 썰
매에 몸을 기댔다. 스피츠에게는 절호의 기회였다. 놈은 벅에
게 달려들어 저항도 못하는 적을 두 번이나 뼈가 드러날 정도
로 물어뜯었다. 그때 프랑수아의 채찍이 날아왔다. 아직까지
어느 누구도 맞아보지 못한 최악의 매질을 스피츠가 당하는 꼴

을 지켜보며 벅은 흡족해했다.

"악마야, 저눔 스피츠는." 페로가 말했다. "언젠가는 저눔이 벅을 죽일 거야."

"벅은 악마가 둘이야." 프랑수아가 대꾸했다. "지금까지 벅을 지켜봐서 확실히 알아. 두구 봐. 언제구 날이 풀리면 저눔은 미쳐 날뛰며 스피츠를 갈가리 물어뜯어 눈 위에 팽개쳐놓을 테니까. 확실해. 두구 봐."

그때부터 둘 사이에는 싸움이 끊이질 않았다. 선두 개이자 팀의 공식 우두머리인 스피츠는 이 이상한 남쪽 지방의 개에게 패권의 위협을 느꼈다. 게다가 스피츠로선 벅이 이상했다. 남쪽 지방의 개들을 많이 봐왔지만, 야영 생활이나 썰매끌기를 제대로 해낸 놈은 하나도 없었다. 모두들 너무 나약해서 고된 썰매끌기와 혹독한 추위와 굶주림 속에서 죽기 일쑤였다. 그런데 벅은 예외였다. 그는 잘 견뎠고 잘 자랐으며, 힘도 야수성도 교활함도 허스키들 못지않았다. 게다가 벅은 지배욕을 가진 개였다. 그런 지배욕에도 불구하고 벅이 가만히 있는 것은 빨간 스웨터를 입은 남자의 몽둥이가 무분별한 용기와 성급한 행동을 못하도록 가르쳤기 때문이다. 벅은 누구보다 교활했고, 야수성 못지않은 참을성으로 때를 기다릴 줄 알았다.

주도권을 위한 싸움은 불가피했다. 벅은 그 싸움을 원했다. 그것이 그의 본성인 데다 그는 썰매끌이 개라는 뭐라 말할 수도, 이해할 수도 없는 자부심에 단단히 사로잡혔기 때문이다.

그것은 숨을 거둘 때까지 개들에게 썰매를 끌게 하고, 썰매줄에 매여서라면 달게 죽음을 받아들이지만 줄에서 쫓겨나면 비탄에 빠지고 마는 그런 자부심이었다. 그것은 썰매끌이 개로서의 데이브의 자부심이자, 전력을 다해 썰매를 끄는 솔렉스의 자부심이기도 했다. 야영지를 떠날 때면 개들을 사로잡아, 그들을 뚱하고 음울한 짐승에서 부지런하고 열성적이고 의욕적인 동물로 탈바꿈시키는 자부심이었고, 하루 종일 그들을 질주시켰다가 야영지를 세우는 밤이면 사라져서 그들을 음울한 불안과 불만에 빠뜨리는 자부심이었다. 이런 자부심이 스피츠를 버티게 했고, 썰매를 끌 때 실수하고 뺀질거리거나 썰매줄을 채우는 아침 시간에 숨어버리는 개들을 혼내줄 수 있게 해주었다. 바로 이런 자부심 때문에 스피츠는 벅에게 선두 개의 지위를 빼앗길까 두려워했다. 이것은 또한 벅의 자부심이기도 했다.

벅은 공공연히 스피츠의 주도권을 위협했다. 스피츠가 뺀질거리는 개를 혼내주려고 할 때면 끼어들었다. 벅은 고의적으로 그렇게 했다. 어느 날 밤 큰 눈이 내렸는데, 아침에 꾀병쟁이 파이크가 나타나지 않았다. 파이크는 30센티미터 아래 눈 속에 꼭꼭 숨어 있었다. 프랑수아가 녀석을 부르고 찾아도 헛일이었다. 스피츠는 격노하며 날뛰었다. 녀석이 미심쩍은 곳마다 냄새를 맡고 파헤치며 야영지를 미친 듯이 헤집고 어찌나 무섭게 으르렁댔던지, 파이크는 그 소리를 듣고 은신처에서 벌벌 떨었다.

마침내 파이크를 찾아내 스피츠가 녀석을 혼내주려고 덤벼들었을 때 벅이 그에 못지않게 잽싸게 끼어들었다. 전혀 예상치 못한 일인 데다 순식간에 벌어진 일이라 스피츠는 뒤로 벌렁 나자빠졌다. 기가 죽어 떨고 있던 파이크는 이 공공연한 반격에 용기를 얻어 나둥그러진 대장에게 덤벼들었다. 공정한 대결의 태도를 잊은 지 오래된 벅도 같이 덤볐다. 그러나 프랑수아는 이 분쟁을 보고 킬킬 웃으면서도 정의로운 법 집행을 위해 있는 힘껏 벅에게 채찍을 날렸다. 그런데도 벅이 엎어져 있는 적에게서 떨어지지 않자 이번에는 채찍 끝을 이용했다. 그 타격에 정신이 아찔해진 벅은 뒤로 나가떨어진 채 연거푸 매를 맞았고, 그러는 동안 스피츠는 몇 번이나 규율을 어긴 파이크를 호되게 혼냈다.

그 후 며칠 동안 도슨에 가까워질수록 벅은 스피츠와 범법자들 사이에 계속 끼어들었다. 그러나 영악하게도 프랑수아가 없을 때만 그렇게 했다. 벅의 은밀한 반란에 다른 개들의 반항도 점점 늘어났다. 데이브와 솔렉스는 영향을 받지 않았지만, 다른 나머지는 갈수록 말을 듣지 않았다. 일이 제대로 될 리 만무했다. 말다툼과 싸움이 끊이질 않았다. 언제나 분쟁이 일어났고, 배후에는 벅이 있었다. 프랑수아는 조만간 두 녀석 사이에 목숨을 건 결투가 벌어지게 될 것을 늘 염려하여 한시도 마음을 놓지 못했다. 개들 사이에서 다투는 소리만 들려도 벅과 스피츠가 그러고 있는 게 아닌가 싶어 자다 말고 뛰쳐나온 적이 한두 번이 아니었다.

그러나 그 기회는 오지 않았다. 그들은 대결전의 날을 남겨 놓은 채 어느 황량한 오후에 도슨으로 들어섰다. 도슨에는 사람도 많고 개도 무수히 많았는데, 벽이 보니 개들은 저마다 일을 하고 있었다. 마치 개라는 족속은 일해야 할 운명을 타고난 것처럼 보였다. 개들은 온종일 썰매부대를 이끌고 한길을 왔다 갔다 했고, 밤에도 여전히 방울소리를 딸랑거리며 지나다녔다. 개들은 통나무와 장작을 싣고 광산까지 운반했고, 산타클라라 계곡에서 말들이 하던 온갖 노역을 대신했다. 여기저기서 벽은 남쪽 지방의 개들과 마주쳤지만, 그들 대부분은 사나운 늑대 같은 허스키들이었다. 그들은 매일 밤 일정하게 아홉 시, 열두 시, 세 시만 되면 섬뜩하고 기괴한 야상곡을 불렀는데, 벽도 그 대열에 기꺼이 합류했다.

북극의 오로라가 머리 위로 차갑게 타오르거나 별들이 추운 하늘에서 춤을 출 때 그리고 대지가 하얀 눈의 음침한 장막에 덮여 꽁꽁 얼어 있을 때, 허스키들의 이 노래는 삶에 대한 도전이었을지 모른다. 그러나 길게 늘어지는 울부짖음과 흐느낌이 섞인 단조의 그 노래는 도전이라기보다 삶에 대한 탄식이자 생존의 고달픔이었다. 그것은 태곳적부터 내려온 옛 노래—노래로 슬픔을 표현했던 원시 시대의 최초의 노래들 중 하나—였다. 그 노래에는 무수한 세대의 슬픔이 깃들어 있었고, 그 슬픔은 이상하게 벽을 흥분시켰다. 벽이 신음하고 흐느낄 때, 그것

은 그의 야생의 선조들이 겪은 고통과 그들이 느낀 추위와 어
둠에 대한 공포와 신비를 벅도 고스란히 느끼는 데서 나오는
소리였다. 또한 벅이 그 노래에 흥분한다는 것은 그가 벽난로
와 지붕이 있는 문명의 품을 떠나 거침없이 울부짖는 태곳적
야생의 삶으로 완전히 되돌아왔음을 의미했다.

　도슨에서 이레를 머문 후 일행은 막사들 옆의 가파른 비탈로
내려가 유콘 트레일로 들어서 다이와 솔트워터로 향했다. 페로
는 도슨으로 가져온 것보다 더 급한 공문서들을 운반하는 중이
었다. 또한 그는 운반책으로서의 자부심에 사로잡혀 있었고,
그해의 최단 기록을 수립할 작정이었다. 이번에는 몇 가지 유
리한 점이 있었다. 일주일간의 휴식으로 개들은 원기를 회복했
고 완벽한 컨디션을 갖췄다. 그들이 도슨으로 오면서 낸 길은
나중에 온 여행자들에 의해 더욱 단단하게 다져졌다. 게다가
경찰에서 개와 사람을 위해 식량 창고를 두세 군데 마련해주어
짐도 덜 수 있게 되었다.

　첫날은 80킬로미터를 달려 식스티마일에 이르렀다. 이튿날
은 전속력으로 달려 펠리로 가는 길목에 있는 유콘 강 수원까
지 갔다. 그러나 이런 빛나는 성과를 거둔 데는 프랑수아의 엄
청난 노고와 마음고생이 있었다. 벅이 주도한 음흉한 반란은
썰매팀의 단결을 무너뜨려놓았다. 이제는 대열을 이탈하는 개
가 한두 마리가 아니었다. 벅의 부추김으로 개들은 갖가지 사
소한 비행을 일삼았다. 스피츠는 더 이상 두려운 대장이 아니

었다. 지난날의 경외감은 사라졌고, 개들은 그의 권위에 도전할 만큼 대범해졌다. 어느 날 밤 파이크가 스피츠의 생선을 반이나 빼앗아서는 벅의 호위 아래 꿀꺽 삼켰다. 또 어떤 날 밤에는 더브와 조가 스피츠에게 대들고서도 자신들이 받아야 할 벌을 교묘히 피했다. 마음 착한 빌리마저 조금 못돼졌고, 옛날처럼 환심을 사려는 듯이 낑낑거리지 않았다. 벅은 스피츠에게 접근할 때마다 위협적으로 으르렁대고 털을 곤두세웠다. 사실 벅의 행동은 골목대장에 가까웠고, 그는 스피츠의 코앞을 으스대며 오가기를 좋아했다.

규율이 무너지자 개들 사이에도 문제가 생겼다. 개들이 전보다 더 많이 싸우고 다툼을 벌여 어떤 때는 야영지가 개소리로 가득한 아수라장이 되었다. 데이브와 솔렉스만이 끝도 없는 다툼에 짜증을 내면서도 한결같았다. 프랑수아는 별의별 심한 욕도 퍼붓고, 발끈하여 눈도 쾅쾅 짓밟고 머리카락도 쥐어뜯었다. 그의 채찍이 쉴 새 없이 개들 사이로 윙윙거리는 데도 별 소용이 없었다. 그가 돌아서기가 무섭게 개들은 다시 싸우기 시작했다. 그가 채찍으로 스피츠를 응원하면, 벅은 반대로 나머지 동료를 응원했다. 프랑수아는 이 모든 분쟁의 배후에 벅이 있다는 것을 알았고, 벅도 그가 안다는 사실을 알았다. 그러나 벅은 아주 영리해서 두 번 다시 현행범으로 걸리지 않았다. 그는 썰매 끄는 일이 즐거웠기 때문에 성실히 일했다. 그러나 몰래몰래 동료들 사이의 싸움을 부채질하고 썰매줄을 엉키게 만드는 것이 훨씬 더 즐거웠다.

어느 날 밤 타키나 어귀에서 저녁을 먹은 후 더브가 눈덧신 토끼(겨울에는 온몸이 하얗지만, 여름에는 발만 하얗고 나머지는 갈색이어서 눈신을 신은 것처럼 보이는 토끼—옮긴이)를 발견하고는 머뭇거리다 놓친 적이 있었다. 그 순간 개들이 일제히 짖기 시작했다. 100미터 조금 못 미치는 곳에 서북 지구대의 야영지가 있었는데, 그곳에 있던 허스키 50마리도 그 추격에 가담했다. 토끼는 강을 나는 듯이 달려 작은 샛강으로 방향을 틀더니 꽁꽁 언 바닥 위에 사뿐히 발을 디뎠다. 눈 위를 가볍게 달리는 토끼와 달리 개들은 온 힘을 다해 눈을 헤치며 달렸다. 벅은 60마리나 되는 무리의 선두에 서서 이쪽저쪽으로 계속 쫓았지만 따라잡지는 못했다. 열심히 낑낑거리며 자세를 낮춰 달렸는데, 그의 멋진 몸매가 앞으로 도약할 때마다 창백한 달빛에 번쩍였다. 마찬가지로 눈덧신토끼도 깡충깡충 뛸 때마다 하얀 서리에 뒤덮인 유령처럼 반짝였다.

사람들을 주기적으로 소란한 도심에서 몰아내 숲과 들에서 화약이 들어간 탄알로 사냥감을 쏘아 죽이고 싶게 만드는 저 꿈틀거리는 오랜 본능, 피에 대한 욕구, 살생의 기쁨—이 모든 게 벅의 것이었지만, 그의 것은 훨씬 더 본질적이었다. 그가 무리의 선두에서 소리를 지르며 살아 있는 야생의 먹이를 쫓는 까닭은 자신의 이빨로 먹이를 물어뜯어 그 따뜻한 피로 주둥이를 적시고 싶었기 때문이다.

삶의 절정을 이루는, 그리고 삶의 절정을 넘어서는 황홀경이 있다. 이런 황홀경이 살아 있음을 완전히 느낄 때, 동시에 살아 있다는 사실마저 완전히 망각했을 때 찾아온다는 것은 분명 삶의 모순이다. 이런 황홀경, 다시 말해 살아 있음에 대한 망각은 창작열에 사로잡혀 자신마저 잊어버리는 예술가에게 찾아오며, 공포에 휩싸인 전장에서 미쳐 날뛰며 인정사정을 거부하는 군인에게 찾아온다. 그런 황홀경이 무리의 선두에 서서 태곳적 늑대의 울음소리를 내지르며 달빛을 뚫고 눈앞에서 잽싸게 도망치는 살아 있는 먹이를 필사적으로 쫓고 있는 벅에게도 찾아왔다. 그는 지금 자기 본성의 깊숙한 면을, 시간의 태동기로 거슬러 올라가 자신조차 알지 못하는 그 옛날의 본성을 소리 내고 있었다. 그는 삶의 순수한 격동, 존재의 출렁거림, 각각의 근육과 관절과 힘줄이 자아내는 완벽한 환희에 사로잡혀 있었다. 그것이 죽음이 아닌 모든 것이라는 점에서, 그것이 움직임으로 자신을 표현하고 별들 아래와 움직이지 않는 죽은 물질의 표면 위에서 의기양양하게 날아다니며 타오르고 날뛴다는 점에서 그랬다.

그러나 스피츠는 극도의 흥분 상태에서도 냉정하게 계산하여 무리를 떠나 샛강이 길게 굽어드는 좁은 지협을 가로질렀다. 벅은 이 사실을 알지 못한 채 자기 앞에서 여전히 경쾌하게 달리는 토끼의 하얀 유령을 쫓으며 그 만곡부를 우회하다, 또 하나의 더 큰 하얀 유령이, 쑥 올라온 둑에서 토끼의 진로로 뛰어내리는 것을 보았다. 스피츠였다. 방향을 틀지 못한 토끼는 스피츠의 하얀 이빨이 공중에서 자신의 등뼈를 부러뜨렸을 때 총에 맞은 사람처럼 찢어지는 비명을 내질렀다. 이 소리, 죽음에 붙잡혀 삶의 절정으로부터 곤두박질치는 삶의 울부짖음에 벅을 뒤따르던 무리 전체가 악귀들처럼 환희의 합창을 질렀다.

벅은 소리 지르지 않았다. 그는 지체하지 않고 스피츠에게 달려들었는데, 서로의 어깨가 너무 심하게 부딪쳐 스피츠의 목을 놓치고 말았다. 그들은 눈가루를 날리며 엎치락뒤치락 뒹굴었다. 스피츠는 언제 엎어졌냐는 듯 발딱 일어나 벅의 어깨를 덥석 물고는 휙 물러섰다. 녀석은 얇은 입술을 위로 비틀어 으르렁대며 더 나은 발판을 찾아 뒤로 물러서더니 강철 덫이 맞물릴 때처럼 이빨을 두 번 딱딱거렸다.

그 순간 벅은 깨달았다. 때가 왔다는 것을. 목숨을 걸어야 할 때가. 그들은 두 귀를 납작 붙인 채 으르렁거리고 빙빙 돌면서 주의 깊게 기회를 엿보았다. 그 광경이 벅에게는 친숙하게 와닿았다. 그 모든 것—하얀 숲, 땅, 달빛 그리고 싸움의 전율—이 기억나는 것만 같았다. 고요한 순백 위로 괴괴한 정적이 덮였다. 희미한 바람소리조차 나지 않았다. 아무것도, 나뭇잎 하나 떨리지 않았고, 보이는 것은 혹한의 공기 속에서 천천히 오르내리는 개들의 숨결뿐이었다. 개들은 토끼를 삽시간에 먹어치웠는데, 그 모습은 길들여지지 않은 늑대개들이었다. 이제 그들은 싸움의 결과를 기다리며 벅과 스피츠를 빙 둘러쌌다. 그들은 눈만 번뜩인 채 숨만 천천히 날려 보내며 침묵을 지켰다. 벅에게는 이 광경이 오래전 일처럼 새롭거나 낯설지 않았다. 그것은 늘 있었던, 익숙한 일상인 것만 같았다.

스피츠는 숙련된 싸움꾼이었다. 스피츠베르겐에서 북극을 거쳐 캐나다와 파인배런스까지 가는 동안 스피츠는 온갖 부류의 개들과 함께 자신의 임무를 다했고 그들을 지배했다. 몹시 화를 내면서도 무분별하게 설치지 않았다. 상대를 찢어죽이겠다는 격앙된 순간에도, 상대 또한 같은 마음일 거라는 사실을 잊지 않았다. 적의 돌격을 받아칠 준비가 될 때까지는 절대 먼저 덤비지 않았고, 상대의 공격을 받아치고 나서야 공격을 가했다.

벅은 이 덩치 큰 하얀 개의 목을 물려고 애썼지만 헛일이었다. 엄니로 상대의 부드러운 살을 물려고 할 때마다 스피츠의 엄니에 반격당했다. 엄니와 엄니의 충돌로 입술이 터지고 피가 흘렀지만, 벅은 상대의 방어를 뚫을 수 없었다. 벅은 흥분하여 회오리바람처럼 스피츠를 에워싸며 돌진했다. 몇 번이고 상대의 생명이 끓어오르는 하얀 목덜미를 노렸지만, 그때마다 스피츠는 벅을 덥석 물고는 물러섰다. 그래서 벅은 목을 겨냥할 듯이 덤비는 척하다가 갑자기 머리를 뒤로 빼고 옆구리 쪽으로 돌아 쇠망치로 녀석을 뒤집어엎듯이 어깨로 스피츠의 어깨를 덮치려 했다. 그러나 이번에도 벅은 어깨를 덥석 물렸고, 스피츠는 가볍게 물러섰다.

스피츠는 상처 하나 없었지만 벅은 피를 뚝뚝 흘리며 몹시 헐떡거렸다. 싸움은 점점 필사적으로 변했다. 그러는 동안 둘을 에워싼 허스키들은 어느 하나가 쓰러지기만을 조용히 기다렸다. 벅이 숨을 헐떡거릴수록 스피츠는 공격에 열중하며 벅을 계속 비틀거리게 했다. 한번은 벅이 나자빠지자 에워싼 60마리의 개들이 몸을 일으키기 시작했다. 그러나 벅이 용수철이 튕겨 오르듯 다시 발딱 일어서서 무리는 다시 주저앉아 기다렸다.

그러나 벅에게는 한 가지 위대한 자질이 있었다. 그것은 상상력이었다. 그는 본능으로 싸웠지만 머리로도 싸울 수 있었다. 그는 오래된 수법인 어깨치기를 쓰는 척하면서 마지막 순간에 몸을 숙여 스피츠에게 덤볐다. 그의 이빨이 스피츠의 왼쪽 앞다리를 꽉 물었다. 우두둑 뼈 부러지는 소리가 났고 그 하얀 개는 세 발로 벅과 맞섰다. 벅은 세 차례나 상대를 넘어뜨리려 애썼고, 앞선 수법으로 상대의 오른쪽 앞다리마저 분질렀다. 고통스럽고 어찌할 도리가 없는데도 스피츠는 일어서려고 미친 듯이 버둥거렸다. 녀석은 자신을 에워싼 개들이 눈을 반짝이고, 혀를 축 늘어뜨리고, 하얀 입김을 내뿜으며 몰려오는 것을 보았다. 그는 비슷한 무리가 패한 적수에게 몰려드는 광경을 일찍이 본 적이 있다. 다만 이번에는 그 자신이 패자였다.

스피츠에게는 희망이 없었다. 벅은 냉혹했다. 자비는 따뜻한 남쪽 지방에서나 통하는 얘기였다. 벅은 마지막 돌격을 위한 책략을 짰다. 원은 이제 아주 좁아져서 허스키들의 숨소리가 옆구리에서도 느껴질 정도였다. 벅은 스피츠의 뒤편과 양편으로 허스키들이 언제든 뛰어오를 태세로 몸을 반쯤 웅크린 채 자신을 주시하고 있는 모습을 보았다. 잠시 동안 모든 게 정지한 듯했다. 모든 동물이 돌덩이처럼 움직이지 않았다. 오직 스피츠만이 이리저리 휘청거리며 임박한 죽음을 위협으로 쫓아내려는 듯 으르렁대면서 몸을 부들부들 떨고 털을 곤두세웠다. 그때 벅이 확 덤벼들었다가 빠졌다. 이때는 마침내 어깨와 어깨가 정면으로 부딪쳤다. 어두운 원이 달빛 쏟아지는 눈 위에서 한 점으로 변하면서 스피츠의 모습은 사라졌다. 벅은 가만히 서서 지켜보았다. 그것은 승리한 투사, 도살을 하고서 기뻐한 그 옛날 야수의 모습이었다.

4

새로운 일인자

"봐? 내가 뭐랬어? 벅 안에는 악마가 둘이라고 했던 게 맞지."

다음 날 아침 스피츠는 보이지 않았고 온몸이 상처투성이인 벅만 발견했을 때 프랑수아가 한 말이다. 그는 벅을 불가로 끌고 와 불빛에 상처를 비춰 보았다.

"스피츠 놈 필사적으로 싸웠는걸." 페로는 크게 찢어지고 벌어진 상처를 살피면서 말했다.

"벅은 갑절 필사적으로 싸웠을걸." 프랑수아가 대꾸했다. "이젠 서두를 수 있겠어. 스피츠가 없으니 분쟁도 끝, 암."

페로가 야영 장비를 꾸려 썰매에 싣는 동안 프랑수아는 개들의 썰매끈을 채우기 시작했다. 벅은 이제까지 스피츠가 차지했던 선두 자리로 뚜벅뚜벅 걸어갔다. 그러나 프랑수아는 벅을 알아채지 못한 채 벅이 탐내는 그 자리에 솔렉스를 세웠다. 그의 판단으로는 남은 개들 중 솔렉스가 선두 개로서 가장 적합했던 것이다. 벅은 격노하여 솔렉스에게 덤벼들어 녀석을 쫓아내고 자신이 그 자리에 섰다.

"어라, 어라?" 프랑수아는 이렇게 소리치며 허벅지를 기분 좋게 철썩 쳤다. "이눔 좀 보게. 이눔이 스피츠를 죽였군. 선두 자리를 차지하려고 말여."

"저리 가, 썩!" 그가 소리쳤지만 벅은 꿈쩍도 하지 않았다.

그는 벅의 목덜미를 잡고서 녀석이 아무리 위협적으로 으르렁거려도 녀석을 한쪽으로 끌어내고 그 자리에 솔렉스를 세웠다. 늙은 솔렉스는 그 자리를 좋아하지 않았고, 벅이 무섭다는 것을 노골적으로 드러냈다. 프랑수아는 요지부동이었지만, 그가 등을 보이자마자 벅은 다시 솔렉스를 쫓아냈고, 솔렉스는 군말 없이 물러났다.

프랑수아는 화를 냈다. "너, 이눔, 본때를 보여주마!" 그는 이렇게 소리치고 무거운 몽둥이를 들고 돌아왔다.

순간 벅은 빨간 스웨터를 입은 남자가 기억나 천천히 물러났다. 솔렉스가 다시 선두 자리에 섰는데도 감히 덤비지 않았다. 그러나 원통하고 분해서 으르렁거리며 몽둥이가 미치지 않는 곳에서만 빙빙 돌았다. 그러는 동안에도 프랑수아가 몽둥이를 날리면 잽싸게 피하기 위해 몽둥이를 주시했다. 몽둥이에 관해서라면 벅은 도가 터 있었다.

개몰이꾼은 다시 떠날 채비에 여념 없었고, 벅을 본래 자리인 데이브 앞에 세울 준비가 되자 그를 불렀다. 벅은 두세 걸음 뒤로 물러섰다. 프랑수아가 쫓아오자 다시 물러섰다. 몇 번을 그러던 프랑수아는 벅이 몽둥이를 무서워한다는 생각에 몽둥이를 던졌다. 그러나 벅은 공공연히 반항했다. 그는 몽둥이를 피하려는 게 아니라 선두 자리를 원했던 것이다. 그곳은 누가 뭐래도 그의 자리였다. 자신이 실력으로 따낸 자리였기에 그보다 못한 자리는 성에 차지 않았다.

페로도 프랑수아를 거들었다. 둘이서 거의 한 시간 동안 벅을 쫓아다녔다. 그들은 몽둥이를 던졌다. 그때마다 벅은 잽싸게 피했다. 그들은 벅만이 아니라 벅의 어미와 아비, 먼 훗날 생기게 될 벅의 자손들, 심지어 벅의 털 한 올 한 올과 혈관 속 피에 대해서까지 욕을 퍼부었다. 그러면 벅은 으르렁대며 그 욕설에 답했고 좀처럼 붙잡히지 않았다. 그는 달아나려고도 하지 않고 멀찌감치 떨어져 야영지 주위만 맴돌았다. 그것은 자신의 욕구만 충족되면 돌아가서 말을 잘 듣겠다는 분명한 의사 표시였다.

프랑수아는 주저앉아 머리를 긁적거렸다. 페로는 시계를 보며 욕을 해댔다. 시간은 쏜살같이 흘렀고, 예정대로라면 그들은 한 시간 전에 떠났어야 했다. 프랑수아는 다시 머리를 긁적였다. 그가 머리를 흔들며 페로에게 멋쩍게 웃어 보이자, 페로도 자기네가 졌다는 표시로 어깨를 으쓱했다. 결국 프랑수아는 솔렉스를 세운 자리로 가서 벅을 불렀다. 벅은 개들이 으레 짓는 웃음을 지으면서도 여전히 거리를 두었다. 프랑수아는 솔렉스의 끈을 풀어 녀석을 예전 자리로 돌려보냈다. 이제 개들은 일렬로 썰매에 매어진 채 출발 준비를 갖추게 되었다. 벅이 들어갈 곳은 선두 자리뿐이었다. 프랑수아가 다시 한 번 벅을 불렀지만, 벅은 여전히 웃기만 할 뿐 가까이 오지 않았다.

"몽둥이를 던져버려." 페로가 말했다.

프랑수아가 그렇게 했더니 벅은 의기양양하게 웃으면서 후다닥 뛰어와 썰매 팀의 맨 앞자리로 빙 둘러갔다. 그의 썰매끈이 조여지고 썰매가 움직이기 시작했다. 달리는 두 사내와 함께 일행은 타키나 강길 쪽으로 달음박질쳤다.

개몰이꾼인 프랑수아는 벅에게 악마가 둘이나 들었다며 일찍부터 벅을 높이 평가했지만, 길을 나선 지 얼마 되지도 않아 자신이 과소평가했다는 걸 깨달았다. 벅은 선두로서의 임무를 단숨에 해냈다. 빠른 판단과 사고, 빠른 행동이 요구될 때, 벅은 프랑수아가 그런 놈이 다시없다고 생각했던 스피츠보다도 월등히 잘해냈다.

벅은 규율을 정해 동료 개들에게 지키게 하는 능력이 탁월했다. 데이브와 솔렉스는 선두가 바뀐 것에 전혀 개의치 않았다. 그것은 자신들이 상관할 바가 아니었다. 그들이 할 일은 썰매를 끄는 것, 그것도 힘껏 끄는 것이었다. 제 일에 방해를 받지 않는 한, 그들은 무슨 일이 일어나든 **상관없었다**. 마음 좋은 빌리가 선두에 선다 해도 질서만 바로잡히면 관계없었다. 그러나 스피츠가 통솔하던 막판에 제멋대로 굴던 나머지 개들까지 벅이 제구실을 하게 만드는 것을 보면서 그들도 상당히 놀랐다.

벅 바로 뒤에서 꼭 필요한 만큼이 아니면 가슴걸이에 절대 체중을 싣지 않던 파이크도 빈둥거리지 말라는 벅의 눈총을 재차 받게 되자, 그날의 일과가 채 끝나기 전에 그 어느 때보다 열심히 썰매를 끌었다. 야영지에서의 첫날 밤, 투정꾼 조가 호된 벌을 받았다—스피츠로서는 한 번도 성공하지 못했던 일이다. 벅은 육중한 체중으로 조를 간단히 깔아뭉갠 뒤 녀석이 덤벼들기를 포기하고 낑낑대며 용서를 구할 때까지 혼을 내줬다.

썰매팀의 전체적인 사기가 즉각 살아났다. 예전의 결속을 되찾아 개들은 다시 한 번 한 몸으로 썰매를 끌었다. 링크 급류에서 토박이 허스키 티크와 쿠너가 팀에 합류했다. 벅이 그들을 신속하게 단련시키는 솜씨에 프랑수아도 혀를 내둘렀다.

"내 생전 벅 같은 놈은 첨이야!" 프랑수아가 소리쳤다. "정말, 첨이야. 저놈은 1,000달러는 나갈 거야, 고럼! 응? 안 그려, 페로?"

페로도 고개를 끄덕였다. 그는 이미 기록을 세웠고, 날마다 기록을 갱신하고 있었다. 길은 단단히 다져져 있어 최상의 상태였고, 새로 내린 눈과 씨름할 일도 없었다. 날씨도 심하게 춥지는 않았다. 영하 45도로 떨어진 기온은 여행이 끝날 때까지 이어졌다. 두 사람은 교대로 썰매를 탔고, 개들은 어쩌다 잠시 멈추는 일 외에는 계속 달렸다.

서티마일 강은 비교적 두껍게 얼어 있어서 올 때 열흘이나 걸린 거리를 돌아갈 때는 하루 만에 주파했다. 라베르지 호 기슭에서 화이트호스 급류까지 97킬로미터의 거리를 단숨에 달렸다. 마시, 타기시, 베넷(113킬로미터에 달하는 호수)을 가로지를 때는 나는 듯이 달렸기 때문에, 썰매에 올라타지 않은 사람은 썰매 뒤에서 밧줄에 끌려가다시피 했다. 둘째 주가 끝나는 마지막 날밤, 그들은 화이트 고개를 넘어 스캐그웨이와 선박의 불빛을 굽어보며 해안의 비탈을 내려갔다.

그것은 기록적인 주행 거리였다. 그들은 14일 동안 하루 평균 64킬로미터를 달린 것이다. 사흘 동안 페로와 프랑수아는 가슴을 펴고서 스캐그웨이 중심가를 다니며 각종 술자리에 초대되었다. 개들은 개들대로 몰려든 조련사들과 여행꾼들의 숭배의 대상이 되었다. 얼마 후 그 마을을 싹쓸이하려던 악당 서너 명이 허탕만 친 채 벌집이 된 사건이 있었고, 대중의 관심은 다른 우상들에게 쏠렸다. 곧이어 정부의 공식 명령이 떨어졌다. 프랑수아는 벅을 불러 두 팔로 끌어안고 눈물을 흘렸다. 그것이 프랑수아와 페로와의 마지막이었다. 다른 사람들처럼, 그들도 벅의 삶에서 영원히 사라졌다.

스코틀랜드계 인디언 혼혈이 벅과 그의 동료들을 맡게 되었다. 그는 다른 열두 팀과 함께 도슨으로 가는 따분한 여행길에 올랐다. 이번에는 짐이 가벼운 경주도, 기록 세우기도 아닌, 날마다 무거운 짐을 끄는 중노동이었다. 이번 일은 북극의 위험에 직면한 채 금을 찾는 사람들에게 세상 소식을 전하는 우편 수송이었기 때문이다.

벅은 그 일을 좋아하지 않았지만, 데이브와 솔렉스를 본받아 그 일에 자부심을 느끼며 잘 버텨냈다. 그리고 동료들이 자부심을 느끼든 말든 각자 제 몫을 해내는지 살폈다. 기계처럼 규칙적이고 단조로운 생활이 이어졌다. 그날이 그날 같았다. 매일 아침 일정한 시간에 요리사가 나와 불을 지피면 아침을 먹었다. 그러고 나면 몇몇은 야영지를 치우고 몇몇은 개들의 썰매끈을 채웠고, 동이 트려면 아직 한 시간이나 남은 어두운 새벽에 일행은 길을 나섰다. 밤에는 다시 야영지가 만들어졌다. 누구는 텐트를 치고, 누구는 잠자리에 쓸 장작과 소나무 가지를 꺾고, 누구는 요리를 하기 위해 물이나 얼음을 날랐다. 개들에게 먹이를 주는 사람도 있었다. 개들에게는 이때가 하루의 낙이었다. 생선을 먹고 나서 다른 개들과 함께 한 시간 정도 어슬렁거리는 것도 좋았다. 그런 개가 100마리 남짓했다. 그들 중에는 사나운 싸움꾼들도 있었지만, 벅이 가장 사나운 놈과 세 번을 싸워 이기자 그 후로 벅이 털을 곤두세우고 이를 드러내면 그들은 순순히 길을 비켰다.

벅은 무엇보다도 모닥불 옆에 누워 뒷발을 오므리고 앞발을 쭉 뻗은 채 고개를 들어 눈을 깜박이며 꿈꾸듯이 불길을 쳐다보길 좋아했다. 때때로 양지바른 산타클라라 계곡에 있는 밀러 판사의 커다란 저택이며, 시멘트로 만든 물탱크며, 털이 없는 멕시코산 이자벨과 일본 개 투츠를 생각하곤 했다. 하지만 그보다는 빨간 스웨터를 입은 남자와 컬리의 죽음, 스피츠와의 대결전 그리고 지금껏 먹었거나 앞으로 먹고 싶은 맛있는 것들을 더 자주 떠올렸다. 벅은 향수병에 걸리지는 않았다. 양지바른 남쪽은 너무나 멀고 희미했고, 그곳에서의 기억은 그에게 힘을 발휘하지 못했다. 훨씬 더 강력한 힘은 벅이 한 번도 본 적 없는 것들에게 친숙함을 느끼게 하는 유전형질에 대한 기억이었다. 세월과 함께 소멸되었다가 훨씬 더 나중에 벅 안에서 다시 빠르게 되살아난 본능이. (조상들에 대한 기억으로만 존재하던 본능은 습성이 된다.)

때때로 벅은 불 옆에 웅크리고 누워 눈을 깜박이며 꿈꾸듯이 불길을 보았다. 그러면 그 불은 또 다른 불로 보이고 이 불 옆에 웅크리고 있는 자신의 맞은편에는 인디언 혼혈 요리사가 아닌 전혀 다른 사람이 서 있는 듯했다. 이 사람은 요리사보다 다리는 짧고 팔은 길었으며, 근육은 둥글고 불룩하다기보다 힘줄이 툭툭 불거져 나온 식이었다. 이 남자의 머리칼은 길고 헝클어져 있고, 머리는 눈 위에서 뒤쪽으로 경사져 있었다. 그는 이상한 소리를 내뱉었고, 어둠을 몹시 무서워하는 듯했는데, 무릎과 발의 중간쯤 걸려 있는 손에 무거운 돌을 달아맨 막대를 꽉 쥐고서 어둠 속을 끊임없이 응시했다. 그는 불에 그슬린 누덕누덕한 가죽을 등에 걸쳤을 뿐 벌거숭이나 다름없었고, 몸에는 털이 많았다. 어떤 부위들, 그러니까 가슴에서 어깨를 가로질러 팔과 허벅다리 바깥쪽을 내려가는 곳은 거의 두꺼운 모피를 두른 듯 털이 무성했다. 그는 똑바로 서 있지 않고, 엉덩이에서부터 몸을 앞으로 숙이고 무릎은 구부린 채 엉거주춤 서 있었다. 그런데도 그의 몸에서는 이상한 탄력성, 거의 고양이 같은 탄력성이 느껴졌고, 보이거나 보이지 않는 것들을 늘 두려워하며 사는 사람이 으레 보이는 재빠른 민첩성도 느껴졌다.

이따금 이 털보 인간이 무릎 사이에 머리를 묻고 불 옆에서 웅크리고 잘 때가 있었다. 그럴 때면 텁수룩한 팔로 비를 피하려는 듯 팔꿈치를 무릎에 대고 두 손을 머리 위로 깍지 끼었다. 그 모닥불 너머, 에워싸인 어둠 속에서 벅은 둘씩둘씩, 언제나 둘씩둘씩 번뜩이는 불꽃을 볼 수 있었다. 그것은 커다란 맹수들의 눈이었다. 벅은 그들의 몸이 덤불을 헤치며 나아가는 소리와 밤중에 내는 소음들을 들을 수 있었다. 유콘 강가에 누워 몽롱한 눈으로 모닥불을 바라보며 꿈을 꾸노라면, 또 다른 세계의 소리와 광경이 벅의 등줄기를 따라 털을 일으켜 세우고 어깨와 목덜미의 털도 곤두서게 했다. 그러다 그가 나지막하게 끙끙거리거나 조용히 으르렁거리면 혼혈인 요리사가 "어이, 벅, 눈 떠!" 하고 소리치곤 했다. 그러면 다른 세계는 사라지고 현실 세계가 눈앞에 펼쳐졌고, 벅은 일어나 하품을 하고 기지개를 펴곤 했다.

우편물을 끄는 것은 여간 힘든 일이 아니었다. 중노동에 개들은 녹초가 되었다. 도슨에 도착했을 때 개들은 살도 빠지고 건강도 좋지 않아 열흘이나 최소한 일주일은 쉬어야 했다. 그러나 이틀 만에 그들은 바깥세상으로 보내는 편지를 싣고 배럭스에서 유콘 강가를 따라 내려갔다. 개들은 지쳤고, 개몰이꾼들은 투덜거렸고, 설상가상 날마다 눈까지 왔다. 그러면 길이 폭신해져 썰매날에 마찰이 더 심해지고 개들도 더 힘껏 썰매를 끌어야 한다. 그러나 개몰이꾼들은 언제나 공정했고, 개들을 위해 최선을 다했다.

밤이면 개들부터 챙겼다. 개들이 먼저 밥을 먹었고, 개몰이꾼들은 자신들이 부리는 개들의 발을 살펴주고 나서야 잠자리에 들었다. 그런데도 개들의 기력은 떨어졌다. 겨울 초입부터 그들은 무려 2,900킬로미터를 달렸는데, 무거운 썰매를 끌고 가기에는 진이 빠지는 거리였다. 2,900킬로미터는 제아무리 튼튼한 개도 지칠 수밖에 없는 거리다. 벅도 몹시 지쳤지만, 동료들이 맡은 바를 해내고 규율을 지키게 하면서 견뎌냈다. 빌리는 밤마다 잠자리에서 끙끙대고 울었다. 조는 전보다 더 까다로워졌고, 솔렉스는 눈먼 쪽이든 보이는 쪽이든 누구도 접근하지 못하게 했다.

그러나 그들 중 가장 힘들어하는 건 데이브였다. 녀석은 어디가 좋지 않았다. 전보다 더 시무룩하고 화를 잘 냈고, 야영지가 세워지면 자리에 드러눕기 바빠 먹이도 개몰이꾼이 먹여줘야 했다. 데이브는 썰매끈에서 풀려나 쓰러지면 다음 날 아침 썰매끈을 채울 시간까지 일어나지 않았다. 때때로 썰매를 끌다 썰매가 급정거하거나 갑자기 출발할 때면 데이브는 고통스럽게 비명을 질렀다. 개몰이꾼이 녀석을 진찰했지만, 아무것도 발견하지 못했다. 모든 개몰이꾼이 데이브의 증상에 관심을 보였다. 식사 때도, 자기 전 마지막으로 담배를 피울 때도 데이브가 화제에 올랐다. 그러던 어느 날 밤 그들은 회의를 열었다. 그들이 데이브를 불 옆으로 데려와 누르고 찔러대자 녀석은 여러 번 소리를 질렀다. 몸 안에 문제가 생긴 듯했지만, 그들로서는 어디가 부러졌는지, 무엇이 잘못됐는지 알 수 없었다.

캐시어바에 도착할 무렵 데이브는 너무나 약해져서 썰매를 끌다가 몇 번이나 쓰러지곤 했다. 그러자 스코틀랜드계 인디언 혼혈은 썰매를 멈춘 뒤 데이브를 팀에서 빼내고 솔렉스를 앞자리에 세우려 했다. 그의 의도는 데이브가 쉴 수 있도록 썰매 뒤에서 자유롭게 달리게 하려는 것이었다. 아픈데도 데이브는 썰매끈이 풀리는 동안 자신이 쫓겨나는 것에 분개하여 투덜거리고 으르렁댔고, 자신이 그토록 오랫동안 지켜온 자리를 솔렉스가 차지하는 모습을 보고는 상심하여 낑낑거렸다. 썰매를 끄는 것이 그의 자부심이었기 때문에, 아파서 죽을 지경인데도 녀석은 다른 개가 제 일을 하는 것을 못 견뎌했다.

썰매가 출발하자 데이브는 단단하게 다져진 길 곁에서 부드러운 눈 위를 허우적거리며 가면서 솔렉스를 이빨로 공격하거나, 바로 달려들거나 반대편에서 부드러운 눈 속으로 밀어넣거

나 썰매줄 사이로 뛰어들어 솔렉스와 썰매 사이에 끼어들려고
했다. 그러는 동안에도 슬픔과 고통으로 낑낑거리고 컹컹 짖고
울부짖었다. 인디언 혼혈이 채찍으로 쫓아보았지만, 매서운 채
찍질에도 데이브가 끄덕하지 않자 그는 더 이상 세게 때릴 엄
두가 나지 않았다. 데이브는 썰매 뒤를 조용히 따라오는 편이
편할 텐데도, 한사코 그렇게 하지 않고 훨씬 가기 힘든 부드러
운 눈을 밟고 허우적거리며 달리다 끝내 녹초가 되었다. 녀석
은 쓰러졌고, 그렇게 쓰러진 채로 긴 썰매 행렬이 눈보라를 일
으키며 지나갈 때 애처롭게 울부짖었다.

데이브는 혼신의 힘을 다해 뒤에서 비틀대며 걸었다. 녀석이
허우적거리며 여러 썰매를 지나쳐 마침내 솔렉스 옆으로 왔을
때 썰매 행렬이 또 한 번 멈췄다. 그러나 그의 몰이꾼은 뒷사람
에게 담뱃불을 빌리기 위해 잠시 멈춘 것뿐이었다. 담뱃불을
빌리자마자 그는 돌아와 개들을 출발시켰다. 힘껏 썰매를 끄는
데도 이상하게 힘이 느껴지지 않아 불안하게 머리를 돌려본 개
들은 깜짝 놀라 그대로 섰다. 개몰이꾼도 깜짝 놀랐다. 썰매는
멈춘 자리에 그대로 있었다. 그는 동료들을 불러 이 광경을 좀
보라고 했다. 데이브가 솔렉스의 끈을 양쪽 다 물어뜯고서는
썰매 바로 앞쪽에 있는 제 자리에 서 있었던 것이다.

녀석의 눈은 그 자리를 지키게 해달라고 애원하고 있었다.
개몰이꾼은 당황했다. 그의 동료들은 개들이 비록 죽는 한이
있어도 일을 거부당했을 때 얼마나 상심하는지에 대해, 너무

늙어 일을 못하거나 부상을 당한 개들이 썰매팀에서 밀려난 것 때문에 죽은 사례들에 대해 이야기했다. 또한 그들은 데이브가 어차피 죽을 목숨이니 썰매를 끌다 마음 편히 죽게 해주는 것이 인정을 베푸는 일이라고들 했다. 그래서 데이브는 다시 썰매끈을 차게 되었고, 내상의 고통으로 무심결에 몇 번이고 비명을 지르면서도 전처럼 자랑스럽게 썰매를 끌었다. 녀석은 몇 번이나 쓰러져 질질 끌려갔고, 한번은 썰매와 부딪혀 그 뒤로는 뒷다리 하나를 절뚝거리며 걸었다.

그러나 데이브는 야영지에 도착할 때까지 끝까지 버텼고, 개몰이꾼은 불 옆에 녀석의 잠자리를 만들어주었다. 이튿날 아침 데이브는 너무 약해져서 썰매를 끌 수 없었다. 썰매끈을 채울 시간이 되자 녀석은 개몰이꾼에게 기어가려 애썼다. 필사의 노력으로 겨우 일어섰지만 비틀거리다 쓰러졌다. 그러자 녀석은 동료들이 썰매끈을 차고 있는 쪽으로 벌레처럼 천천히 기어갔다. 녀석은 앞발을 내밀었다가 몸을 앞으로 확 끌어당겼고, 다시 앞발을 내밀어 몸을 확 끌어당겨 조금씩 나아갔다. 그러다 힘이 완전히 소진됐다. 동료들은 눈 속에서 숨을 헐떡거리며 자신들 곁으로 오고 싶어하는 데이브를 보았다. 그것이 마지막이었다. 그러나 자신들이 강가의 삼림 지대 뒤로 사라질 때까지도 녀석이 애처롭게 우는 소리는 계속 들렸다.

갑자기 썰매 행렬이 멈췄다. 스코틀랜드계 혼혈이 방금 떠나온 야영지로 천천히 되돌아갔다. 사람들의 얘기 소리가 뚝 그쳤다. 그리고 한 방의 총성이 울렸다. 그는 서둘러 돌아왔다. 채찍이 날리고 방울이 경쾌하게 울리자 썰매들이 눈보라를 일으키며 출발했다. 그러나 강가의 삼림 지대 뒤에서 무슨 일이 일어났는지는 벅도 알았고, 다른 개들도 알았다.

5

썰매를 끄는 고통

도슨을 떠난 지 30일 만에 솔트워터 우편대는 벅과 그의 동료들을 맨 앞에 세우고 스캐그웨이에 도착했다. 개들은 지치고 피로하여 비참한 상태였다. 벅의 몸무게는 64킬로그램에서 52킬로그램으로 줄었다. 나머지 개들은 벅보다 몸무게가 적게 나갔는데도 비교적 더 많이 빠졌다. 속임수로 일관하며 종종 발을 다친 체했던 꾀병쟁이 파이크는 이번에는 진짜로 다리를 절었다. 솔렉스도 절뚝거렸고, 더브는 어깨뼈가 삐어 고통스러워했다.

그들 모두 발이 지독하게 아팠다. 뛰거나 내디딜 힘도 남아 있지 않았다. 무거워진 발을 땅에 디디면 온몸이 흔들리며 여행의 피로가 배로 증폭되었다. 기진맥진하다는 것 외에 그들에게 다른 문제는 없었다. 그러나 이것은 단기간의 과로에서 비롯된 기진맥진이 아니었다. 그 정도라면 회복은 시간 문제였다. 그러나 이것은 몇 달간의 고된 노동으로 천천히 오랫동안 기력이 빠진 기진맥진이었다. 회복할 힘도, 더 낼 만한 기력도 없었다. 마지막 남은 한 방울의 힘까지 모두 써버린 것이다. 모든 근육과 조직과 세포가 지쳤고 기진맥진해졌다. 당연한 결과였다. 거의 다섯 달 동안 그들은 4,000킬로미터를 달렸고, 그중 마지막 2,900킬로미터를 달리는 동안에는 닷새밖에 쉬지 못했다. 스캐그웨이에 도착했을 때 그들은 걸음조차 떼기 힘들 지경이었다. 썰매줄을 팽팽히 당길 수도 없었고, 내리막에서는 간신히 썰매에 부딪치지 않고 갈 수 있을 뿐이었다.

"어서 가자, 발이 아프겠지만." 개들이 스캐그웨이 중심가를 비틀거리며 걸을 때 개몰이꾼이 그들을 독려했다. "이게 마지막이다. 그럼 오래 쉴 수 있어. 응? 정말이다. 오래 쉬게 해주마."

개몰이꾼들도 오랫동안 쉴 수 있으리라 확신했다. 그들 자신도 1,900킬로미터를 이틀만 쉬고 주파했기 때문에 이론적으로나 상식적으로나 어느 정도 빈둥거릴 만했다. 그러나 클론다이크로 몰려온 사람들이 워낙 많았고, 그곳까지 따라오지 못한 애인과 부인과 친척도 워낙 많아 우편물이 거의 산처럼 쌓였다. 게다가 정부의 공문서들도 있었다. 허드슨 만의 생기 있는 개들이 쓸모없어진 개들과 교체될 예정이었다. 쓸모없어진 개들은 처분되어야 했고, 개들이 돈에 비해 가치가 거의 없으면 팔려 나가야 했다.

사흘이 지날 무렵 벅과 그의 동료들은 자신들이 얼마나 지치고 약해졌는지를 알았다. 나흘째 되는 날 아침 미국에서 온 두 남자가 그들과 장비 일체를 헐값으로 샀다. 두 남자는 서로를 "할"과 "찰스"라고 불렀다. 찰스는 살결이 약간 희고, 약하고 흐리멍덩한 눈에 축 처진 입술과는 대조적으로 사납고 박력 있게 위로 뒤틀린 콧수염을 가진 중년의 남자였다. 할은 열아홉이나 스무 살쯤 돼 보이는 젊은이로, 탄약통이 잔뜩 꽂힌 혁대 위에 대형 콜트 자동 권총과 사냥칼을 차고 있었다. 이 혁대가 그 남자의 가장 두드러진 물건이었다. 그것은 그의 미숙함—말로 표현할 수 없는 순전한 미숙함—을 광고하는 격이었다. 두 남자는 이런 곳에 전혀 어울리지 않았다. 이런 자들이 왜 위험을 무릅쓰고 북극으로 왔는지는 이해할 수 없는 수수께끼였다.

벅은 흥정하는 소리를 듣고 그 남자와 정부 관리 사이에 돈이 오가는 것을 보았다. 스코틀랜드계 인디언 혼혈과 우편 마차 몰이꾼도 페로와 프랑수아와 그전에 스쳐간 다른 사람들처럼 그의 인생에서 사라지리라는 것을 알았다. 벅이 동료들과 함께 새 주인의 야영지로 끌려가 보니, 텐트는 반쯤 펼쳐져 있고 접시는 씻지도 않은 채 모든 게 무질서했다. 한마디로 어수선하고 지저분했다. 벅은 여자도 보았다. 남자들은 그녀를 "머세이디즈"라고 불렀다. 그녀는 찰스의 아내이자 할의 누이였다. 단란한 가족 일행이었다.

벅은 그들이 텐트를 걷고 썰매에 짐을 싣는 모습을 걱정스레 지켜보았다. 갖은 노력을 다하고 있었지만, 일하는 모습이 영 아니었다. 텐트는 아무렇게나 뚤뚤 말아서 제대로 접었을 때보다 부피가 세 배나 컸다. 놋접시들은 씻지도 않은 채 썰매에 실었다. 머세이디즈는 남자들 사이를 계속 오가며 잔소리와 충고를 쉴 새 없이 늘어놓았다. 옷 자루를 썰매 앞자리에 실으면 뒤에 놓는 것이 좋겠다고 하고, 자루를 기껏 뒤에 놓고 그 위에 두세 가지 짐을 올려놓으면 바로 그 자루에 넣어야 할 물건을 넣지 않았다며 다시 짐을 내리게 했다.

이웃 텐트에서 남자 셋이 나와서 이 광경을 보고는 서로에게 눈을 깜박이고 히죽거렸다.

"짐이 어마어마하군요." 그들 중 한 명이 말했다. "주제넘은 말 같지만, 나 같으면 그 텐트는 안 가지고 가겠어요."

"말도 안 돼요!" 머세이디즈는 화들짝 놀라 두 손을 치켜들며 소리쳤다. "도대체 텐트 없이 어떻게 지낸단 말이에요?"

"봄인데요, 뭐. 날이 더 이상 안 추울걸요." 그 남자가 대답했다.

머세이디즈는 단호히 고개를 흔들었고, 찰스와 할은 산만한 짐 위에 마지막 잡동사니들을 올렸다.

"움직이기나 하겠습니까?" 남자들 중 한 명이 물었다.

"못 갈 건 뭡니까?" 찰스는 다소 무뚝뚝하게 말했다.

"오, 그래요, 그래요." 그 남자는 얼른 유순하게 말했다. "단지 좀 걱정이 돼서요. 그뿐입니다. 짐이 좀 많아 보여서요."

찰스는 등을 돌리고 있는 힘껏 채찍을 휘둘렀는데, 솜씨가 엉망이었다.

"물론 개들은 그만한 짐을 끌고도 온종일 갈 수 있겠죠." 또 다른 남자가 말했다.

"물론이죠." 할이 한 손에는 썰매채를 쥐고 다른 한 손으로는 채찍을 휘두르며 차갑지만 깍듯이 말했다. "이랴!" 할이 소리쳤다. "이랴, 달리자!"

개들은 가슴걸이에 힘을 주고 몇 분간 열심히 썰매를 잡아당기다 힘을 뺐다. 썰매는 꿈쩍도 하지 않았다.

"이 게으른 놈들, 본때를 보여주마." 할은 이렇게 소리치며 개들을 채찍질하려고 했다.

그 순간 머세이디즈가 울면서 말렸다. "오, 할, 그러지 마." 그녀는 채찍을 붙들어 그에게서 잡아챘다. "가엾은 것들! 남은 여행 동안 개들한테 모질게 굴지 않겠다고 약속해. 아니면 한 발짝도 안 가겠어."

"개에 대해 아는 게 많나 보군." 그녀의 동생은 조롱하듯 말했다. "참견하지 마. 이놈들은 게으르다고. 패주지 않으면 아무것도 얻지 못해. 그게 개들의 방식이야. 길 가는 사람 붙들고 물어봐. 아님 저 사람들한테라도."

머세이디즈는 예쁜 얼굴을 고통스럽게 일그러뜨려 정말로

싫다는 뜻을 드러내며 애원하듯 세 사람을 보았다.

"굳이 알려드리자면, 그 개들은 아주 약해요." 남자들 중 한 명이 대답했다. "완전 지쳐 있단 말이죠. 그게 문제예요. 휴식이 필요해요."

"휴식은 무슨 얼어죽을." 아직 수염도 나지 않은 할이 말했다. 메세이디즈는 그 욕설에 고통과 슬픔에 차서 "아!"라고 말했다.

그러나 팔은 안으로 굽는다고, 그녀는 즉시 동생을 변호하고 나섰다. "저 사람 말 신경 쓰지 마." 그녀는 대놓고 말했다. "우리 개를 부리는 사람은 너니까, 네가 가장 좋다고 생각하는 대로 해."

다시 할의 채찍이 개들 위로 떨어졌다. 개들은 가슴걸이에 힘을 싣고 다져진 눈이 패일 정도로 발에 힘을 주면서 바짝 엎드려 젖 먹던 힘까지 동원했다. 그러나 썰매는 닻처럼 꿈쩍도 하지 않았다. 두 번을 시도한 후 그들은 숨을 헐떡이며 가만히 멈춰섰다. 채찍이 잔혹하게 쌩쌩 날렸고, 머세이디즈가 다시 한 번 끼어들었다. 그녀는 눈물을 글썽이며 벅 앞에 무릎을 꿇고 벅의 목을 끌어안았다.

"아아, 가엾은 것들." 그녀는 동정하며 소리쳤다. "왜 좀더 힘껏 끌지 못하니? 그러면 얻어맞지 않을 거잖아." 벅은 그녀가 맘에 들지 않았지만, 너무 비참한 나머지 그녀를 뿌리칠 수도 없어 그런 동정심도 비참한 일과의 하나로 받아들였다.

격한 말을 억누르려고 이를 악다물고 있던 구경꾼들 중 한 명이 드디어 큰 소리로 말했다.

"당신들이야 어찌 되건 내 알 바 아니지만, 개들을 위해 한 마디 해야겠소. 썰매를 바닥에서 떼주면 개들이 수월할 게 아니오. 썰매날이 꽁꽁 얼어붙어 있잖소. 썰매채를 좌우로 흔들어 보시오. 그러면 썰매날이 떨어질 테니."

세 번째 시도를 하기 전에 할은 그 충고대로 눈에 얼어붙어 있던 썰매날을 떼어냈다. 너무 많은 짐을 실은 산만한 썰매가 천천히 움직였는데, 벅과 그의 동료들은 빗줄기 같은 채찍을 맞으며 미친 듯이 애썼다. 100여 미터 앞에서 길이 꺾어지며 중심가 쪽으로 가파른 내리막을 그었다. 엄청난 짐을 실은 썰매를 제대로 몰기 위해선 경험 많은 사람이 필요했지만, 할은 그런 사람이 아니었다. 그들이 꺾어진 길을 돌 때 썰매가 옆으로 기울어지면서 느슨하게 묶어놓은 짐들이 반이나 흘러내렸다. 개들은 쉬지 않고 달렸다. 가벼워진 썰매는 옆으로 쓰러진 채 통통 튀어올랐다. 개들은 자신들이 받은 학대와 부당한 짐 때문에 화가 나 있었다. 벅은 미친 듯이 날뛰었다. 벅이 갑자기 뛰기 시작하자 동료들도 그를 따랐다. 할이 "워어! 워어!" 소리를 질러대도 개들은 들은 척도 하지 않았다. 할은 발을 헛디뎌 쓰러졌다. 뒤집혀진 썰매가 쓰러진 그를 뭉개고 지나갔고, 개들은 거리를 마구 달려 번화가 여기저기에 나머지 짐들을 뿌려놓으며 스캐그웨이 사람들에게 즐거움을 더해주었다.

마음 착한 주민들이 개들을 붙잡아 주고 흩어진 짐들도 모아 주었다. 그들은 충고도 잊지 않았다. 도슨까지 갈 생각이라면 짐을 반으로 줄이고 개는 두 배로 늘이라는 것이었다. 할과 그의 누이와 매형은 마지못해 그 충고대로 텐트를 내리고 짐을 일일이 점검했다. 통조림이 나오자 사람들이 크게 웃었다. 장거리 여행에서 통조림은 꿈에도 생각하지 않는 것이었기 때문이다. 같이 웃으면서 일을 거들어주던 남자들 중 한 명이 말했다. "이런 담요들은 호텔에나 어울려요. 반도 너무 많아요. 다 버려요. 저 텐트도, 접시도 모조리 버려요. 어쨌거나 설거지는 누가 할 거요? 기가 차서, 당신들은 침대칸 달린 열차 타고 여행하는 줄 아셨소?"

그렇게 해서 불필요한 물건들은 사정없이 버려졌다. 머세이디즈는 자신의 옷 가방이 땅바닥에 던져지고 물건들이 하나씩 버려지는 것을 보며 울었다. 버려진 물건 하나하나 때문에 더 울었다. 그녀는 양손을 무릎에 깍지 낀 채 몸을 앞뒤로 흔들며 가슴 아파했다. 아무리 동생을 위하는 일이라 해도 한 발짝도 움직이지 않겠다고 단언했다. 그녀는 모든 사람과 모든 것에게 하소연하다가, 결국에는 눈물을 닦고 정작 필요한 옷가지들까지 버리기 시작했다. 그리고 흥분한 나머지 자기 일을 끝내고서는 남자들의 소지품에까지 달려들어 순식간에 일을 해치웠다.

이렇게 해서 짐이 반으로 줄긴 했지만 여전히 만만찮은 부피였다. 찰스와 할은 저녁 때 나가서 외지 개 여섯 마리를 사왔다. 애초의 여섯 마리에다 기록 경주 때 링크 급류에서 얻은 허스키인 틱과 쿠너를 더하여 팀은 모두 열네 마리가 되었다. 그러나 외지 개들은 북쪽에 와서 적응 훈련을 받았음에도 크게 쓸모가 없었다. 세 마리는 털이 짧은 포인터[에스파냐 원산의 꿩 사냥개. 후각이 예민하여 사냥감을 발견하면 오른쪽 앞발을 쳐들어 사냥감을 가리키는('포인트') 데서 이름이 유래되었다 — 옮긴이]였고, 한 마리는 뉴펀들랜드 종이었고, 나머지 두 마리는 태생이 분명하지 않은 잡종이었다. 이 신참들은 아무것도 모르는 것 같았다. 벅과 그의 동료들은 그들을 몹시 싫어했다. 벅은 그들에게 각자의 위치와 하지 말아야 할 것에 대해서는 빨리 가르쳤지만, 해야 할 일은 가르칠 수가 없었다. 그들은 썰매 끄는 일을 기꺼이 받아들이지 못했다. 잡종 개 두 마리를 제외하고 나머지는 자신들이 처한 이상하고 야만적인 환경과 이제까지 받은 학대 때문에 당황하고 의기소침해 있었다. 두 잡종 개도 활기라곤 없었고, 물어뜯을 만한 데도 뼈뿐이었다.

신참들은 부실하고 가망 없고, 선임들은 4,000킬로미터에 이르는 계속된 노정에 지쳐 있어서 전망이 결코 밝지 않았다. 그러나 두 남자는 아주 쾌활했다. 또한 우쭐해하고 있었다. 자신들의 팀이 개를 열네 마리나 둔 호화판으로 보였기 때문이다. 그들은 재를 넘어 도슨으로 떠나거나 도슨에서 오는 많은 썰매들 중에서 열네 마리나 되는 개들이 한 썰매를 끄는 것을 본 적이 없었다. 북극 여행의 성격상, 썰매 한 대를 열네 마리가 끌어서는 안 되는 이유가 있었다. 썰매 한 대로는 그 많은 개의 먹이를 감당할 수 없기 때문이다. 그러나 찰스와 할은 이런 사실을 몰랐다. 그들은 개 한 마리당 먹이가 얼마나 들고, 수가 이 정도면 얼마가 들 것이며, 시간은 얼마나 걸릴 것인지를 계산하며 연필로 그 여행을 해결했다. 머세이디즈는 이들의 어깨 너머로 보면서 알겠다는 듯이 고개를 끄덕였다. 모든 게 실로 간단해 보였다.

이튿날 아침 늦게 벅은 긴 썰매팀의 선두에 섰다. 그 팀에는 생기라고는 없었고, 벅과 그의 동료들은 한 발짝 내디딜 기운도 없었다. 그들은 기진맥진한 상태였다. 벅은 솔트워터와 도슨 사이를 네 번이나 왕복했지만, 이렇게 지치고 피곤한 상태로 또다시 그 길에 맞서야 한다는 사실이 괴로웠다. 그는 일할 마음이 나지 않았고, 다른 개들도 같은 마음이었다. 신참들은 겁을 내고 무서워했고, 기존 구성원들은 새 주인을 신뢰하지 못했다.

벅은 이 두 남자와 여자가 믿을 만하지 않다는 걸 막연히 느꼈다. 그들은 뭐 하나 제대로 할 줄 아는 게 없었고, 날이 갈수록 배울 줄도 모르는 인간들이라는 게 분명해졌다. 무슨 일에서든 질서나 규율이 없어 느슨했다. 엉성한 야영지를 세우는 데만도 반나절이 걸렸고, 야영지를 정리하고 짐을 싣는 데 아침나절이 걸렸고, 짐을 엉성하게 싣는 바람에 썰매를 세우고 짐을 재정리하는 데 그날 하루를 허비하곤 했다. 이런 형편이다 보니 어떤 날에는 15킬로미터도 못 가는가 하면, 어떤 날에는 출발조차 못했다. 그들이 개 먹이를 계산하여 원래 계획한 주행 거리의 반 이상을 달려본 적이 하루도 없었다.

개 먹이가 바닥날 것은 빤한 일이었다. 그런데도 그들은 개들을 필요 이상으로 먹임으로써 먹이 부족 사태를 스스로 재촉하고 있었다. 오랫동안 굶주린 데다 최소의 양으로 최대치를 뽑아내는 훈련을 받지 못한 신참들은 왕성한 식욕을 보였다. 이런 데다, 지친 허스키들이 힘없이 썰매를 끌자 할은 정해진 배급량이 너무 적어서 그런 것이라 판단하고 양을 배로 늘렸다. 한술 더 떠 머세이디즈는 그 예쁜 눈에 눈물을 글썽이며 떨리는 목소리로 개들에게 먹이를 더 주라고 애원했고, 그게 통하지 않으면 자루에서 생선을 꺼내 개들에게 몰래 먹였다. 그러나 벅과 허스키들에게 필요한 건 먹이가 아니라 휴식이었다. 아무리 천천히 가고 있어도 그들이 끄는 무거운 짐이 그들의 진을 심하게 짜냈다.

드디어 먹이의 양을 줄일 때가 왔다. 어느 날 아침 할은 개먹이가 반이나 줄었는데도 목표 지점의 4분의 1밖에 못 왔다는 사실을 깨달았다. 또한 사랑이든 돈으로든 개 먹이를 구할 수 없다는 사실을 깨달았다. 그래서 할은 공인된 배급량까지 줄이고서 속도를 내려고 애썼다. 그의 누이와 매형도 동의했다. 그러나 무거운 채비와 그들의 무능력으로 그 계획은 좌절되었다. 개들의 먹이를 줄이는 건 간단한 문제였지만, 개들을 더 빨리 달리게 하는 건 불가능했다. 그런 데다 그들이 아침에 늑장을 부리는 바람에 주행 시간은 그만큼 단축되었다. 그들은 개를 부릴 줄도 몰랐을 뿐 아니라 어떻게 일을 해야 하는지도 몰랐다.

쓰러진 첫 타자는 더브였다. 어쭙잖은 도둑질로 늘 붙잡혀 벌을 받긴 했지만, 더브는 어쨌거나 성실한 일꾼이었다. 어깨뼈를 삐었는데도 치료도 못 받고 휴식도 못 취한 탓에 증상이 점점 악화돼 결국에는 할이 대형 콜트 권총으로 녀석을 쏘아 죽였다. 북쪽 땅에서는 외지 개가 허스키의 배급량만큼만 먹으면 굶어 죽는다는 말이 있다. 그렇다면 벅 휘하의 외지 개 여섯 마리는 허스키 먹이의 반밖에 먹지 못하고 있어 죽을 수밖에 없다. 뉴펀들랜드 종이 맨 먼저 쓰러졌고, 털이 짧은 포인터 종 세 마리가 그 뒤를 이었고, 잡종 두 놈도 좀더 끈질기게 버티다가 결국에는 쓰러졌다.

이때쯤 되자 남쪽 사람 특유의 상냥함과 온순함이 세 인간들로부터 떨어져나갔다. 신비와 낭만을 잃은 북극 여행은 남성에게나 여성에게나 실로 가혹한 현실이 되었다. 머세이디즈는 자신의 처지에 눈물 흘리고 남편과 남동생과 티격태격하는 데 열중한 나머지 개들 문제로 우는 일이 없어졌다. 그들이 지치지도 않고 늘 하는 일은 티격태격하는 것이었다. 그들의 짜증은 그들의 불행에서 비롯되어 불행과 함께 커졌고, 불행 위에 겹쳐져 불행을 능가해버렸다. 열심히 일하고 아파하면서도 부드러운 말투와 친절을 잃지 않는 남자들에게서 볼 수 있는 굉장한 참을성이 이 두 남자와 여자에게서는 볼 수 없었다. 그런 참을성이 그들에게는 털끝만치도 없었다. 그들은 경직되고 아파했다. 근육도 아프고, 뼈도 아프고, 마음도 아팠다. 그 때문에 말투는 더욱 거칠어졌고, 그들의 입에서는 아침부터 밤까지 욕설이 떠나질 않았다.

찰스와 할은 머세이디즈가 기회만 만들어주면 서로 싸웠다. 둘 다 자신이 더 많은 일을 한다고 믿어서 틈만 나면 이 문제를 놓고 다퉜다. 머세이디즈는 때로는 남편의 편을 들고, 때로는 동생 편을 들었다. 그 결과는 끝이 나지 않는 징글징글한 가족 싸움이었다. 불을 피우기 위해 누가 장작을 팰 것인가로 시작된 논쟁(찰스와 할 두 사람만 관련된 논쟁)은 다른 가족 성원들, 어머니, 아버지, 삼촌, 사촌 심지어는 몇천 킬로미터나 떨어져 있는 사람들과 죽은 사람들까지 끌어들이는 지경에까지 이르렀다. 할의 예술관이나 그의 외삼촌이 쓴 사회극이 장작을 패는 것과 무슨 관계가 있는지 알다가도 모를 노릇이었다. 그런데도 그들의 싸움은 그런 방향이나 찰스의 정치적 편견으로 흐르기 일쑤였다. 게다가 머세이디즈에게는 찰스 누이의 고자질 버릇과 유콘 강가에서 불을 피우는 문제가 분명 관련이 있는 모양이었다. 그녀는 그 화제에 대해 무수한 의견을 털어놓았고, 부수적으로 남편 집안의 몇 가지 흠까지 늘어놓았다. 그러는 동안 불은 지펴지지 않고, 텐트는 치다 만 채 있고, 개들은 쫄쫄 굶고 있어야 했다.

머세이디즈는 특별한 불만을 품고 있었다. 여성으로서의 불만이었다. 그녀는 예쁘고 연약했고, 평생 남자들에게 정중한 대우를 받아왔다. 그러나 남편과 남동생의 요즘 태도는 그런 기사도와는 거리가 멀었다. 그녀는 예나 지금이나 무력했다. 두 사람은 그 점을 불평했다. 자신의 가장 본질적인 성 특권을 침해당했다고 생각한 그녀는 두 사람을 못살게 괴롭혔다. 그녀는 더 이상 개들을 고려하지 않았고, 자신이 아프고 피곤하니 썰매를 타야겠다고 고집을 피웠다. 아무리 예쁘고 연약하다 해도 그녀의 몸무게는 55킬로그램이나 나갔다. 약해지고 굶주린 개들로서는 그들의 마지막 한도를 넘어서는 무게였다. 그녀가 며칠을 계속 탄 끝에, 결국 개들은 길에 쓰러졌고 썰매는 멈췄다. 찰스와 할이 그녀에게 내려서 걸어가자고 부탁하고 간청하고 사정을 하는데도, 그녀는 울면서 신에게 두 사내의 잔인함만을 늘어놓을 뿐이었다.

한번은 두 사람이 강제로 그녀를 끌어내렸다. 그 후로 다시는 그렇게 하지 못했다. 그녀가 떼쓰는 아이처럼 길에 주저앉아버린 것이었다. 그들이 계속 가는데도 그녀는 꼼짝하지 않았다. 그들은 5킬로미터를 갔다가 썰매에서 짐을 내린 뒤 그녀에게 돌아와 강제로 그녀를 다시 썰매에 태웠다.

자신들의 불행이 극에 달하자 그들은 개들의 고통에는 무감각해졌다. 할이 다른 사람들에게 가르치는 지론은 사람은 강해져야 한다는 것이었다. 그는 그 지론을 그의 누이와 매형에게 설교하기 시작했다. 그것이 먹히지 않자 이번에는 개들에게 몽둥이로 그것을 주입했다. 파이브핑거즈에서 마침내 개 먹이가 바닥났다. 때마침 이가 없는 인디언 노파가 그들에게 할이 큰 사냥칼과 함께 엉덩이에 차고 있던 콜트 권총과 몇 킬로그램쯤 되는 언 말가죽을 교환하자고 제안했다. 이 말가죽은 여섯 달 전 목축업자들이 굶어죽은 말들에게서 벗겨낸 것이라 보잘것 없는 먹이 대용물이었다. 얼어붙은 말가죽은 아연 도금을 한 양철 조각보다 더 딱딱했고, 개들이 간신히 씹어 삼키면 위 속에서 녹아 아무 영양분 없는 가는 가죽끈으로 변하거나 속을 쓰리게 하고 소화되지 않는 짧은 털 뭉치로 변했다.

그런 역경 속에서 벅은 악몽 속을 헤매는 기분으로 팀의 선두에서 비틀거리며 나아갔다. 썰매를 끌 수 있을 때는 끌었다. 더 이상 끌 수 없을 때는 쓰러져 있다가 몽둥이나 채찍이 날아오면 다시 일어섰다. 그의 아름답던 털은 뻣뻣함과 윤기를 잃었다. 털은 축 늘어져 흐느적거렸고, 할의 몽둥이에 맞은 상처 부위에는 마른 피가 엉겨 붙었다. 근육은 쇠약해져 울퉁불퉁한 힘줄만 남았고 살집이 사라졌으며, 살이 빠져서 생긴 주름지고 늘어난 가죽 사이로는 갈비뼈와 온갖 뼈들이 선명하게 드러났다. 가슴 찢어지는 몰골이었지만, 벅의 마음만큼은 굴하지 않았다. 일찍이 빨간 스웨터를 입은 남자가 증명했던 사실이었다.

동료들의 사정도 마찬가지였다. 그들은 걸어다니는 해골들이었다. 벅을 포함해 모두 일곱 마리가 남았다. 너무도 비참한 지경에 이르자 개들은 채찍에 살이 뜯기고 몽둥이에 멍이 들어도 무감각해졌다. 눈으로 보고 귀로 듣는 것에 둔감해지고 아득해지는 것처럼 맞는 고통에도 둔감해졌다. 그들은 절반도, 아니 사분의 일도 살아 있지 않았다. 그들은 단지 생명의 불꽃이 희미하게 퍼덕거리는 해골바가지였다. 썰매가 멈출 때는 죽은 듯이 그 자리에 고꾸라졌는데, 생명의 불꽃이 희미해지고 가냘파지면서 꺼질 듯했다. 그러다 몽둥이나 채찍이 날아오면 그 불꽃은 힘없이 퍼덕거렸고, 개들은 뒤뚱거리며 일어나 비틀비틀 나아갔다.

하루는 마음 좋은 빌리마저 쓰러져 일어나지 못했다. 권총을 팔아버린 할은 도끼를 꺼내 쓰러져 누워 있는 빌리의 머리를 내리치고서, 썰매끈을 풀어 시체를 한쪽으로 끌어냈다. 그 광경을 지켜본 벅과 그의 동료들은 머잖아 자신들에게도 그런 날이 닥치리라는 걸 알았다. 다음 날에는 쿠너가 죽었고 이제는 다섯 마리만 남았다. 조는 몹시 지쳐 심술을 부리지도 못했다. 발을 다쳐 절뚝거리는 파이크는 반쯤 정신이 나가 꾀병을 부릴 정신도 없었다. 애꾸눈의 솔렉스는 여전히 성실하게 썰매를 끌었지만 자신의 기력이 거의 남아 있지 않다는 것에 슬퍼했다. 겨울 장거리 여행 경험이 없는 티크는 신참인 만큼 다른 개들보다 더 지쳐 있었다. 벅은 여전히 팀의 선두에 있었지만, 동료들에게 더 이상 규율을 강요하지도, 강요하려 애쓰지도 않았다. 기력이 떨어져 거의 장님처럼, 어렴풋이 보이는 길을 발의 희미한 감각만으로 계속 밟았다.

화창한 봄날이 왔지만, 개들도 인간들도 그것을 알아차리지 못했다. 날마다 해는 더 빨리 뜨고 더 늦게 졌다. 새벽 세 시면 동이 텄고, 밤 아홉 시에 땅거미가 졌다. 긴긴 낮은 햇빛으로 번쩍거렸다. 유령 같은 겨울의 침묵이 깨어나는 생물의 위대한 술렁거림에 물러났다. 이 술렁거림이 생명의 환희로 가득한 온 대지에서 솟아났다. 그것은 다시 살아서 움직이는 것들, 얼어 붙은 긴긴 겨울 동안 죽은 듯이 꼼짝 않고 있던 것들이 내는 소리였다. 소나무에서는 수액이 올라오고 있었다. 버드나무와 미루나무는 어린 싹을 틔우기 시작했다. 덤불과 넝쿨은 초록색 옷으로 갈아입는 중이었다. 밤에는 귀뚜라미가 울었고, 낮에는 온갖 종류의 벌레들이 양지 쪽으로 바스락거리며 기어갔다. 숲에서는 자고와 딱따구리가 울고 나무를 쪼아댔다. 다람쥐들은 조잘거렸고, 새들은 노래했고, 남쪽에서 온 기러기들은 창공을 가르는 멋진 브이자형을 그리며 머리 위에서 끼룩끼룩 울었다.

도처의 언덕 비탈에서 물이 졸졸졸 흐르는 소리와 보이지 않는 샘들의 음악 소리가 흘러나왔다. 모든 것들이 녹고, 구부러지고, 딱딱 부러지고 있었다. 유콘 강은 자신을 꽁꽁 묶어놓은 얼음의 속박에서 벗어나려 애쓰고 있었다. 강은 밑에서부터 녹고 있었고, 태양은 위에서부터 녹이고 있었다. 여기저기 공기 구멍이 생기고 균열이 일어나 벌어졌고, 그러는 동안 얇은 얼음 조각은 통째로 물속에 잠겼다. 깨어나는 생명들로 모든 것이 터지고 갈라지고 고동치고 있을 때, 불타는 태양과 부드럽게 살랑대는 바람 속에서 두 남자와 한 여자와 허스키들이 죽음의 여행자들처럼 비틀거렸다.

개들은 쓰러졌고, 머세이디즈는 썰매를 탄 채 울었고, 할은 악의 없이 욕을 내뱉었고, 찰스의 눈은 수심에 잠겨 있었다. 그들은 화이트 강의 어귀에 자리한 존 손턴의 야영지로 비틀거리며 들어섰다. 썰매가 멈추자 개들은 갑자기 죽은 듯이 푹 고꾸라졌다. 머세이디즈는 눈물을 닦고서 존 손턴을 바라보았다. 찰스는 쉬기 위해 통나무에 걸터앉았다. 그는 천천히 앉았는데, 몸이 심하게 경직돼 힘이 들었다. 할은 존 손턴에게 말을 걸었다. 존 손턴은 자작나무로 만든 도끼 손잡이를 마지막으로 다듬고 있었다. 그는 다듬질을 하며 할의 얘기를 듣고 짧게 대답했고, 질문을 받으면 간단히 충고했다. 상대가 어떤 부류인지를 알았기에 따르지 않을 걸 뻔히 알면서도 충고를 해줬다.

얼음이 녹으니 더 이상 위험을 무릅쓰지 말라는 손턴의 충고에 할은 이렇게 답했다. "위쪽 사람들도 바닥이 내려앉고 있다면서 출발을 보류하는 게 최선이라고 하더군요. 그들은 우리가 화이트 강까지도 못 갈 거라고 했지만 이렇게 온 걸요." 할의 이 나중 말에는 승리의 냉소가 배어 있었다.

"그 사람들 말이 맞소." 손턴이 대답했다. "바닥이 언제 없어질지 모를 일이오. 바보들이나, 무턱대고 요행이나 바라는 바보들이나 그런 짓을 할 수 있는 거요. 솔직히 나 같으면, 알래스카의 금덩이를 다 준대도 그런 얼음 위에다 내 목숨을 걸지 않겠소."

"그야 당신은 바보가 아닐 테니까요." 할이 말했다. "그렇다 해도 우린 도슨으로 갈 겁니다." 그는 채찍을 풀었다. "일어나, 벅! 어이! 일어나! 가자!"

손턴은 계속 도끼 손잡이를 다듬었다. 바보에게 어리석음을 얘기해 봐야 헛일이라는 걸, 그는 알고 있었다. 그리고 바보가 두세 명 늘고 준다고 해서 세상이 바뀔 것도 아니었다.

그러나 개들은 할의 명령에도 일어나지 않았다. 개들은 이미 오래전부터 구타를 당해야만 일어나는 버릇이 들어 있었다. 무자비한 사명 아래 여기저기서 채찍이 번쩍였다. 존 손턴은 입술을 굳게 다물었다. 솔렉스가 가장 먼저 겨우 몸을 일으켰다. 티크가 그 뒤를 따랐다. 조가 다음으로 아파서 끙끙거리며 일어났다. 파이크의 노력은 눈물겨웠다. 녀석은 두 번이나 반쯤 일어났다가 쓰러졌고, 세 번 만에 겨우 일어났다. 벅은 노력조차 하지 않았다. 그는 쓰러진 자리에 조용히 누워 있었다. 채찍이 계속해서 날아들었지만, 벅은 낑낑거리지도 버둥대지도 않았다. 손턴은 몇 번이나 무슨 말인가 하려다가 마음을 바꾸었다. 그의 눈에 이슬이 맺혔고, 채찍질이 계속되자 그는 일어나 결단을 못 내린 채 왔다 갔다 했다.

벅이 명령을 따르지 않은 건 이번이 처음이었다. 그것만으로도 할로서는 충분히 격분할 만했다. 그는 채찍 대신 몽둥이를 집어들었다. 채찍보다 더 가혹한 몽둥이세례를 받으면서도 벅은 움직이려 하지 않았다. 동료들처럼 어떻게든 일어날 수 있었지만, 벅은 그들과 달리 일어나지 않겠다고 작정한 것이었다. 그는 임박한 죽음을 막연히 예감했다. 강기슭으로 들어섰을 때 강하게 찾아든 그 예감은 이후로 계속 떠나질 않았다. 하루 종일 발밑에서 느껴지던 얇고 흐물흐물한 얼음에서 그는 주인이 자신을 내몰고 있는 저기 얼음 위에서 이미 재난이 기다리고 있다는 걸 감지한 듯했다. 벅은 요동도 하지 않았다. 너무 고생을 많이 하고 너무 지쳐서인지 몽둥이를 맞아도 썩 아프지 않았다. 몽둥이가 날아들 때마다 몸 안 생명의 불꽃이 깜박였다가 꺼졌다. 그 불꽃은 거의 꺼져 있었다. 이상하게도 몸이 마비된 듯했다. 자신이 맞고 있다는 사실이 아득하게만 의식되었다. 그러다 고통에 대한 최후의 감각마저 사라졌다. 벅은 이제 더 이상 아무것도 느끼지 못했고, 다만 제 몸뚱이에 떨어지는 몽둥이 소리만 어렴풋이 들었다. 그러나 그 몸도 자신이 아니라, 어디 멀리 있는 다른 몸뚱이 같았다.

그때 갑자기 존 손턴이 알아들을 수 없는 짐승 같은 소리를 내지르며 몽둥이를 휘두르는 사내에게 달려들었다. 할은 넘어지는 나무에 얻어맞은 것처럼 뒤로 자빠졌다. 머세이디즈는 비명을 질렀다. 찰스는 안타깝게 구경만 하고 물기어린 눈만 닦을 뿐, 몸이 경직돼서 일어나지를 못했다.

존 손턴은 말문이 막힐 만큼 분노로 치가 떨렸지만 애써 자제하면서 벅을 가까이에서 지켰다.

"한 번만 더 저 개를 때리면 당신을 죽여버리겠소." 그는 마침내 목멘 소리로 간신히 말했다.

"이건 내 개요." 할은 입가의 피를 닦으면서 대답했다. "간섭하지 말아요. 아님 가만두지 않겠소. 난 도슨으로 갈 거요."

손턴은 할과 벅 사이에 버티고 서서는 물러날 기색을 보이지 않았다. 할은 긴 사냥칼을 뽑아들었다. 머세이디즈는 비명을 지르고 엉엉 울고 소리 내어 웃으면서 정신이 오락가락하는 히스테리 증세를 보였다. 손턴은 도끼 손잡이로 헬의 손가락 마디를 세게 쳐 칼을 땅에 떨어뜨렸다. 할이 칼을 집으려 했을 때 그는 다시 그의 손가락 마디를 쳤다. 그런 다음 몸을 굽혀 칼을 집어들고 두 번을 내리쳐 벅의 썰매끈을 잘랐다.

할은 더 싸울 기력도 없었다. 게다가 그의 두 손은, 아니 두 팔은 누이에게 잡혀 있었다. 한편 벅은 죽은 거나 다름없어서 썰매를 끄는 일에 더 이상 쓸모도 없었다. 몇 분 후 그들은 강기슭을 떠나 강으로 움직였다. 벅은 그들이 떠나는 소리를 듣고 머리를 쳐들었다. 파이크가 앞장을 서고 솔렉스가 맨 뒤쪽에 있었고, 조와 티크는 그 사이에 섰다. 모두들 절뚝거리고 비틀거리고 있었다. 머세이디즈는 짐을 잔뜩 실은 썰매를 타고 있었다. 할은 썰매채를 잡고 지휘를 했고, 찰스는 그 뒤를 비틀거리며 따라갔다.

벅이 그들을 보고 있을 때, 손턴이 그의 옆에 무릎을 꿇고 거칠지만 다정한 손길로 부러진 데가 없나 구석구석 살폈다. 여기저기 멍들고 심하게 굶주린 것 외엔 별 이상이 없다는 걸 알아냈을 즈음, 썰매는 400미터쯤 가 있었다. 개와 사람은 썰매가 얼음 위로 천천히 가는 것을 지켜보았다. 갑자기 썰매 뒤쪽이 홈에 빠질 때처럼 쑥 꺼지면서 할이 잡고 있던 썰매채가 튀어올랐다. 뒤이어 머세이디즈의 비명소리가 들렸다. 찰스가 도망치려고 돌아서서 한 발을 내딛는 순간 그 근방의 얼음이 무너지면서 개들도 사람들도 사라졌다. 보이는 건 크게 벌어진 구멍뿐이었다. 강바닥이 녹아 있었던 것이다.

존 손턴과 벅은 서로의 얼굴을 보았다.

"불쌍한 녀석." 존 손턴이 말했고, 벅은 그의 손을 핥았다.

6

사랑하는 사람을 위해

지난해 12월 존 손턴이 발에 동상이 걸렸을 때 동료들은 그가 편안하게 몸조리할 수 있도록 그를 두고 자신들끼리만 도슨에 보낼 많은 원목을 구하기 위해 강을 거슬러 올라갔다. 벅을 구해주었을 때만 해도 손턴은 여전히 약간 절뚝거렸지만, 날이 점점 따뜻해지면서 절뚝거림은 완전히 사라졌다. 벅은 긴긴 봄날 동안 강가에 누워 있기도 하고, 흐르는 강물도 보고, 새들의 노랫소리와 자연의 술렁임을 느긋하게 경청하면서 조금씩 기력을 회복했다.

5,000킬로미터의 긴 여행 끝에 맞는 휴식은 아주 달콤했다. 사실을 말하면, 상처가 낫고 근육이 부풀어 오르고 살이 붙으면서 벅은 점점 게을러졌다. 모두가 빈둥대고 있었다. 벅, 손

턴, 스키트, 닉은 자신들을 도슨으로 싣고 갈 뗏목을 기다리고 있었다. 스키트는 벅과 일찍부터 친구가 된 작은 아일랜드 종 사냥개였다. 벅은 자신이 다 죽어갈 때 처음 접근해온 스키트에게 화를 낼 수 없었다. 그 암캐에게는 개들에게 더러 보이는 의사 같은 면모가 있었다. 그녀는 어미 고양이가 새끼를 핥아주듯 벅의 상처를 핥아서 소독해주었다. 정기적으로 매일 아침 벅이 식사를 마치고 나면, 스키트는 자신이 정한 이 임무를 수행했다. 나중에는 벅도 손턴의 치료를 기다리는 것만큼이나 스키트의 손길도 기다리게 되었다. 스키트보다는 표현을 안 하지만 마찬가지로 우호적인 닉은 블러드하운드(몸집이 아주 큰 사냥개로 범인이나 미아 추적에도 이용된다. '블러드'는 피를 좋아해서가 아니라 피를 흘리는 사냥감의 냄새를 잘 맡고 '귀족의 피'를 이어받았다는 뜻이다—옮긴이)와 디어하운드(그레이하운드의 일종으로, 몸집은 아주 크지만 체형이 우아하며 성질도 온순하다—옮긴이)가 반반 섞인 덩치 큰 검정개로, 눈매가 서글서글하고 마음씨도 그지없이 좋았다.

벅이 놀랍게도 이들은 자신을 전혀 시샘하지 않았다. 그들은 존 손턴의 상냥함과 아량을 나눠가진 듯했다. 벅이 점점 기력을 회복하자 그들은 온갖 엉뚱한 놀이에 벅을 끌어들였고, 그때마다 손턴도 못 참고 꼭 끼어들었다. 이런 식으로 벅은 장난치고 뛰놀며 회복기를 거치고 새로운 생활로 접어들었다. 사랑, 진짜 열정적인 사랑을 벅은 처음으로 맛보았다. 이런 사랑

96

은 햇빛이 퍼붓는 산타클라라 계곡의 밀러 판사 저택에서도 경험해본 적이 없었다. 사냥을 나가고 산책을 하는 판사의 아들들에게 벅은 그저 함께 일하는 동료였다. 판사의 손자들에게는 일종의 그럴싸한 보호자였고, 판사에게는 당당하고 위엄 있는 친구였다. 그러나 손턴이 벅에게 눈뜨게 해준 것은 뜨겁게 불타오르고, 흠모하고, 열광하는 사랑이었다.

목숨을 구해준 것, 그것도 대단한 일이었지만, 손턴은 그 이상으로 이상적인 주인이었다. 다른 사람들은 의무감에서나 일의 편의상 개들의 복지에 신경을 썼다. 그러나 손턴은 천성이 그래서인지 개들이 제 자식들인 양 신경 썼다. 그는 다정한 인사나 격려의 말을 결코 잊지 않았고, 앉아서 개들과 함께 오랜 시간 이야기하는 것(그는 이것을 '수다'라고 불렀다)이 그의 기쁨이자 개들의 기쁨이었다. 손턴은 벅의 머리를 두 손으로 탁 잡고서 자신의 머리를 벅의 머리에 대고 벅을 앞뒤로 흔들면서 애칭으로밖에 들리지 않는 고약한 이름들을 불러댔다. 벅은 그런 거친 포옹과 짓궂은 악담이 더없이 좋았고, 손턴이 자신을 흔들어줄 때마다 심장이 떨어져나갈 것처럼 황홀했다. 그의 손에서 풀려나면 벅은 벌떡 일어섰는데, 그때의 벅은 입은 웃는 듯, 눈은 말하는 듯했고, 목은 소리라도 낼 듯이 가늘게 떨렸다. 그런 자세로 가만히 있으면 존 손턴은 감탄해서 소리쳤다. "세상에! 넌 잘하면 말도 하겠구나!"

벅은 상처가 날 정도로 애정을 표현하는 장난을 잘 쳤다. 그는 손턴의 손을 이빨 자국이 얼마 동안 남아 있을 만큼 세게 깨물곤 했다. 벅이 주인의 악담을 애정 표현으로 받아들이듯, 손턴 또한 이 무는 시늉을 애무로 받아들였다.

그러나 대체로 벅의 사랑 표현은 흠모였다. 손턴이 자신을 만져주거나 말을 걸어줄 때면 행복해 죽겠으면서도 벅은 나서서 이런 걸 찾진 않았다. 손턴의 손 밑에 코를 밀어넣고 쓰다듬어줄 때까지 찔러대곤 하는 스키트나, 어슬렁어슬렁 걸어와 손턴의 무릎 위에 그 큰 머리를 올려놓는 닉과 달리, 벅은 멀리서 주인을 흠모하는 것에 만족했다. 그는 손턴의 발밑에 몇 시간이고 누워, 열심히 찬찬히 그의 얼굴을 쳐다보고, 곰곰이 뜯어보며 연구하고, 스치는 표정이나 얼굴의 세세한 움직임이나 변화를 따라가곤 했다. 아니면 우연히도, 주인의 옆이나 뒤에 멀찌감치 떨어져 그의 윤곽과 신체 움직임을 지켜보곤 했다. 그럴 때면 종종 둘 사이에 교감이 일었는데, 벅의 강렬한 응시에 손턴이 고개를 돌리곤 했던 것이다. 그는 말없이 벅의 응시에 답했는데, 서로의 눈길에 벅의 가슴도 손턴의 가슴도 환히 빛나곤 했다.

구조가 된 후 꽤 오랫동안 벅은 손턴의 모습이 보이지 않는 걸 좋아하지 않았다. 손턴이 텐트를 나서는 순간부터 텐트로 다시 들어가는 순간까지 벅은 그의 뒤를 따라다녔다. 북쪽 땅에 온 뒤로 주인이 잇달아 바뀌면서 그에게 어떤 주인도 영원하지 않다는 공포가 생긴 것이었다. 벅은 페로와 프랑수아와

스코틀랜드계 인디언 혼혈이 떠나갔듯 손턴도 그의 삶에서 떠나버릴까 두려웠다. 심지어는 밤사이 꿈에서도 이런 공포에 사로잡혔다. 그때마다 그는 잠에서 부르르 깨어나 냉기를 뚫고 텐트 입구까지 기어가, 가만히 서서 주인의 숨소리에 귀를 기울이곤 했다.

그러나 부드러운 문명의 증거로 보이는 벅의 존 손턴을 향한 이 유난한 사랑에도 불구하고, 북쪽 땅이 그에게 눈뜨게 만든 원시적 본능도 여전히 살아 꿈틀대고 있었다. 벽난로와 지붕에서 태어난 성실함과 헌신도 그의 본성이었지만, 그는 야성과 교활함도 잃지 않았다. 손턴의 불 옆에 앉아 있는 벅은 대대로 인간의 문명에 길들여진 따뜻한 남쪽 지방의 개라기보다 야생의 세계에서 온 야생개였다. 주인을 사랑했기 때문에 주인의 물건을 훔치지는 않았지만, 다른 야영지에서 다른 사람들의 물건은 아무렇지 않게 훔쳤다. 아주 약삭빠르게 훔쳐서 들키는 법도 없었다.

벅의 얼굴과 몸에는 많은 개들의 이빨 자국이 있었다. 그는 예전처럼 사납게, 또한 더 기민하게 싸웠다. 스키트와 닉은 너무 착해서 싸울 수가 없었다. 게다가 그들은 존 손턴의 개들이었다. 그러나 낯선 개는 혈통이나 용맹에 상관없이 벅의 우위를 즉각 인정하거나, 아니면 무시무시한 적수와 목숨을 건 싸움을 벌여야 했다. 벅은 가차 없었다. 그는 몽둥이와 엄니의 법칙을 잘 터득했고, 유리한 기회를 놓친다거나 자신이 먼저 시작한 사투를 중도에 포기하는 법이 절대 없었다. 그는 스피츠로부터 그리고 경찰 우편대의 최고의 투견들로부터 교훈을 얻은 터라 중용이란 없다는 것도 알았다. 지배하느냐 지배당하느냐 둘 중 하나였다. 자비를 보이는 것은 일종의 약점이었다. 야생의 세계에서 자비란 존재하지 않았다. 자비는 두려움으로 받아들여졌고, 그런 모습을 보이는 건 죽음의 길이었다. 죽느냐 죽이느냐, 먹느냐 먹히느냐가 싸움의 법칙이었다. 저 태곳적부터 내려온 이 명령에 벅은 복종했다.

벅은 자신이 실제 살아온 날들보다 더 나이를 먹었다. 그는 과거를 현재와 연결했다. 무한대의 과거가 거대한 물결로 그의 몸속으로 요동쳐 들어왔고, 그는 조수와 계절이 오가듯 그 물결에 몸을 맡겼다. 지금 존 손턴의 불 옆에 앉아 있는 것은 가슴이 떡 벌어지고 하얀 엄니와 긴 털을 가진 개였다. 하지만 그의 이면에는 온갖 개들의 망령들, 반 늑대들과 야생 늑대들이 있었다. 그들은 그를 재촉하고 졸라대며 그가 먹는 고기의 맛을 보고, 그가 마시는 물을 탐내고, 그와 함께 바람 냄새를 맡고, 그와 함께 귀를 기울이면서, 그에게 숲의 야생생물이 내는 소리를 들려주고, 그의 기분을 지시하고, 그의 행동을 감독하고, 그가 누우면 따라 누워 함께 자고, 함께 꿈도 꾸고 때로는 그들 자신이 그의 꿈속 등장인물이 되기도 했다.

이 망령들이 너무나 단호하게 그를 손짓하며 불러서 인간 세계의 일들이 날이 갈수록 벅에게서 멀어졌다. 그 소리는 숲 속

깊은 곳에서 울렸고, 왠지 모르게 피를 끓게 하고 유혹하는 그 소리가 들릴 때면 벅은 모닥불과 그 주위의 다져진 땅을 등지고 그 숲으로 뛰어들어야만 할 것 같았다. 그러나 어디로, 왜 가야 하는지는 여전히 알 수가 없었다. 또한 숲 속 깊은 곳에서 절박하게 울리는 그 소리가 어디서, 왜 들려오는지도 궁금하지 않았다. 그러나 아직 밟아본 적 없는 부드러운 땅과 푸른 숲에 들어설 때면 존 손턴에 대한 사랑이 그를 다시 불 옆으로 끌어당기곤 했다.

손턴만이 벅을 붙잡고 있었다. 나머지 인간들은 전혀 무의미했다. 지나가는 여행객들이 그를 칭찬하거나 귀여워하기도 했지만, 벅은 냉담했고 지나치게 친근하게 굴면 벌떡 일어나 자리를 피해버리곤 했다. 손턴의 동료인 한스와 피트가 손턴이 목이 빠지게 기다려온 뗏목을 타고 도착했을 때도 벅은 그들이 손턴과 가까운 사이라는 것을 알기 전까지 아는 체도 하지 않았다. 사실을 알고부터는 받아주는 게 마치 호의를 베풀기라도 하는 듯이 그들의 친절을 받아들이며 소극적으로 그들을 대했다. 그들도 손턴처럼 배포가 큰 사람들로 땅 가까이 살면서 단순하게 생각하고 분명하게 볼 줄 알았다. 그들은 도슨에서 제재소와 가까운 큰 소용돌이로 뗏목을 돌리기 전에 벅의 버릇을 파악하고는 스키트와 닉에게 통하는 정도의 친밀함은 강요하지 않았다.

그러나 손턴에 대해서만큼은 벅의 사랑이 날로 커가는 듯했다. 여름 여행길에서 벅의 등에 짐을 실을 수 있었던 이는 손턴

뿌이었다. 손턴의 명령이라면 벅은 아무리 궂은일도 마다하지 않았다. 어느 날(그들이 뗏목에서 얻은 수익으로 밑천을 챙긴 후 도슨을 떠나 타나나 강의 상류로 향하고 있을 때) 사람들과 개들은 100여 미터 아래 벌거숭이 암반 쪽으로 곧장 떨어지는 어떤 벼랑 꼭대기에 앉아 있었다. 존 손턴은 가장자리 가까이, 벅은 그의 어깨 쪽에 앉아 있었다. 갑자기 장난기가 발동한 손턴은 한스와 피트에게 자신이 하려는 실험에 주목해보라고 했다. "뛰어내려, 벅!" 그는 절벽 위로 팔을 쑥 내밀며 명령했다. 다음 순간 그는 벼랑 끝에 선 벅을 힘껏 붙잡았고, 한스와 피트는 그들을 안전한 곳으로 끌어당겼다.

"섬뜩했어." 상황이 마무리되고 그들이 말을 할 수 있게 되었을 때 피트가 한 말이었다.

손턴은 고개를 저었다. "아니야, 근사했어. 무섭기도 했지만. 알겠지만, 가끔은 이 녀석이 무섭다니까."

"이놈이 옆에 있을 때는 자네한테 손가락 하나 대고 싶지가 않아." 피트는 벅을 향해 머리를 끄덕이며 단호하게 선언했다.

"정말이야! 내 생각도 그래." 한스도 맞장구를 쳤다.

피트가 염려하던 일이 현실화된 것은 그해가 가기 전 서클 시티에서였다. 성질이 고약하고 심술궂은 '검둥이' 버튼이 술집에서 어떤 풋내기와 시비가 붙었을 때 손턴이 좋은 마음으로 둘 사이에 끼어들었다. 벅은 평소처럼 한쪽 구석에 누워 머리를 앞발에 얹고 주인의 일거수일투족을 지켜보고 있었다. 버튼이 느닷없이 손턴의 어깨를 정면으로 쳤다. 손턴은 힘껏 떠밀렸지만, 카운터의 난간을 붙잡아 간신히 넘어지지 않았다.

구경하던 사람들은 짖는 것도 아니요 우는 것도 아닌, 포효라는 말이 딱 어울리는 소리를 들었고, 동시에 벅의 몸이 공중으로 높이 떠오르며 버튼의 목덜미를 향하는 것을 보았다. 버튼은 본능적으로 팔을 쳐들어 목숨을 건졌지만, 벅의 몸뚱이에 깔린 채 바닥으로 쿵 쓰러졌다. 벅은 팔을 물고 있던 이빨에 힘을 빼고 다시 목을 노렸다. 이번에는 남자가 제대로 막지 못하고 목을 물어뜯겼다. 그제야 사람들이 우르르 달려들어 벅을 떼어놓았다. 벅은 의사가 지혈을 하는 동안에도 사납게 으르렁대며 덤벼들려고 왔다 갔다 했지만, 적대적인 몽둥이들 때문에 어쩔 수 없어 물러섰다. 즉석에서 열린 '광부의 모임'은 벅이 광분한 데는 충분한 이유가 있었다고 결론짓고 무죄 판결을 내렸다. 이 일로 벅은 명성을 얻었고, 그날 이후 벅의 이름은 알래스카의 전 야영지로 퍼졌다.

그해 가을 벅은 전혀 다른 방식으로 손턴의 목숨을 구했다. 세 동료는 길고 가는 장대를 쓰는 배를 따라 포티마일 지류에서 꽤 위험한 여울 쪽으로 내려가고 있었다. 한스와 피트가 둑을 따라 움직이며 얇은 마닐라 로프를 이 나무 저 나무에 팽팽히 거는 동안, 손턴은 배에 남아 장대로 배를 내려보내며 강기슭에 대고 큰 소리로 지시했다. 둑에 있던 벅은 걱정되고 불안해서 배를 쫓아갔고 주인에게서 절대 눈을 떼지 않았다.

거의 물에 잠긴 바위들 중 한 모서리가 물 밖으로 튀어나온, 특히 위험한 지점에서 한스는 로프를 던졌고, 손턴이 장대로 배를 기슭으로 모는 동안 배가 암초를 벗어났을 때 배를 급하게 세우려고 로프 끝을 손에 쥐고 둑을 따라 달렸다. 배는 암초를 비껴나 물방아용 도랑처럼 빠르게 물살을 타고 내려갔다. 그때 한스가 로프를 잡아당겼는데, 너무 갑자기 당기고 말았다. 배는 휙 뒤집힌 채 둑 쪽으로 끌려온 반면, 손턴은 배 밖으로 내동댕이쳐져 그 여울의 최고 난코스, 그러니까 난다 긴다 하는 수영 선수도 살아남을 수 없다는 급류를 향해 떠내려갔다.

바로 그 순간 벅이 물속으로 뛰어들었다. 미친 듯이 소용돌이치는 급류를 거의 300미터나 헤엄쳐서 손턴을 따라잡았다. 벅은 손턴이 자신의 꼬리를 잡는 것을 느끼고서 굉장한 힘으로 둑을 향해 헤엄쳤다. 그러나 기슭으로 가는 전진은 느린 데 반해, 물살에 떠밀리는 속도는 무섭도록 빨랐다. 저 아래쪽, 급류가 더욱 난폭해지고 거대한 빗의 살처럼 쑥쑥 올라온 암초들 때문에 물길이 갈라지고 물보라가 이는 곳에서 섬뜩한 포효소리가 들려왔다. 마지막 급경사에 접어들자 물의 흡인력이 무시무시했는데, 손턴은 기슭으로는 도저히 못 가겠다고 생각했다. 그는 첫 번째 암초에 심하게 긁혔고, 두 번째 암초에서는 멍이 들었으며, 세 번째 암초에는 몸뚱이가 부서질 것처럼 세게 부딪쳤다. 그는 벅을 놓아주기 위해 양손으로 세 번째 암초의 미끈미끈한 꼭대기를 꽉 잡고서, 거품을 일으키며 포효하는 급류보다 더 크게 소리쳤다. "저리 가, 벅! 저리 가!"

벅은 몸을 가눌 수가 없었고, 필사적으로 몸부림쳤지만 계속 떠내려가기만 할 뿐 주인에게 돌아갈 수가 없었다. 계속되는 손턴의 명령에 벅은 물 밖으로 몸을 반쯤 내민 채 마치 마지막으로 주인을 보려는 듯이 고개를 높이 쳐들었다가 순순히 기슭으로 향했다. 벅은 온 힘을 다해 헤엄을 쳤고, 더 이상 헤엄을 칠 수 없어 익사하려는 순간 피트와 한스에 의해 기슭으로 끌어올려졌다.

그들은 그런 세찬 급류 속에서 사람이 미끈미끈한 바위를 붙잡고 있을 수 있는 시간이 불과 몇 분이라는 걸 알았다. 그들은 손턴이 매달려 있는 바위보다 좀더 위쪽에 있는 강기슭으로 미친 듯이 달렸다. 그리고 이제까지 배를 당기는 데 썼던 로프를 벅의 목과 어깨에 감았는데, 로프가 목을 조르거나 헤엄치는 데 방해가 되지 않도록 조심스레 매어주고서 벅을 물속으로 밀어넣었다. 벅은 대담하게 전진했지만, 물길을 제대로 타지 못했다. 실수를 깨달았을 때는 이미 늦었다. 고작 대여섯 번만 헤엄치면 손턴과 닿을 수 있는 곳까지 왔으면서도 벅은 어쩌지 못하고 계속 떠내려갔다.

한스는 배를 당길 때처럼 로프에 매인 벅을 홱 잡아당겼다. 급류 속에서 로프가 팽팽히 당겨지자 벅은 물속으로 홱 잠겼고, 그렇게 물에 잠긴 채 둑까지 끌려와 건져졌다. 벅은 반쯤 익사한 상태였다. 한스와 피트는 벅 위에 올라타 그의 가슴을 탕탕 쳐서 숨을 내쉬고 물을 토하게 했다. 벅은 비틀거리며 일어서다 푹 쓰러졌다. 그때 손턴의 목소리가 희미하게 들렸다. 무슨 말을 하는지는 알 수 없었지만, 그가 궁지에 처했다는 건 알 수 있었다. 주인의 목소리에 벅은 전기 충격을 받은 것처럼 벌떡 일어섰다. 그는 두 사람보다 먼저 조금 전에 물속으로 뛰어든 지점을 향해 뛰었다.

벅은 다시 밧줄에 묶여 물에 띄워졌다. 벅은 다시 힘차게 전진했는데, 이번에는 제대로 물길을 탔다. 그는 한 번은 실수했지만, 두 번의 실수는 용납하지 않을 작정이었다. 한스는 밧줄이 느슨해지지 않도록 조심하는 한편, 피트는 밧줄이 엉키지 않도록 했다. 벅은 손턴과 일직선으로 곧장 닿는 위쪽까지 헤엄쳐 온 다음, 방향을 돌려 급행열차처럼 빠르게 손턴에게 다가갔다. 손턴은 다가오는 벅을 보았다. 벅이 물살의 힘에 떠밀려 내리치는 망치처럼 그에게 부딪쳤을 때 손턴은 두 팔을 뻗어 벅의 털북숭이 목을 붙잡았다. 한스는 로프를 나무에 친친 감았고, 벅과 손턴은 물속으로 쑥 빠졌다. 그들은 목이 조이고 숨이 막히고, 때때로 엎치락뒤치락하고, 울퉁불퉁한 강바닥에 질질 끌리고, 암초와 물에 잠긴 나무에 부딪쳐가며 기슭으로 끌려왔다.

한스와 피트는 떠내려 온 통나무에 손턴을 엎드려 눕혀놓고 앞뒤로 격렬하게 굴려 정신이 들게 했다. 손턴은 깨자마자 벅부터 찾았는데, 벅은 축 늘어져 죽은 듯이 있었다. 닉이 슬프게 울부짖었고, 스키트는 벅의 젖은 얼굴과 감긴 눈을 핥고 있었다. 손턴은 자신도 상처투성이였지만, 의식을 회복했을 때 벅의 몸을 조심스레 만져보고서 늑골이 세 군데 부러진 것을 알아냈다.

"어쩔 수 없군." 손턴이 말했다. "여기서 야영을 하자고." 그리하여 늑골이 다시 붙어 벅이 여행을 할 수 있을 때까지 그들은 그곳에서 지냈다.

그해 겨울 도슨에서 벅은 또 하나의 공적을 세웠다. 대단히 영웅적이지는 않지만 그의 이름을 알래스카 명예의 기둥에 더 높이 새기게 해준 일이었다. 이 공적은 무엇보다 세 사람을 만족시켜주었다. 그 일로 필요한 여행 장비들을 채우고, 자신들이 오래전부터 꿈꿔온, 광부들의 발길이 아직 닿지 않은 동부의 처녀지로 떠날 수 있게 되었기 때문이다. 그 일은 엘도라도(에스파냐어로 '황금의 고장'이라는 뜻이다―옮긴이)라는 술집에서 사람들이 그들의 총애하는 개를 자랑하기 시작한 데서 비롯되었다. 벅은 지난 경력 때문에 이 사람들의 집중공략 대상이 되었고, 손턴은 벅을 변호하는 지경까지 내몰렸다. 반시간쯤 지났을 때 어떤 남자가 자기 개는 짐을 230킬로그램이나 실은 썰매도 끌 수 있다고 말했다. 그러자 또 한 남자가 자기 개는 270킬로그램도 끌 수 있다고 자랑했고, 세 번째 남자는 자기 개는 320킬로그램이라고 큰소리쳤다.

"홍! 홍! 벅은 450킬로그램도 끌 수 있어." 손턴이 말했다.

"쉬지 않고 말인가? 쉬지 않고 100미터를 갈 수 있다고?" 자기 개는 320킬로그램을 끌 수 있다고 자랑하던 노다지꾼 매티슨이 물었다.

"그럼 쉬지 않고, 100미터를 가고말고." 손턴은 냉정하게 말했다.

"그렇다면." 매티슨은 모든 사람에게 들리게 천천히, 신중하게 말했다. "난 못한다는 쪽에 1,000달러를 걸겠네. 자 여기 있어." 그렇게 말하면서 그는 대형 훈제 소시지만한 금자루를 카운터 위에 탁 놓았다.

침묵이 흘렀다. 손턴의 허세—그것이 정말 허세인지—가 심판대에 오른 것이다. 손턴은 따뜻한 피가 얼굴 위로 스멀스멀 올라오는 걸 느끼며 얼굴을 붉혔다. 자신의 혀에 농락당한 꼴이었다. 벅이 과연 450킬로그램을 끌 수 있을지는 그도 모를 일이었다. 거의 0.5톤이 아닌가! 그 무게에 그는 소스라치게 놀랐다. 그는 벅의 힘을 굳게 믿었고 벅이 그만한 무게를 끌 수 있을 거라고도 몇 번쯤 생각했다. 그러나 지금처럼 열두 사람의 눈이 조용히 그를 주시하는 가운데 썰매를 끄는 상황은 생각해본 적이 없었다. 게다가 그에게는 1,000달러라는 돈도 없었다. 한스나 피트도 마찬가지였다.

"지금 밖에 23킬로그램짜리 밀가루 마대 스무 개를 실어놓은 썰매가 있네." 매티슨은 잔인하게도 대놓고 계속 말했다. "그러니 짐 걱정은 안 해도 되네."

손턴은 대답하지 않았다. 그는 무슨 말을 해야 할지 몰랐다. 사고력을 잃어버려 다시 생각할 수 있게 해줄 뭔가를 찾고 있는 사람처럼 멍한 표정으로 이 얼굴 저 얼굴을 쭉 훑었다. 금광왕(Mastodon King)이자 옛 동료였던 짐 오브라이언의 얼굴이 그의 눈에 들어왔다. 그 얼굴은 마치 그가 한 번도 생각해본 적 없는 일을 해보라고 부추기는 신호탄 같았다.

"1,000달러만 빌려주겠나?" 손턴은 거의 소곤거리듯이 물었다.

"물론이지." 오브라이언은 이렇게 대답하며 매티슨의 금자루 옆에 불룩한 자루를 쿵 내려놓았다. "그렇다고 존, 그 짐승이 그런 묘기를 부릴 수 있다고 믿는 건 아니라네."

손님들은 내기를 구경하기 위해 가게를 비우고 거리로 나갔다. 테이블은 텅텅 비었고, 장사치고 사냥터 관리인이고 할 것 없이 결과를 보고 승산을 따지기 위해 밖으로 나왔다. 털옷에다 벙어리장갑을 낀 수백 명이 조금 더 잘 보려고 썰매를 에워쌌다. 밀가루 450킬로그램을 실은 매티슨의 썰매는 두 시간 전부터 밖에 있었는데, 혹독한 추위(영하 50도)에 썰매날이 단단히 다져진 눈에 딱 붙어 있었다. 벅이 썰매를 움직일 수 없다는 의견이 2 대 1로 더 많았다. 여기서 '끈다' 라는 표현을 놓고 논쟁이 붙었다. 오브라이언은 썰매날을 땅에서 떼어낸 다음 정지 상태에서 벅이 썰매를 '끌도록' 해줄 특권이 손턴에게 있다고 말했다. 그에 반해 매티슨은 '끈다' 라는 말에는 얼어붙은 썰매날을 떼어낸다는 의미도 들어 있다고 주장했다. 내기 과정을 지켜보았던 사람들 대다수가 매티슨의 편을 들어서 벅이 진다는 쪽이 3 대 1로 늘어났다.

내기에 응하는 사람이 없었다. 벅이 그 일을 해낼 수 있을 거라고는 한 사람도 믿지 않았다. 손턴 또한 반신반의하며 내기에 뛰어들었던 것이다. 그런데 지금 정규 팀인 개 열 마리가 그 썰매 앞에 웅크리고 앉아 있는 실상을 직접 보게 되자, 그 일이 더욱 불가능해 보였다. 매티슨은 점점 의기양양해졌다.

"3 대 1이야!" 매티슨이 공포했다. "난 못 끈다는 쪽에 1,000달러를 더 걸겠네, 손턴. 자네는 어떤가?"

손턴의 얼굴에는 의혹의 빛이 짙어졌지만, 대신 투지가 솟아났다―승산을 문제 삼지 않고, 불가능을 인정하지 않고, 투쟁의 함성 외에는 모든 것에 귀를 닫는 투지가 말이다. 그는 한스와 피트를 불렀다. 그들의 돈주머니도 얇았고, 세 사람 것을 합쳐 봐야 200달러밖에 되지 않았다. 벌이가 시원찮은 때여서 이 돈이 그들의 총 자산이었다. 그러나 그들은 주저 없이 매티슨의 600달러에다 그 돈을 걸었다.

개 열 마리는 썰매끈에서 풀려났고 벅이 그 자리에 세워졌다. 벅은 덩달아 흥분하고 있었고, 어떤 식으로든 손턴을 위해 엄청난 일을 해야 한다고 느꼈다. 벅의 훌륭한 풍채에 수많은 감탄사가 터져나왔다. 벅의 몸은 군살 하나 없이 완벽했고, 70킬로그램의 무게는 용기와 활기로 똘똘 뭉쳐 있었다. 털에서는 비단 같은 윤기가 흘렀다. 목덜미와 양어깨를 덮고 있는 털은 가만히 있는데도 반쯤 곤두서 있었고, 움직이기만 하면 넘치는 활력으로 털 가닥가닥이 살아 꿈틀거리는 것처럼 빳빳이 곤두설 것만 같았다. 떡 벌어진 가슴과 육중한 앞다리는 몸의 다른 부위와 균형이 잘 맞았고, 살가죽 아래 근육은 팽팽히 굽이치고 있었다. 벅의 근육을 만져본 사람들이 무쇠처럼 단단하다고 선언해대자 벅이 진다는 의견이 2 대 1로 떨어졌다.

"오, 선생, 선생!" 최근에 금광으로 스쿠컴벤치의 거물이 된 어떤 사람이 더듬거리며 말했다. "내가 800달러에 그 개를 사겠소, 선생, 승부를 시작하기 전에, 선생. 지금 이대로 800달러를 드리리다."

손턴은 고개를 가로젓고서 벅 옆으로 다가갔다.

"녀석에게서 떨어지게." 매티슨이 항의했다. "마음껏 움직이게 여유 공간을 많이 주게."

군중은 조용해졌다. 부질없이 2 대 1 내기를 제안하는 도박꾼들의 목소리만 들릴 뿐이었다. 벅이 훌륭한 개라는 것은 모두가 인정했지만, 23킬로그램들이 밀가루 스무 마대는 그들의 눈에도 주머니 끈을 풀기에 너무 커 보였다.

손턴은 벅 옆에 무릎을 꿇었다. 그는 벅의 머리를 두 손에 감싸고 볼을 비볐다. 곧잘 하듯이 장난스럽게 벅을 흔들거나 듣기 좋은 악담도 중얼거리지 않았다. 대신 그는 벅의 귀에 대고 작은 소리로 말했다. "부탁한다, 벅. 부탁한다." 그 말이 다였다. 벅은 흥분을 억누르며 낑낑거렸다.

군중은 호기심에 차서 벅을 지켜보았다. 일은 점점 불가사의해졌다. 마법에라도 걸린 듯했다. 손턴이 일어서자 벅은 그의 벙어리장갑에 든 손을 지그시 깨물었다가 마지못해 천천히 놓아주었다. 그것은 명백히, 말을 대신한 사랑의 대답이었다. 손턴은 기분 좋게 물러났다.

"자아, 벅." 손턴이 말했다.

벅은 썰매끈을 팽팽히 당겼다가 10센티미터 정도 늦추었다. 그것이 벅이 배운 방법이었다.

"오른쪽!" 손턴의 목소리가 긴장된 침묵을 뚫고 날카롭게 울려퍼졌다.

벅은 오른쪽으로 몸을 확 틀었다가 늦춘 끈을 앞으로 잡아당겨 순식간에 70킬로그램의 체중을 밧줄에 실었다. 짐이 흔들리면서 썰매날 밑에서 얼음이 깨지는 빠지직 하는 소리가 올라왔다.

"왼쪽!" 손턴이 명령했다.

벅은 그 기술을 이번에는 왼쪽으로 되풀이했다. 빠지직 하는 소리가 딱딱거리는 소리로 변하더니 썰매가 흔들렸고 썰매날이 미끄러지며 옆쪽으로 10센티미터 정도 움직였다. 썰매날이 언 땅에서 떨어진 것이었다. 사람들은 긴장한 나머지 그런 사실을 의식조차 못한 채 숨죽이고 있었다.

"자, 가라!"

손턴의 명령이 총성처럼 탕하고 울려퍼졌다. 벅은 몸을 앞으로 내던지며 덜컹대는 소리와 함께 썰매끈을 팽팽히 당겼다. 그 엄청난 시도에 그의 온몸은 단단히 응집되었고, 근육들은 비단 같은 털 밑에서 살아 있는 것처럼 꿈틀거리며 울룩불룩 튀어나왔다. 벅은 큰 가슴을 땅에 바싹 붙이고 머리는 앞으로 숙인 채, 네 발을 미친 듯이 굴리며 발톱으로 단단히 다져진 눈 위에 두 줄의 홈을 팠다. 곧이어 썰매가 휘청대고 흔들리더니 반쯤 앞으로 출발했다. 벅의 한쪽 발이 미끄러지자 누군가가 큰 소리로 신음했다. 이제 썰매는 마치 경련을 마구 일으키듯 기우뚱거리며 전진했고, 완전히 멈추거나 하는 법이 절대 없었다. 1센티미터, 2센티미터, 5센티미터 …… 경련도 눈에 띄게 줄었다. 썰매에 가속이 붙자 벅은 흔들림 현상을 바로잡았다. 마침내 썰매는 확고하게 계속 움직였다.

사람들은 잠깐 동안 자신들이 숨을 멈추고 있었다는 사실도 의식하지 못한 채 헐떡이며 다시 숨쉬기 시작했다. 손턴은 뒤에서 달려가며 짧은 응원의 말로 벅을 격려했다. 목표 지점은 이미 표시돼 있었다. 벅이 100미터의 끝을 나타내는 장작더미에 가까워지자 환호성이 점점 커졌다. 벅이 그 장작을 지나 손턴의 명령에 멈춰섰을 때 환호성은 함성으로 터져나왔다. 모두들, 심지어 매티슨조차 고삐 풀린 망아지처럼 굴었다. 모자와 장갑이 공중을 날아다녔다. 사람들은 악수를 나누었고, 앞뒤도 맞지 않는 소리를 지껄이면서도 전혀 개의치 않았다.

그러나 손턴은 벅 옆에 무릎을 꿇고 앉았다. 그는 자신의 머리를 벅의 머리에 대고 벅을 앞뒤로 흔들었다. 급히 달려온 사람들은 그가 벅에게 퍼붓는 욕을 들었다. 손턴은 벅에게 오래도록, 열렬히, 또한 부드럽고 사랑스럽게 욕을 퍼부었다.

"오, 선생! 오, 선생!" 스쿠컴벤치의 거물이 침을 튀겨가며 말했다. "개 값으로 1,000달러를 드리다, 선생, 1,000달러요. 아님 1,200달러?"

손턴은 일어섰다. 그의 두 눈은 젖어 있었다. 눈물이 두 볼을 타고 흘러도 그냥 두었다. 손턴은 스쿠컴벤치의 거물에게 말했다. "아뇨, 아뇨, 선생. 어림도 없어요. 내가 해줄 수 있는 말은 이게 답니다, 선생."

벅은 손턴의 손을 지그시 깨물었다. 손턴은 벅을 앞뒤로 흔들었다. 구경꾼들은 마치 서로 약속이라도 한 듯 그들에게서 멀찌감치 물러났고, 그들을 방해하는 경솔한 짓을 두 번 다시 하지 않았다.

7

야성이 부르는 소리

벅은 존 손턴에게 단 5분 만에 1,600달러를 손에 쥐게 해줌으로써 그의 주인이 빚을 갚고 동료들과 함께 전설로 알려진 잃어버린 금광을 찾아 동부로 떠날 수 있게 해주었다. 그 금광의 역사는 그 땅의 역사만큼이나 오래되었다. 많은 사람들이 그곳을 찾아 나섰지만, 발견한 사람은 거의 없었고 찾으러 나섰다가 돌아오지 못한 사람도 적지 않았다. 잃어버린 금광의 전설은 비극으로 물든 채 신비의 베일에 싸여 있었다. 최초의 발견자에 대해서는 누구도 알지 못했다. 전설을 아무리 추적해봐도 최초의 발견자까지는 이르지 못했다. 애초부터 그곳에는 낡고 다 쓰러져가는 오두막이 있었다고 했다. 죽어가는 사람들이 맹세하기를, 그 오두막이 바로 광산이 있다는 징표라며 그 증거로 북쪽 땅 어디서도 볼 수 없는 금덩이를 보여주었다고 한다.

그러나 산 사람들 중 이 보물 창고에서 이득을 본 사람은 없었고, 죽은 사람은 죽어서 그만이었다. 그런 이유로 손턴과 피트와 한스는 벅과 다른 여섯 마리 개들과 함께 자신들 못지않게 훌륭한 팀들이 실패했던 곳에서 성공을 거두기 위해 미지의 길을 밟으며 동부로 용감하게 향했다. 그들은 썰매를 끌고 유콘 강을 따라 113킬로미터 올라가서 왼쪽으로 방향을 틀어 스튜어트 강으로 접어들었고, 메이요와 맥퀘스천을 지나고 대륙의 등뼈를 이루는 우뚝 솟은 봉우리들을 요리조리 빠져나가 스튜어트 강이 실개천이 되는 지점에 이르렀다.

존 손턴은 인간이나 자연에게 바라는 게 거의 없었다. 그는 황야를 두려워하지 않았다. 소금 한 줌과 총 한 자루만 있으면 황야로 뛰어들어 마음에 드는 장소에서 마음 내키는 대로 지낼 수 있는 사람이었다. 결코 서두르지 않고 인디언들처럼 그날 먹을 것은 그날그날 사냥했다. 사냥감을 찾지 못하면 인디언들처럼 사냥감이 조만간 나타나리라 믿고서 계속 이동했다. 그리하여 동부로 가는 이 장대한 여행에서 먹을 것은 고기가 전부였고, 짐은 탄약과 연장이 대부분이었으며, 여행의 끝이 언제일지는 미지수였다.

벅은 이렇게 사냥하고 물고기를 낚고 낯선 장소를 기약 없이 떠도는 삶이 한없이 즐거웠다. 몇 주는 날마다 계속 전진했고, 또 몇 주는 여기저기서 잇달아 야영했다. 그럴 때면 개들은 빈둥거리며 지냈고, 사람들은 자갈과 오물이 뒤섞인 꽁꽁 언 땅을 불로 달구어 구멍을 낸 뒤 열기에 의지해 무수한 선광용 냄비로 사금을 가려내곤 했다. 때로는 쫄쫄 굶고 때로는 요란하게 진수성찬을 먹기도 했는데, 그 모든 것은 사냥감의 수와 사냥운에 달렸다. 여름이 왔다. 개들과 사람들은 등에 짐을 지고 다녔고, 뗏목을 타고 산속 푸른 호수들을 건넜으며, 천연림에서 자란 나무를 잘라 엉성한 배를 만들어 미지의 강들을 오르내렸다.

몇 달이 흘렀다. 그들은 지도에도 없는 광야를 여기저기 누비고 다녔다. 사람이라고는 없었지만, 전설의 오두막이 사실이라면 사람들이 있었을 것을. 그들은 여름 눈보라 속에도 여러 분수령을 넘었고, 수목한계선과 만년설 사이에 자리한 민둥산에서 와들와들 떨면서 백야를 보냈으며, 모기와 파리가 우글대는 여름 계곡으로 내려가 빙하 가까이에서 남쪽 지방에서 나는 것들 못지않게 잘 익고 예쁘게 핀 딸기와 꽃을 땄다. 그해 가을 그들은 음산하고 섬뜩한 호수 지대를 관통했다. 예전에는 들새들이 있었겠지만 지금은 아무런 생물도, 생물의 흔적도 없었다. 오직 시린 바람, 바람을 등진 곳에 생겨난 얼음 그리고 쓸쓸한 호숫가에서 찰랑이는 우울한 잔물결뿐이었다.

또 한 번의 겨울 동안 그들은 전에 사라진 사람들의 지워진 발자취를 더듬으며 이동했다. 한번은 숲으로 통하는 오솔길을, 옛 오솔길을 발견했는데, 전설의 오두막이 그리 멀지 않은 듯했다. 그러나 그 오솔길이 어디서 시작해서 어디서 끝나는지는, 누가 그 길을 만들었고 왜 만들었는지가 여전히 수수께끼인 것처럼, 또한 수수께끼였다. 또 한번은 세월의 흔적인 양 허물어져가는 산막을 우연히 발견했는데, 삭아서 조각조각 찢긴 담요들 사이에서 존 손턴은 총신이 긴 화승총을 찾아냈다. 그것은 북서부에서 쓰이던 초창기 허드슨베이 사의 총이었다. 당시에는 그런 총 한 자루가 비버 가죽을 총신 높이까지 쌓은 정도의 가치가 있었다. 그뿐이었다. 그 옛날 이 산막을 짓고 담요들 사이에 총을 남기고 간 사람에 대해서는 아무런 단서가 없었다.

또다시 봄이 왔다. 오랜 방랑 끝에 그들은 '전설의 오두막'이 아닌, 어떤 넓은 골짜기에서 선광용 냄비 바닥에 뜨는 누런 버터 같은 사금이 보이는 얕은 사광 채취장을 발견했다. 방랑은 여기서 끝났다. 깨끗한 금가루로 그들은 날마다 수천 달러를 벌어들였고, 날마다 일했다. 금은 무스가죽 자루 속에 23킬로그램씩 들어갔고, 금자루는 가문비나무로 지은 산막 바깥에 장작더미처럼 쌓여갔다. 그들은 초인처럼 열심히 일했는데, 그 보물을 쌓고 있을 동안은 하루하루가 꿈처럼 휙휙 지나갔다.

개들이 하는 일은 이따금 손턴이 잡은 사냥감을 물고 오는 것밖에 없었다. 벅은 불 옆에서 오랜 시간 몽상에 잠기곤 했다. 딱히 할 일이 없었기 때문인지 짧은 다리의 털북숭이 인간의 환영이 더 자주 그에게 찾아왔다. 벅은 종종 불 옆에서 눈을 감박이며 자신이 기억해낸 다른 세상에서 털북숭이 인간과 함께 어슬렁거렸다.

이 다른 세계의 두드러진 특징은 공포 같았다. 털북숭이 인간은 머리를 두 무릎 사이에 묻고 손을 머리 위에 깍지 낀 채불 옆에서 잠을 잤는데, 자다가 몇 번이나 깜짝 놀라 잠을 깼고 그때마다 불안하게 어둠 속을 응시한 후 장작을 몇 개 더 불 속에 던졌다. 함께 바닷가를 거닐 때면 털북숭이 인간은 조개를 주워 그 자리에서 바로 먹어치웠는데, 그 와중에도 두 눈은 보이지 않는 위험을 찾아 사방을 두리번거렸고, 두 다리는 위험이 닥치면 언제든 번개처럼 달릴 태세가 되어 있었다. 숲을 지날 때는 발소리를 죽였고, 벅은 털북숭이 인간의 뒤를 따랐다. 그들은 귀를 쫑긋 세우고 코를 벌름거리면서 경계를 늦추지 않았다. 털북숭이 인간의 귀와 코도 벅만큼 예민했다. 그는 땅에서처럼 나무들 위로도 빠르게 다닐 수 있었다. 팔을 뻗어 이 가지 저 가지에 매달려 때로는 거의 5미터나 떨어진 곳까지 펄쩍 뛰면서도 가지를 놓쳐 떨어지는 법이 없었다. 사실상 그는 땅에서처럼 나무 위에서도 아주 편안해 보였다. 벅은 이 털북숭이 인간이 꼭 붙들고 잠이 드는 나무 아래에서 밤마다 불침번을 섰던 일을 기억하고 있었다.

숲 속 깊은 곳에서 여전히 울려오는 소리도 털북숭이 인간의 환영과 아주 유사했다. 그 소리는 벅에게 큰 불안과 이상한 욕망을 불러일으켰다. 그것은 또 막연하고 감미로운 기쁨을 느끼게 했는데, 벅은 뭔지 알 수 없는 것에 대한 거친 열망과 흥분을 의식하곤 했다. 때때로 그는 그 소리를 좇아 숲으로 들어가, 그것이 마치 만질 수 있는 물건이라도 되는 양 기분에 따라 부드럽게 또는 도전적으로 찾아다녔다. 그는 숲의 서늘한 이끼나 키 큰 풀들이 자라는 흑토 속에 코를 박고 비옥한 땅의 냄새를 기쁘게 맡았다. 아니면 마치 숨어 있듯, 곰팡이로 뒤덮인 쓰러진 나무 뒤에 몇 시간이고 쭈그리고 앉아 주위에서 움직이거나 소리를 내는 모든 것에 눈을 크게 뜨고 귀를 쫑긋 세웠다. 어쩌면 벅은 그렇게 해서 자신이 이해할 수 없는 그 소리를 놀라게 하고 싶었는지 모른다. 그러나 자신이 왜 이런 온갖 짓을 하는지는 알지 못했다. 다만 하지 않고는 못 배기겠기에 이유도 모른 채 그렇게 했다.

억제할 수 없는 충동이 벅을 덮쳐왔다. 그는 한낮의 더위 속에 야영지에 누워 꾸벅꾸벅 졸다 말고, 갑자기 머리를 쳐들고 귀를 쫑긋 세워 무슨 소리에 귀를 기울이다가 벌떡 일어나 뛰쳐나가곤 했다. 그러면 몇 시간 동안 쉬지 않고 숲의 샛길들을 지나고 둥근 탄 덩어리들이 모여 있는 한터를 가로질렀다. 벅은 마른 강 바닥을 따라 달리고, 숲 속 새들에게 몰래 다가가 그들의 생활을 훔쳐보길 좋아했다. 어떤 때는 하루 종일 덤불 속에 누워 자고들이 날개를 퍼덕거리며 뽐내며 걸어다니는 것을 지켜보았다. 그러나 벅이 특히 좋아한 것은 여름 한밤인데도 희미한 빛이 남아 있는 숲을 달리고, 졸린 듯이 나직나직 들리는 숲의 소리에 귀 기울이고, 사람이 책을 읽듯 무수한 신호와 소리를 읽고, 자신을 부르는 불가사의한 소리—자나 깨나 언제나 불러대는 소리—를 찾는 것이었다.

어느 날 밤 벅은 잠에서 벌떡 일어나 뜨거운 눈빛으로 코를 씰룩거리며 냄새를 맡았는데, 머리털이 곤두선 채 물결치듯 흔들렸다. 숲에서 그 소리(소리의 음색도 다양했으니 그중 하나라고 해야겠다)가 전에 없이 뚜렷하고 분명하게 들렸다. 허스키가 내는 소리 같기도 하고 아닌 것도 같은, 길게 끄는 울부짖음이었다. 벅은 그 소리가 전에 들어본 것처럼 친숙하다는 것을 알았다. 그는 잠들어 있는 야영지를 뛰쳐나가 빠르되 조용하게 숲속으로 달려갔다. 그 울음소리에 가까워졌을 때 그는 속도를 점점 늦추며 한 발 한 발 조심히 떼어 마침내 숲 속 한터에 이르렀다. 그곳에는 등을 꼿꼿이 세운 채 하늘을 향해 코를 치켜들고 있는 몸이 길쭉하고 야윈 늑대 한 마리가 있었다.

벅이 아무 소리도 내지 않았건만, 그것은 짖기를 멈추고 벅의 존재를 탐지하려 애썼다. 벅은 몸을 반쯤 구부리고 잔뜩 긴장하여 꼬리를 빳빳이 세운 채 아주 조심조심 발을 내디디며 빈터로 걸어 들어갔다. 모든 움직임이 위협과 호의를 동시에 드러냈다. 그것은 맹수들이 서로 마주쳤을 때의 위협적인 휴전이었다. 그러나 늑대는 벅을 보더니 달아났다. 벅은 따라잡겠다는 일념으로 맹렬히 쫓았다. 그는 강바닥에서, 통나무들이 길을 막고 선 막다른 통로로 늑대를 몰았다. 늑대는 조와 궁지에 몰린 다른 허스키들이 그랬던 것처럼 뒷발을 주축으로 선회하며 으르렁거리고 털을 곤두세우고 이빨을 연신 빠르게 딱딱거렸다.

벅은 공격하지는 않고 늑대 주위를 빙빙 돌며 우호적인 태도로 접근했다. 늑대는 의심하고 두려워했다. 벅이 자신보다 몸집이 세 배나 큰 데 반해, 자신의 머리는 벅의 어깨에 닿을락말락했기 때문이었다. 늑대는 기회를 엿보아 휙 달아났고, 다시 추격이 시작되었다. 몇 번이나 늑대는 궁지에 몰렸다가 달아나곤 했다. 만약 녀석의 몸 상태가 좋았다면 벅도 그렇게 쉽게 따라잡지는 못했을 것이다. 때때로 벅의 머리가 자신의 옆구리에 남을 정도로 거리가 좁혀지곤 했으니, 늑대는 궁지에 몰릴 때면 기회가 포착되자마자 다시 휙 빠져나갔다.

그러나 마침내 벅의 집요함은 보답을 받았다. 상대에게 적의가 없다는 것을 깨달은 늑대가 코를 킁킁거리며 그에게 다가와 준 것이다. 곧 그들은 친해졌고, 사나운 짐승들의 기질에 어울리지 않게 다소 소심하고 수줍어하는 태도로 돌아다니며 놀았다. 그렇게 한참을 놀다가 늑대는 어딘가 갈 곳이 분명히 있는 것처럼 천천히 달리기 시작했다. 벅에게도 따라오라는 신호를 보냈다. 그들은 어스름한 새벽빛을 뚫고 나란히 달렸고, 강을 거슬러 올라가 강이 시작되는 골짜기로 들어가서는 강의 수원인 황량한 분수령을 넘었다.

그들은 분수령 반대편의 비탈로 내려가 길게 뻗은 숲과 많은 개울이 있는 평지에 이르렀다. 그들은 이 긴 숲을 몇 시간이고 달렸는데, 해가 높아질수록 날이 점점 따뜻해졌다. 벅은 미칠 듯이 기뻤다. 그는 숲의 형제와 나란히 그 소리의 진원지를 향해 달리면서 마침내 자신이 그 소리에 대답하고 있다는 걸 알았다. 옛 기억들이 빠르게 밀려왔다. 전에는 그 기억들이 불러낸 환영에 흥분했다면, 이제는 그 기억들 자체에 흥분하고 있었다. 비록 희미하게만 남아 있지만 또 다른 세계의 어딘가에서 그는 전에도 이렇게 흥분했었고, 지금 드넓은 하늘 아래 인간의 발길이 닿은 적 없는 빈터를 자유롭게 달리면서 또다시 그렇게 흥분하고 있었다.

그들은 물을 마시려고 흐르는 개울에 잠시 들렀다. 그때서야 벅은 손턴을 기억해냈다. 벅은 주저앉았다. 늑대는 소리가 들려오는 곳으로 출발했다가 벅에게 되돌아와서는, 코를 쿵쿵거리며 어서 따라오라는 듯이 행동했다. 그러나 벅은 돌아서서 왔던 길을 천천히 되돌아가기 시작했다. 거의 한 시간을 그 늑대 형제는 나지막이 낑낑거리며 벅과 나란히 달렸다. 그런 다음 주저앉아서 코를 치켜들고 울부짖었다. 그것은 슬픈 울부짖음이었다. 벅이 계속 제 갈 길을 가는 동안 그 소리는 점점 희미해지면서 마침내 더 이상 들리지 않았다.

손턴이 저녁을 먹고 있을 때 야영지로 급히 들어온 벅은 좋아 죽겠다는 듯이 달려들어 그를 쓰러뜨린 뒤 그의 위에 올라타 얼굴을 핥고 손을 물었다―손턴이 '온갖 바보짓하고 놀기'

라고 부르는 그런 짓을. 손턴은 손턴대로 벽을 이리저리 흔들 며 애정 어린 악담을 퍼부었다.

이틀 밤낮으로 벽은 야영지를 떠나지 않고 줄곧 손턴을 따라 다녔다. 그가 일하는 곳을 따라다니고, 그가 식사를 할 때는 지 켜보고, 그가 밤에 잠자리에 들고 아침에 일어나는 것까지 확 인했다. 하지만 그 이틀 후 숲에서 부르는 소리가 그 어느 때보 다 절박하게 들리기 시작했다. 벽은 다시 안절부절못했고, 분 수령 너머 미소 짓던 땅과 야생의 형제와 광대한 숲을 나란히 달리던 추억에 사로잡혔다. 그가 다시 한 번 숲을 돌아다녔지 만, 야생의 형제는 더 이상 나타나지 않았다. 밤마다 뜬눈으로 귀를 기울여도 그 슬픈 울부짖음은 끝내 들려오지 않았다.

벽은 한 번 야영지를 떠나면 며칠씩 밖에서 자고 돌아오기 시작했다. 한번은 강의 수원지에서 분수령을 넘어 울창한 숲과 개울이 있는 땅으로 내려가보았다. 그곳에서 일주일을 돌아다 니며 야생의 형제가 최근에 남긴 흔적을 찾아보았지만 헛일이 었다. 그렇게 돌아다니면서 먹이를 사냥했고, 천천히 성큼성큼 달리면서 지치는 법 없이 돌아다녔다. 그는 어딘가에서 바다로 흘러들어가는 넓은 개울에서 연어를 잡았고, 그 개울가에서 덩 치 큰 흑곰도 죽였다. 벽처럼 물고기를 잡다 모기떼에게 뒤덮 여 어찌할 바를 몰라 숲 속을 사납게 날뛰던 곰이었다. 그런 상 황이었는데도, 힘든 싸움이어서 벽은 그의 잔인성을 마지막 한 톨까지 끄집어내야 했다. 이틀 후 벽이 그 장소로 가보니 오소리 열두어 마리가 먹이를 놓고 다투고 있었는데, 벅은 파리를 날려 보내듯 녀석들을 쫓아냈다. 달아난 오소리들 뒤로는 더 이상 싸우고 싶어하지 않는 두 놈만 남아 있었다.

피의 열망은 그 어느 때보다 강해졌다. 벅은 누구의 도움 없이 자신의 힘과 용맹으로 산 짐승들을 잡아먹으면서 강자만이 살아남는 적대적 환경에서 의기양양하게 살아남은 맹수였다. 이런 것 때문에 그는 대단한 자부심을 가지게 되었고, 그 자부심은 전염병처럼 그의 온몸으로 퍼졌다. 그 자부심은 그의 모든 동작에 그대로 드러났는데, 근육이 움직일 때마다 뚜렷이 보였고, 자신을 나타내는 분명한 의사 표시로 작용했으며, 눈부신 털가죽을 더욱 눈부시게 해주었다. 주둥이와 눈 위의 갈색 반점 그리고 가슴 한가운데를 따라 군데군데 난 흰 털만 없었다면, 벅은 거대한 늑대, 가장 큰 늑대보다도 더 큰 늑대로 오해받을 만했다. 그는 세인트버나드 종인 아버지로부터 덩치와 무게를 물려받았지만, 그 덩치와 무게에 맵시를 더해준 것은 셰퍼드 종인 어머니였다. 그의 주둥이는 늑대들에 비해 크다는 것 빼고는 영락없는 긴 늑대 주둥이였다. 머리는 약간 더 넓긴 해도 육중한 크기로 보아 늑대 머리였다.

벅의 교활함 또한 늑대의 교활함, 야생의 교활함이었다. 셰퍼드와 세인트버나드의 머리를 합한 지능에다 가장 사나운 개들 사이에서 얻은 경험을 더해 벅은 황야를 돌아다니는 그 어떤 맹수 못지않은 무서운 짐승이 되었다. 날고기만 먹는 육식

동물이 된 벅은 활기와 정력이 넘쳐흐르는 삶의 최고조에 이르러 활짝 꽃을 피우고 있었다. 손턴이 사랑스럽게 벅의 등을 어루만지면 털 한 올 한 올이 그의 손에 닿을 때마다 전기가 발산되면서 타닥타닥 튀는 소리가 났다. 두뇌와 육체, 신경조직과 섬유조직을 비롯한 각 부위가 최고점에 맞춰져 있었다. 모든 부위가 완벽한 균형과 조화를 이루고 있었다. 행동이 요구되는 모든 광경과 소리와 사건에 벅은 번개같이 반응했다. 벅은 허스키가 공격을 막거나 공격하기 위해 재빨리 뛰어오르는 것보다 배나 빠르게 뛰어오를 수 있었다. 그는 다른 개들이 보거나 듣는 것보다 더 빨리 움직임을 보거나 소리를 듣고 잽싸게 반응했다. 그리하여 인식과 판단과 반응을 동시에 했다. 사실 인식, 판단, 반응의 이 세 행위는 연속적으로 일어났지만, 그 간격이 워낙 짧아서 동시에 일어나는 것처럼 보였다. 벅의 근육은 활력이 넘쳤으며, 용수철이 퉁기듯 격렬하게 움직였다. 도도한 밀물처럼 기쁘고도 맹렬하게 생기가 그의 몸속으로 밀려들어와 마침내 그를 완전한 황홀경에 빠뜨려 놓고는 몸 밖으로 쑥 빠져나가는 듯했다.

"저런 개는 본 적이 없어." 어느 날 벅이 야영지를 당당히 걸어 나가고 있을 때 손턴이 동료들에게 말했다.

"신이 저놈을 만들었을 때는 거푸집이 망가졌을 거야." 피트가 말했다.

"그래, 맞아! 나도 동감이야." 한스가 맞장구를 쳤다.

그들은 벅이 야영지를 당당히 걸어 나가는 것을 보았지만 그가 숲 속 은밀한 곳에 이르자마자 어떤 무시무시한 모습으로 돌변하는지는 알지 못했다. 벅은 더 이상 진군하지 않았다. 즉시 살금살금 고양이 걸음을 걷는 야생의 짐승이, 어둠 속에서 나타났다 사라지는 그림자가 되었다. 그는 모든 은신처를 이용할 줄도, 뱀처럼 바짝 엎으려 기어 다닐 줄도, 뱀처럼 펄쩍 뛰어 먹이를 덥석 물 줄도 알았다. 또한 둥지에서 새를 꺼낼 수도, 자고 있는 토끼를 죽일 수도, 나무 위로 도망가기 직전의 다람쥐를 공중에서 덥석 물 수도 있었다. 넓은 연못 속의 물고기도 벅을 당해낼 만큼 빠르지 못했다. 댐을 고치면서 경계를 늦추지 않는 비버도 벅에게는 역부족이었다. 벅은 장난이 아니라 먹으려고 살생을 했지만, 자신이 직접 죽인 것을 먹는 걸 더 좋아했다. 그래서 벅의 행동에는 익살스러운 면이 은근히 있었다. 그는 다람쥐들에게 살금살금 다가가 거의 다 잡았다 싶은 순간, 겁에 질려 찍찍거리는 그들을 나무우듬으로 도망가게 해 주는 걸 좋아했다.

그해 가을이 되자, 무스들이 추위가 덜한 골짜기 아래쪽에서 겨울을 나기 위해 무리를 지어 천천히 내려왔다. 벅은 어느 정도 자란, 길 잃은 새끼를 잡은 적이 있었다. 하지만 그는 더 크고 더 가공할 사냥감을 간절히 원했는데, 어느 날 강의 수원지 근처 분수령에서 그런 놈을 만났다. 스무 마리쯤 되는 무스 떼가 개울과 숲의 땅에서 분수령을 넘어왔는데, 덩치 큰 수컷이 우두머리였다. 성질이 포악하고 일어서면 키가 180센티미터가 넘는 그는 벅으로서도 더할 나위 없는 강적이었다. 그 수컷은 열네 가닥으로 갈라져 가지와 가지 끝의 간격이 2미터나 되는 거대한 뿔을 앞뒤로 흔들었다. 놈은 벅을 보더니 그 작은 눈에 악의에 찬 매서운 빛을 내뿜으며 사납게 으르렁거렸다.

그 수컷의 옆구리에는 깃털 달린 화살이 꽂혀 있었다. 놈이 더 거칠었던 것도 그 때문이었다. 원시 세계의 저 먼 수렵 시절부터 내려온 본능에 따라 벅은 그 수컷을 무리에서 떼어놓는 일에 착수했다. 그것은 쉬운 일이 아니었다. 벅은 수컷 무스 앞에서 짖기도 하고 빙빙 돌기도 했는데, 한 방에 그의 목숨을 짓밟을 수도 있는 그 거대한 뿔과 끔찍한 발굽이 닿지 않는 범위에서만 그렇게 했다. 놈은 엄니를 가진 위험한 상대를 무시한 채 계속 갈 수가 없어 화를 내며 몸을 부르르 떨었다. 그때마다 놈은 벅을 향해 돌격했지만, 벅은 교묘히 물러나면서 도망칠 수 없다는 듯이 그를 유인했다. 그러나 벅이 놈을 떼어놓았다 싶으면 더 젊은 수컷 두세 마리가 벅에게 달려들어 그 상처 입은 수컷이 무리에 합류할 수 있게 해주었다.

목숨처럼 끈질기고, 지칠 줄 모르고, 집요한 야생의 인내가 있다. 거미는 거미줄 속에, 뱀은 몸을 똘똘 감은 채, 표범은 매복을 한 채 몇 시간이고 움직이지 않고 버티게 하는 인내. 이 인내는 특히 살아 있는 먹이를 사냥하는 생물에게서 발휘된다. 지금 무스 떼에 붙어 진군을 방해하고, 젊은 수컷 무스들을 화나게 하고, 반쯤 자란 새끼들을 가진 암컷 무스들을 노심초사하게 하고, 상처 입은 우두머리 수컷을 속수무책으로 미치고 화나게 만드는 벅이 이 인내의 표상이었다. 이런 대치 상태는 반나절이나 지속되었다. 벅은 사방에서 공격을 가하고 무리 주위를 위협적으로 빙빙 돌고 우두머리가 무리에 합류하자마자 다시 갈라놓으면서 공격당하는 짐승들의 인내를 약화시켰다. 모름지기 괴롭히는 쪽보다는 괴롭힘을 당하는 쪽의 인내가 더 약한 법이다.

날이 저물고 해가 북서쪽으로 떨어지자(어둠이 다시 찾아들었고 가을밤은 여섯 시간 이어졌다) 적에게 시달리는 우두머리를 돕던 젊은 수컷들의 발걸음도 점점 무거워졌다. 닥쳐오는 겨울이 그들을 낮은 지대로 몰아대고 있었지만, 그들은 진군을 막는 이 지칠 줄 모르는 짐승을 떼어낼 수가 없었다. 게다가 상대가 노리는 것은 무리 전체의 목숨도, 젊은 수컷들의 목숨도 아니었다. 무리 전체의 이해관계와는 거리가 먼, 단 한 명의 목숨만 요구되었기에 결국 그들은 체념하고 통행세를 치르기로 했다.

땅거미가 지자 늙은 수컷은 머리를 낮추고서 자신의 동료들─그동안 알고 지내온 암컷들, 자식새끼들, 자신이 지배했던 젊은 수컷들─이 저무는 황혼 속으로 빠르게 비틀비틀 걸어가는 것을 보았다. 그는 그들을 따라갈 수가 없었다. 코앞에서 무자비한 엄니를 가진 공포의 대상이 뛰어오르며 못 가게 막고 있었기 때문이다. 그 수컷의 체중은 0.5톤하고도 136킬로그램이나 더 나갔다. 싸움과 투쟁으로 점철된 길고 거친 삶을 살아왔건만, 결국에는 자신의 거대한 무릎도가니에도 키가 못 미치는 짐승의 이빨에 죽음을 맞게 되었다.

그날부터 밤낮으로, 벅은 자신의 먹이 곁에 줄기차게 붙어서 놈에게 잠시의 쉴 틈도 주지 않고, 나뭇잎이나 어린 자작나무와 버드나무의 싹도 먹지 못하게 했다. 게다가 그 부상당한 수컷에게 그들 무리가 건너온 실개울에서 타는 갈증을 풀 기회도 주지 않았다. 종종 늙은 수컷은 자포자기 심정으로 냅다 도망을 치기도 했다. 그럴 때면 벅은 놈을 금방 따라잡는 대신, 게임 자체에 만족하여 여유롭게 쫓아가 놈이 가만히 있으면 드러누웠고, 놈이 먹거나 마시려고 하면 지독하게 공격했다.

수컷 무스의 큰 머리는 나뭇가지 같은 뿔 밑으로 점점 처졌고, 비틀거리는 총총걸음은 갈수록 느려졌다. 놈은 이제 코를 땅에 박고 두 귀를 축 늘어뜨린 채 오랫동안 서 있곤 했다. 그 덕에 벅에게는 물을 마시고 쉴 수 있는 시간이 많아졌다. 그럴 때, 벅이 붉은 혀를 내밀고 숨을 헐떡거리며 그 큰 수컷을 응시하노라면, 주위에서 어떤 변화가 일어나고 있는 것만 같았다. 땅에서도 새로운 들썩거림이 느껴졌다. 무스들이 그곳으로 들어온 것처럼 다른 종류의 생물도 들어오고 있었다. 숲도 개울도 공기도 그들의 출현에 두근거리고 있는 듯했다. 그 소식은 눈이나 귀나 코를 통해서가 아니라 다른 더 미묘한 감각에 의해 그에게 전해졌다. 그는 아무것도 듣지도 보지도 못했지만,

어쨌거나 땅이 달라졌다는 것을 알았다. 그 일대에서 이상한 일이 일어나 번지고 있었다. 벅은 당면한 일을 끝내고 조사해 보기로 결심했다.

마침내 나흘째 날, 벅은 그 큰 무스를 쓰러뜨렸다. 그는 잡은 짐승 옆에 꼬박 하루를 머물러 먹고 자고, 또 먹고 자고 했다. 그런 다음 충분히 쉬고 원기를 회복하고 강해졌을 때 존 손턴이 있는 야영지로 발길을 돌렸다. 벅은 성큼성큼 여유 있게 달렸고, 복잡한 길에서도 결코 당황하지 않고 인간과 나침반을 무색케 하는 정확한 방향 감각으로 낯선 땅을 지나 야영지로 곧장 향했다.

야영지로 갈수록 벅은 땅에서 새로운 들썩거림을 점점 더 강하게 느꼈다. 그 속에는 여름 내내 그곳에 있었던 생명체와는 다른 이질적인 생명체가 있었다. 그 사실은 이제 더 이상 미묘하고 불가사의한 방식으로 전달되지 않았다. 이제는 새들의 지저귐, 다람쥐들의 조잘거림, 산들바람의 속삭임이 그것을 말해 주고 있었다. 몇 번이나 벅은 멈춰서서 상쾌한 아침 공기를 킁킁 들이켜다 자신을 어서 오라고 재촉하는 메시지를 읽었다. 그는 어떤 불길한 일, 어쩌면 이미 일어났을지도 모를 일에 대한 생각으로 가슴이 답답했다. 마지막 분수령을 넘고 골짜기로 내려와 야영지로 향하면서 그는 한층 조심조심 나아갔다.

야영지에서 5킬로미터 떨어진 곳에서 벅은 자신의 털을 부르르 곤두서게 하는 새로운 길을 발견했다. 그 길은 존 손턴이 있는 야영지로 곧장 이어졌다. 벅은 길을 서둘렀다. 기민하고 은밀히, 모든 신경을 바짝 곤두세운 채, 결말은 알 수 없지만 사태를 짐작케 하는 모든 사소한 것에 주의를 기울였다. 그의 코는 그가 지금 추적하고 있는 생명체에 대해 많은 것을 말해 주었다. 숲이 이상하리만치 고요했다. 새들이 모두 날아가버렸다. 다람쥐들도 어디론가 숨어버렸다. 딱 한 마리, 회색의 죽은 나뭇가지에 착 붙어 있어 마치 나무에 박힌 옹이처럼 그 나무의 일부로 보이는, 털이 반지르르한 회색 다람쥐만 보였다.

벅은 소리 없이 움직이는 그림자처럼 슬금슬금 걸어가다 어떤 강한 힘이 잡아채기라도 한 듯이 갑자기 코를 휙 돌렸다. 그가 새로운 냄새를 좇아 어떤 덤불 속으로 들어가니 닉이 있었다. 닉은 모로 누워 있었는데, 여기까지 기어와서 죽은 듯했다. 화살이 몸을 관통해 화살촉과 화살 깃이 몸 양쪽으로 튀어나와 있었다.

100미터쯤 더 가보니 손턴이 도슨에서 샀던 썰매끌이 개들 중 한 놈이 있었다. 이 개는 지금 당장 죽을 것 같은 고통으로 몸부림치고 있었는데, 벅은 멈추지 않고 그대로 지나쳤다. 야영지로부터 많은 목소리가 노랫가락으로 높아졌다 낮아졌다 하면서 희미하게 들려왔다. 바싹 엎드려 야영지 입구로 들어선 벅은 고슴도치처럼 온몸에 화살을 맞고 엎어져 있는 한스를 발견했다. 그와 동시에 벅은 가문비나무로 만든 움막이 있던 자리에서 그의 목덜미와 어깨 털을 빳빳이 곤두서게 하는 광경을 보았다. 걷잡을 수 없는 분노가 돌풍처럼 그를 덮쳤다. 그는 의식하지 못했지만 소름끼칠 만큼 사납게 으르렁거렸다. 처음이자 마지막으로 그는 자신의 교활함과 이성을 격정에 내맡겼는데, 벅이 그렇게 흥분한 것은 존 손턴에 대한 지극한 사랑 때문이었다.

이하트족 인디언들은 가문비나무 움막의 잔해를 돌며 춤을 추다가 섬뜩한 포효와 더불어 자신들이 한 번도 본 적 없는 짐승이 돌진해오는 것을 보았다. 성난 폭풍의 화신처럼 광적인 살의에 불타 덤벼들고 있는 것은 벅이었다. 벅은 맨 앞의 사내(이하트족의 추장이었다)에게 달려들어 피가 콸콸 쏟아질 때까지 그의 목을 쭉 물어뜯었다. 그런 다음 그 희생자를 더 이상 거들떠보지 않고 내친걸음으로 두 번째 인간의 목을 쭉 물어뜯었다. 그를 제어하기란 불가능했다. 벅이 인디언들의 한복판에 뛰어들어 물어뜯고, 쥐어뜯고, 죽이면서 무서운 기세로 쉴 새 없이 설쳐댔기 때문에 인디언들이 쏘아대는 화살도 소용이 없었다. 사실 벅은 믿을 수 없을 만큼 재빠르게 움직이는 반면 인디언들은 한곳에 몰려 있었기 때문에 화살이 인디언들에게 날아들었다. 어떤 젊은이가 공중에 뜬 벅에게 창을 세게 던졌는데, 그 창은 또 다른 인디언의 가슴으로 날아들어 가속도에 의해 창끝이 그의 등가죽을 뚫고 튀어나갔다. 그러자 엄청난 공포가 이하트족을 덮쳤고, 그들은 악령이 나타났다고 선언하며 겁을 집어먹고 숲으로 달아났다.

정말로 벅은 악마의 화신이 되어 미친 듯이 추적해 숲으로 도망치는 인디언들을 무스처럼 쓰러뜨렸다. 이하트족 최악의 날이었다. 그들은 그 부근 일대로 산산이 흩어졌다. 남은 생존자들이 낮은 골짜기에 모여 사망자 수를 센 것은 그로부터 일주일이 지나서였다. 벅의 경우에는, 추적에 지쳐 황량한 야영지로 돌아왔다. 피트는 기습을 당하자마자 살해되었는지 담요를 두른 채 죽어 있었다. 손턴의 필사적인 고투는 땅에 선명하게 찍혀 있어 벅은 그 흔적을 하나하나 냄새로 추적해 깊은 웅덩이 끝에 이르렀다. 웅덩이 가에는 끝까지 주인을 지킨 스킷이 머리와 앞발을 물속에 처박고 있었다. 사금이 흘러들어 충충해지고 더럽혀진 웅덩이는 속에 무엇이 들었는지 전혀 보이지 않았는데, 존 손턴이 있는 게 분명했다. 그가 물속으로 들어간 자취는 있었지만, 나온 흔적이 없었기 때문이다.

벅은 온종일 웅덩이 옆에서 생각에 잠겨 있거나 야영지를 초조하게 배회했다. 죽음이란 움직임의 정지이자 살아 있는 삶과의 이별이라는 것을 그는 알고 있었고, 존 손턴이 죽었다는 것도 알았다. 그의 죽음은 벅에게 허기와 유사하지만, 쓰리고 또 쓰리고 먹을 것으로도 채울 수 없는 큰 공허함을 남겼다. 벅은 이따금씩 멈춰서서 이하트족의 시체들을 물끄러미 보며 그 고통을 잊곤 했다. 그럴 때면 자신에 대한 대단한 자부심—전에 경험해보지 못한 대단한 자부심—을 자각했다. 그는 삼라만상의 가장 고귀한 사냥감, 즉 인간을 죽였고, 몽둥이와 엄니의 법

134

칙에 맞선 것이었다. 벅은 호기심에 차서 시체 냄새를 킁킁 맡았다. 그들은 너무 쉽게 죽었다. 허스키들을 죽이는 것보다 더 쉬웠다. 화살과 창과 몽둥이만 없으면 그들은 적수가 되지 않았다. 그 후로 벅은 인간들의 손에 화살과 창과 몽둥이가 쥐어 있지 않는 한 그들을 두려워하지 않을 것이었다.

밤이 찾아들었다. 보름달이 나무 위로 높이 떠올라 유령이 나올 것만 같은 빛으로 대지를 물들였다. 밤이 깊어질수록, 웅덩이 옆에서 생각에 잠기고 슬퍼하던 벅은 인디언들의 움직임과는 다른 새로운 생명체의 들썩거림을 감지했다. 그는 일어서서 귀를 기울이고 냄새를 맡았다. 멀리서 희미하지만 날카로운 캥캥 하는 소리가 밀려오더니, 뒤이어 비슷한 날카로운 소리가 일제히 터져나왔다. 시간이 지날수록 캥캥 하는 소리는 점점 가까워지고 점점 커졌다. 또다시 벅은 그 소리가 그의 기억 속에 남아 있는 다른 세계에서 들리던 소리라는 것을 알았다. 이제 그는 빈터 한가운데로 걸어가 귀를 기울였다. 그것은 그 소리, 음색이 다양한 그 소리였고, 전보다 더 유혹적이고 압도적으로 울려퍼졌다. 그리고 전과 다르게 벅은 기꺼이 그 소리에 응했다. 존 손턴은 죽었다. 그로써 인간과의 끈은 끊어졌다. 인간도, 인간의 요구도 더 이상 그를 구속할 수 없었다.

이하트족 인디언들이 사냥할 때처럼, 이동하는 무스들과 나란히 달리면서 살아 있는 먹이를 사냥하던 늑대 무리는 개울과 숲의 땅에서 분수령을 넘어 마침내 벅의 골짜기로 들어섰다.

그들은 달빛 흐르는 빈터로 은빛 파도처럼 몰려왔다. 그 빈터 한복판에서 벅은 동상처럼 우뚝 서서 그들을 기다리고 있었다. 늑대들은 덩치 큰 벅이 조용히 서 있는 모습을 보고 두려운 마음에 잠시 주춤거렸지만, 마침내 가장 대담한 놈이 벅에게 곧장 덤벼들었다. 번개처럼 벅은 일격을 가해 상대의 목을 부러뜨렸다. 그런 다음 조금 전처럼 꼼짝 않고 서 있었는데, 그 뒤에선 다친 늑대가 고통으로 뒹굴고 있었다. 이번에는 세 마리가 잇달아 재빨리 덤볐다. 그들도 차례차례 목이나 어깨를 뜯긴 채 피를 흘리며 물러섰다.

이렇게 되자 무리는 한꺼번에 돌진했는데, 먹이를 당장 쓰러뜨리고 싶은 마음에 허겁지겁 우르르 몰려들어 진로가 막히고 어수선해졌다. 벅의 놀라운 신속성과 민첩성은 크게 도움이 되었다. 그는 뒷발을 추축으로 어디서든 즉각 덥석 물고 뜯으면서 아주 재빠르게 빙빙 돌고 좌우를 방호하며, 흐트러짐 없는 태도를 보였다. 그러나 적들이 등 뒤에서 공격하지 못하도록 조금씩 후진하여 웅덩이를 지나고 강바닥으로 들어가 높은 사력층 둑에 이르러 멈췄다. 그는 인간들이 금을 캘 때 만들어놓은 그 둑에서 오른쪽 구석으로 조금씩 들어가 여기서 삼면이 막혀 있고 오직 정면만 방어하면 되는 막다른 곳까지 갔다.

벅이 아주 잘 싸운 탓에 늑대들은 반시간 만에 좌절하여 물러났다. 하나같이 혀를 축 늘어뜨린 채 달빛 아래 하얀 엄니를 잔인하게 드러냈다. 몇 놈은 머리를 쳐들고 귀를 쫑긋 세운 채

누워 있었고, 몇 놈은 우뚝 서서 벅을 주시했고, 또 몇 놈은 웅덩이로 가서 물을 핥아먹었다. 몸이 길고 야윈 회색 늑대가 우호적인 태도로 조심스레 다가왔는데, 벅은 얼마 전 하루 종일 함께 뛰어다녔던 그 야생의 형제를 알아보았다. 그가 부드럽게 낑낑거려 벅도 같이 낑낑거렸고, 그들은 서로의 코를 비볐다.

이번에는 수척하고 상처투성이인 늙은 늑대가 앞으로 왔다. 벅은 입술을 비틀어 으르렁거리려다 말고 그와 함께 코를 킁킁거렸다. 그러자 늙은 늑대는 앉아서 달을 향해 코를 치켜들고 긴 늑대 울음을 터뜨렸다! 다른 늑대들도 앉아서 울부짖었다. 이제야 그 소리가 분명한 어조로 벅에게 이른 것이었다. 벅도 앉아서 함께 울부짖었다. 그런 다음 그가 막다른 곳에서 걸어나오자 늑대들이 그를 에워싸며 호의와 적의가 반반 섞인 태도로 코를 킁킁거렸다. 지도부가 큰 소리로 컹컹 짖어대며 숲으로 뛰어갔다. 다른 늑대들도 일제히 짖어대며 그 뒤를 힘차게 따랐다. 벅도 그들과 함께, 그 야생의 형제와 나란히 달렸고, 달리면서 컹컹 짖었다.

벅의 이야기는 여기서 끝내는 것이 좋겠다. 그 후 몇 년이 흘러 이하트족은 야생 늑대의 품종에 생긴 변화를 알아차렸다. 머리와 주둥이에 갈색 반점이 드문드문 있고 가슴 한복판에 하얀 털이 난 늑대들이 눈에 띄었기 때문이다. 그러나 이하트족이 말하길, 이것보다 더 주목할 만한 것은 늑대 무리의 선두에서 달리는 '유령 개'였다. 그들은 이 '유령 개'를 무서워했다. 그 유령 개가 매서운 겨울이면 그들의 야영지에서 먹을 것을 훔치고, 덫을 빼앗고, 개들을 죽이고, 아무리 용감한 사냥꾼이라도 당해낼 수가 없을 만큼 교활했기 때문이었다.

아니, 이야기는 점점 심각해졌다. 야영지로 영영 돌아오지 못하는 사냥꾼들이 있는가 하면 참혹하게 목이 물어뜯긴 채 시체로 부족 사람들에게 발견되는 사냥꾼들도 있었는데, 그 시체들 주위로는 그 어떤 늑대의 발자국보다 더 큰 발자국이 찍혀 있었다. 이하트족이 무스의 이동을 따라가는 시기인 가을이면, 절대 들어가지 않는 골짜기가 하나 있었다. 그 '악령'이 어떻게 해서 그 골짜기를 쉼터로 선택하게 되었는지에 대한 이야기가 모닥불 주위로 오고갈 때면 슬픔에 잠기는 여인들이 있었다.

그러나 이하트족은 알지 못하지만, 여름이면 그 골짜기를 찾는 방문자가 있었다. 아주 크고 눈부신 털을 가진 늑대였지만, 늑대 같으면서도 보통의 늑대들과는 좀 달랐다. 그는 울창한 삼림 지대에서 혼자 분수령을 넘어 이곳 숲 속의 빈터로 내려온다. 여기서 썩은 무스가죽 자루들에서 누런 황금이 흘러나와 땅속으로 스며드는데, 키 큰 풀들과 우거진 이끼들에 뒤덮여 낮에도 황금은 보이지 않는다. 그리고 여기서 그 방문자는 잠시 생각에 잠겨 있다 길고 애처롭게 한 번 울부짖고는 그곳을 떠난다.

그러나 그가 늘 혼자인 것은 아니다. 긴긴 겨울밤이 찾아와 늑대들이 먹이를 쫓아 낮은 골짜기로 내려갈 때면, 무리의 선두에서 창백한 달빛이나 희미한 북극광을 가르며 달리는 그의 모습을 볼 수 있다. 다른 늑대들보다 훨씬 높이 뛰어오르고, 그 거대한 목으로 무리의 노래인 야성의 노래를 힘껏 내지르는 그의 모습을……

TO BUILD A FIRE

불을 피우기 위하여

JACK LONDON

춥고 음산한, 지독하게 춥고 음산한 날이 밝았다. 그날 그 사내
는 유콘 강의 주요 행로에서 벗어나 어스레하고 인적 없는 길
이 동쪽의 울창한 가문비나무 숲으로 이어진 높은 흙둑을 올랐
다. 가파른 둑이었다. 그는 정상에서 숨을 고르기 위해 잠시 쉬
었는데, 그 행동의 구실을 대듯 시계를 보았다. 아홉 시였다.
하늘에는 구름 한 점 없었지만 해도, 해가 뜰 기미도 보이지 않
았다. 맑은 날이었지만, 만물의 얼굴 위로는 만질 수 없는 장막
이, 날을 음산하게 만드는 침울함이 덮여 있는 듯했다. 그것은
해가 없기 때문이었다. 그렇다고 사내는 걱정하지 않았다. 그
는 해가 없는 것에 익숙해져 있었다. 해를 못 본 지 며칠이나
됐지만, 그는 며칠 더 있어야 남쪽 하늘에서 기운찬 천체가 지

평선 위로 얼굴을 살짝 드러냈다가 이내 시야에서 사라질 것도 알고 있었다.

사내는 지금까지 걸어온 길을 휙 돌아보았다. 드넓은 유콘 강이 거의 1미터 두께의 얼음 밑에 숨어 있었다. 이 얼음 위로는 얼음 두께만 한 눈이 쌓여 있었다. 유콘 강은 결빙기에 물이 한순간에 얼어붙어 부드러운 기복을 이루며 온통 순백으로 빛났다. 남북으로 그의 눈에 닿는 것은 백색의 물결이었다. 단지 하나의 검은 선만이 울창한 전나무 숲 섬 주위를 휘휘 돌아 남쪽으로, 그리고 북쪽으로 돌고 돌아 또 다른 전나무 숲 섬 뒤로 사라지고 있었다. 이 검은 선은 남쪽으로는 칠쿳 고개, 다이 그리고 바다로 이어지는 800킬로미터의, 북쪽으로는 도슨까지 113킬로미터, 눌라토까지 1,600킬로미터, 그리고 베링 해에 인접한 세인트마이클까지는 2,400킬로미터에 달하는 주요 행로였다.

그러나 이 모든 것─신비롭고 멀리까지 뻗은 좁은 길, 해가 없는 한낮의 하늘, 무시무시한 추위, 이런 것들이 자아내는 기묘함과 섬뜩함─에 사내는 아무 느낌도 없었다. 그가 이런 것에 익숙했기 때문이 아니었다. 그는 이 땅에 새로 온 사람, 즉 신출내기였고 이번이 처음 맞는 겨울이었다. 문제는 그에게 상상력이 없다는 것이었다. 상황 파악에는 민첩하고 기민했지만 단지 그뿐, 더 이상의 의미는 읽어내지 못했다. 그에게 영하 45도는 어는점에서 한참 내려왔다는 것을 의미했다. 그 사실은 그에게 춥고 불편하다는 인상만 줄 뿐, 그 이상의 의미는 없었다. 다시 말해 그는 기온의 영향을 받는 피조물로서 자신의 나약함이라든가, 일정한 범위의 추위와 더위에서만 살 수 있는 일반적인 인간의 나약함에 대해서는 생각하지 못했다. 그리고 거기서부터 불멸이나 우주에서의 인간의 위치 같은 추상적인 생각을 이끌어내지도 못했다. 영하 45도는 살을 에는 추위이자 벙어리장갑과 귀마개와 따뜻한 모카신과 두꺼운 양말로 무장해야 한다는 걸 뜻했다. 그에게 영하 45도는 더도 덜도 아닌 딱 영하 45도였다. 그 이상의 다른 의미가 있을 수 있다는 생각이 그의 머릿속에는 떠오르지 않았다.

방향을 틀어 길을 계속 가기 전에 그는 호기심에 침을 뱉어보았다. 예리하고 폭발적인 딱 하는 소리에 그는 깜짝 놀랐다. 다시 침을 뱉어보았다. 이번에도 침은 눈 위로 떨어지기도 전에 공중에서 딱 하는 소리를 내며 얼어붙었다. 영하 45도에서는 뱉은 침이 눈 위에서 얼어붙는데, 이 침은 공중에서 딱 얼어붙었다. 그렇다면 얼마나 더 추운지는 몰라도 영하 45도보다 더 추운 것이 분명했다. 그러나 기온은 중요하지 않았다. 그는 지금 헨더슨 지류의 왼쪽에 접한 오래된 광산으로 향하고 있었고, 그곳에서 동료들과 합류할 예정이었다. 그들은 인디언 지류에서 분수령을 넘어 이미 그곳에 도착해 있었지만, 그는 유콘 강에 있는 섬들에서 봄에 쓸 장작을 구할 수 있는지 알아보기 위해 길을 둘러 온 것이었다. 여섯 시까지는 야영지에 도착할 수 있으리라. 약간 어두워질 시각이지만, 동료들이 그곳에서 불을 지펴놓고 따뜻한 저녁 식사를 준비해놓았을 것이다. 점심 생각이 나서 그는 재킷 밑으로 삐죽 나온 작은 뭉치를 손으로 눌러보았다. 그것은 손수건에 싸인 채 셔츠와 맨살 사이에 끼워져 있었다. 빵을 얼지 않게 하는 유일한 방법이었다. 그는 잘라서 베이컨 기름에 적신 다음, 튀긴 베이컨 조각을 두른 빵을 떠올리며 속으로 흐뭇하게 웃었다.

그는 큰 전나무들 속으로 후다닥 내려갔다. 길이 희미했다. 마지막 썰매가 지나간 뒤로 눈이 30센티미터 정도 내린 탓이었다. 그는 썰매 없이 가볍게 길을 나서길 잘했다고 생각했다. 사실 짐이라고는 손수건에 싼 점심이 다였다. 하지만 그는 추위에 놀랐다. 장갑을 낀 손으로 마비된 코와 광대뼈를 문지르면서 그는 확실히 춥다고 결론지었다. 덥수룩한 구레나룻이 있었지만, 차가운 대기 속으로 삐죽 올라온 높은 광대뼈와 얼얼한 코를 감싸주기에는 역부족이었다.

그 사내의 뒤를 개 한 마리가 총총걸음으로 따르고 있었다. 회색 털에 덩치 큰 이 고장 허스키로, 외양이나 기질이나 그의 형제인 야생 늑대와 별 차이가 없는 진정한 늑대개였다. 그 동물도 무시무시한 추위에 풀이 죽어 있었다. 개는 지금이 돌아다닐 때가 아니라는 것을 알았다. 사내의 판단보다 개의 본능이 현실을 더 직시하고 있었다. 사실 기온은 영하 45도 이하로만 떨어진 게 아니었다. 영하 50도 이상, 영하 56도 가까이 떨어져 있었다. 사실은 영하 60도였다. 어는점이 0도라고 했을 때 지금은 무려 수십 배나 기온이 내려간 것이었다. 개가 온도계라는 걸 알 턱은 없었다. 어쩌면 개의 뇌에는 그 사내의 뇌에 들어 있는 것과 같은 지독한 추위에 대한 날카로운 의식이 없을지도 몰랐다. 그러나 그 짐승에게는 본능이 있었다. 개는 막연하지만 자신을 짓누르는 위협적인 불안을 느끼면서 사내의 뒤를 가만가만 따랐다. 녀석은 사내가 어서 야영을 하거나 아무 데고 피난처를 찾아 불을 지피기를 바라는 듯이 사내의 서투른 움직임을 열심히 주시했다. 개는 불이라는 것을 알고 있었고, 그래서 불 옆이나 눈 속에 굴을 파고 들어가 추운 공기에서 벗어나 온기를 껴안고 싶었다.

하얀 입김이 그대로 얼어붙어 개의 털에 미세한 서리가 꼈는데, 특히 턱과 주둥이와 눈썹 주위에 얼음 결정들이 하얗게 꼈다. 사내의 붉은 턱수염과 콧수염에도 마찬가지로 서리가 꼈는데, 그가 따뜻한 입김을 내뿜을수록 얼음 알갱이들이 점점 두꺼워졌다. 그런 와중에 사내는 담배까지 씹고 있었다. 얼음 재갈이 입술에 딱 달라붙어 그는 턱을 움직일 수가 없어 담배즙을 질질 흘렸다. 그렇게 그의 서리 낀 턱수염에는 호박색의 단단한 고드름이 점점 길게 자라기 시작했다. 넘어지기라도 하는 날엔 고드름이 유리처럼 산산조각으로 부서질 판이었다. 하지만 그는 그런 것에 개의치 않았다. 이 고장에서 담배를 피우려면 그 정도의 불편은 감수해야 했고, 그는 전에도 이런 강추위

속에 다닌 적이 있었다. 물론 그때는 이번만큼 춥지 않았지만, 식스티마일 강에서 그가 느낀 체감 온도는 영하 27도에서 영하 30도 사이에 가까웠다.

사내는 10여 킬로미터 길게 뻗은 숲을 통과해 둥근 탄 덩어리(탄덩어리)들이 깔려 있는 넓은 평지를 건너, 어떤 강둑으로 내려가 바닥이 얼어 있는 작은 개울에 이르렀다. 이것이 헨더슨크리크였고, 목표 지점인 그 지류까지는 16킬로미터가 남았다. 사내는 시계를 보았다. 열 시였다. 한 시간에 6킬로미터쯤 가고 있으니 열두 시 삼십 분이면 목표 지점에 도착하겠다는 계산이 나왔다. 그는 그 성과를 자축할 겸 점심은 그곳에서 먹기로 결정했다.

사내가 강바닥을 따라 힘차게 전진했을 때 개는 꼬리를 축 늘어뜨린 채 다시 그의 뒤를 의기소침하게 따랐다. 썰매가 지나간 자국이 분명히 보이긴 했지만, 마지막 썰매날 자국 위로는 눈이 30센티미터나 쌓여 있었다. 한 달이 넘도록 이 조용한 개울을 지나다닌 사람이 없었다는 얘기다. 사내는 꾸준히 걸었다. 다른 생각에는 빠지지 않고, 단지 목표 지점에 도착해 점심을 먹고 여섯 시에 동료들과 합류하겠다는 것 외에는 아무 생각도 하지 않았다. 이야기할 상대도 없었다. 누군가 있었다 해도 입에 붙은 얼음 재갈 때문에 말을 할 수도 없었을 것이다. 그래서 그는 계속해서 담배를 씹고 호박색의 얼음 수염을 키우면서 묵묵히 걸어갔다.

이따금씩 정말로 춥고 이런 추위를 겪어보기는 난생처음이라는 생각이 반복적으로 들었다. 그는 걸으면서 장갑 낀 손등으로 광대뼈와 코를 문질렀다. 양손을 번갈아가며 기계적으로 그렇게 했다. 그러나 그렇게 문지르다가 잠깐만 멈추어도 처음에는 광대뼈가, 다음에는 코가 곧바로 마비되었다. 뺨이 얼어붙을 판이었다. 그는 동료인 버드가 강추위에 썼던 그런 마스크를 고안하지 못한 게 뼈저리게 후회되었다. 그런 마스크만 둘렀다면 뺨이 보호되었을 테다. 하지만 그건 크게 중요하지 않았다. 뺨이 좀 얼면 어떤가? 약간 고통스러울 뿐이지. 결코 심각한 문제는 아니었다.

비록 생각이 없는 사람이긴 했지만 그는 예리한 관찰자였다. 샛강의 변화, 만곡부들과 물에 뜬 목재들에 유의하면서 발 디딜 곳을 정확히 짚어냈다. 한번은 어떤 만곡부를 돌다가 놀란 말처럼 갑자기 뒷걸음쳐서 자신이 걸어가던 쪽에서 방향을 틀어 몇 걸음 뒤로 물러났다. 그가 아는 한 샛강은 바닥까지 꽁꽁 얼지만—북극의 겨울에는 모든 샛강이 꽁꽁 얼어붙었다—산허리에서 거품을 내며 흘러 내려와 눈 밑과 강 위로 흐르는 샘들이 있다는 것도 알았다. 이런 샘들은 아무리 추운 날씨에도 결코 얼지 않았고, 그만큼 위험했다. 그것은 함정이었다. 물웅덩이들은 눈 아래 10여 센티미터에서 심지어 1미터 정도 깊이까지 숨어 있었다. 때때로 그것들은 고작 1센티미터 두께의 얼음에 덮여 있거나, 그 위에 내린 눈에 또 덮이곤 했다. 때로는 물과 얼음이 교대로 몇 층을 이룬 샘도 있었는데, 이런 곳에 잘 못 발을 내딛으면 허리까지 물에 잠기는 수가 있었다.

바로 그 때문에 사내가 당황하여 뒷걸음친 것이었다. 그는 발밑에서 그런 조짐을 느꼈고 눈에 가려진 얼음이 딱 깨지는 소리를 들었다. 이런 온도에서 발이 젖는 것은 고생일 뿐 아니라 위험했다. 아무래도 길이 지체될 터였다. 가던 길을 멈춰 불을 피우고, 신발과 양말을 말리는 동안 불 옆에서 발을 데워야 할 테니까. 그는 멈춰서서 강바닥과 둑을 살펴보았고, 물이 오른쪽으로 흐르고 있다고 판단했다. 코와 뺨을 문지르며 잠시 생각한 뒤, 왼쪽으로 비켜서서 조심조심 한 발 한 발을 내딛었다. 위험이 걷혔을 때 그는 새로운 담배를 꺼내 씹었고 빠른 걸음으로 힘차게 걸었다.

다음 두 시간 동안 그는 비슷한 함정을 몇 개 더 발견했다. 보통은 숨은 웅덩이 위에 쌓인 눈이 움푹 꺼진 채 굳어 있어 위험이 잘 보였다. 그러나 몇 번인가 아슬아슬한 순간이 있었다. 한번은 위험이 느껴져 개를 억지로 앞으로 보내보았다. 개는 가고 싶어하지 않았다. 녀석은 주춤거리다 결국에는 사내에게 떠밀려 발자국 하나 없는 하얀 눈 위를 재빨리 가로질렀다. 갑자기 녀석이 돌파를 하다 한쪽으로 휘청하더니 더 단단한 땅으로 달아났다. 녀석의 앞발과 다리가 젖었고, 거기 묻은 물은 순식간에 얼어붙었다. 개는 다리에 붙은 얼음을 재빨리 핥아서 떼어낸 다음 눈 위에 쓰러져 발가락 사이에 생긴 얼음도 깨물기 시작했다. 이런 행동은 본능이었다. 얼음을 그대로 놔두면 발이 아프게 될 것이었다. 개는 이런 사실을 알지 못했다. 녀석은 단지 자기 안의 깊은 밑바닥에서 일어난 불가사의한 충동을 따른 것뿐이었다. 반면에 사내는 그런 일이 터졌을 때의 대처법을 알고 있어서 오른쪽 장갑을 벗어 개의 발가락 사이에 낀 얼음 조각들을 떼어내주었다. 장갑을 잠깐 벗고 있었는데도 손가락을 때리는 마비 증세가 금세 와서 그는 깜짝 놀랐다. 확실히 추웠다. 그는 얼른 장갑을 끼고 그 손을 가슴에 대고 세게 쳤다.

열두 시가 되니 날이 그지없이 밝았다. 그러나 겨울에는 해가 남쪽으로 너무 치우쳐 있어 지평선이 선명하지 않았다. 지평선과 헨더슨크리크 사이에는 불룩 솟은 땅이 끼어 있었다. 헨더슨크리크에서 사내는 정오에 맑은 하늘 아래서 그림자도 없이 걸었다. 열두 시 삼십 분 정각에 그는 그 샛강의 지류에 도착했다. 그는 자신이 이뤄낸 속도에 만족했다. 이대로 계속 가면 여섯 시까지 틀림없이 동료들과 합류할 수 있으리라. 그는 재킷과 셔츠의 단추를 풀어 점심을 꺼냈다. 그 동작은 부리나케 이루어졌는데도, 잠깐 사이 장갑을 벗은 손가락에서 마비 증세가 왔다. 그는 장갑을 끼는 대신, 손가락들을 다리에다 열 번도 넘게 탕탕 쳤다. 그런 다음 눈 덮인 통나무에 앉아 점심을 먹었다. 다리에다 손가락을 칠 때의 따끔따끔함은 놀라울 정도로 금세 사라졌다. 빵을 한 입 물어볼 여유조차 없었다. 그는 손가락을 연신 때리고서 장갑을 끼었고, 다른 한 손은 점심을 먹기 위해 그대로 두었다. 그는 한입에 먹으려 했지만, 입이 얼어서 그럴 수가 없었다. 불을 피워서 몸을 녹여야 한다는 걸 깜박 잊고 있었다. 자신의 멍청함에 낄낄 웃다가 장갑을 벗은 그는 손가락이 점점 마비되는 것을 느꼈다. 또한 통나무에 앉을 때만 해도 느껴지던 발가락 통증이 이제는 사라졌음을 알아챘다. 발가락이 따뜻한지 마비됐는지 알 수가 없었다. 그는 모카신을 신은 채 발가락을 움직여 보고서야 발가락에 감각이 없다는 걸 알았다.

그는 서둘러 장갑을 끼고 일어섰다. 약간 겁이 났다. 발에 찌릿한 통증이 느껴질 때까지 쿵쿵거리며 왔다 갔다 했다. 확실히 춥다고, 그는 생각했다. 설퍼크리크 출신의 한 노인이 이 지역의 추위가 때때로 얼마나 지독한지를 말해준 적이 있었다. 당시 그는 노인의 말을 비웃지 않았던가! 그것은 인간이 그 무엇에도 자신해서는 안 된다는 얘기였다. 그 말 그대로, 정말로 추웠다. 사내는 몸에 온기가 돌 때까지 발을 쿵쿵거리고 팔을 두드리면서 성큼성큼 왔다 갔다 했다. 그런 다음 성냥을 꺼내 불을 피울 장작을 찾았다. 지난봄에 불어난 물 덕분에 잘 마른 잔가지 몇 개가 덤불 밑에 숨어 있었다. 처음에 조심스레 타오르던 불길은 곧이어 활활 타올랐다. 사내는 불 옆에서 얼어붙은 얼굴을 녹이고 불의 온기 아래 비스킷을 먹었다. 잠시 동안 그 주위에는 모진 추위가 도망갔다. 개도 만족하며 몸을 데우기 위해 불에 데지 않을 만큼만 떨어져서 몸을 쭉 폈다.

사내는 점심을 다 먹고서 파이프에 담뱃잎을 채워 담배를 피우면서 편안한 시간을 보냈다. 그런 다음 장갑을 끼고 모자에 달린 귀마개로 귀를 단단히 덮고서 왼쪽 분기점 위로 이어진 길을 따라 걷기 시작했다. 개는 아쉬워하며 불 옆으로 돌아가고 싶어했다. 남자는 추위를 알지 못했다. 어쩌면 그의 조상들도 대대로 추위를, 진짜 추위를, 영하 60도까지 떨어지는 지독한 추위를 몰랐을 것이다. 그러나 개는 알았다. 조상 대대로 체득해온 그 지식을 그 개도 물려받은 것이었다. 개는 이처럼 지독하게 추운 날에는 나돌아다니지 않는 것이 좋다는 것을 알았다. 이런 날에는 눈 속에 구덩이를 파서 아늑하게 누워 이런 추위를 몰고 온 저 먼 땅으로 구름의 장막이 물러가기만을 기다려야 했다. 다른 한편으로 그 개와 사내 사이에는 강한 친밀감이 없었다. 개는 인간을 위해 일하는 노예였고, 녀석이 이제까지 사내에게 받은 친절이라곤 가혹한 채찍질과 채찍질을 하겠다고 을러대는 위협적인 목소리뿐이었다. 그래서 개는 자신의 우려를 굳이 사내에게 알려주려 애쓰지 않았다. 사내의 안전은 녀석의 관심 밖이었다. 녀석이 불 옆으로 돌아가고 싶어한 것은 자신의 안전 때문이었다. 그러나 사내가 휘파람을 불며 채찍질을 하겠다고 위협해 개는 결국 사내의 발치로 얼른 달려가 그 뒤를 따랐다.

사내가 담배를 씹기 시작하자 호박색 수염이 다시 자라기 시작했다. 또한 입김이 나올 때마다 그의 콧수염과 눈썹과 속눈썹에 하얀 서리가 곧바로 생겼다. 헨더슨크리크의 왼쪽 지류 쪽으로는 물웅덩이가 그리 많은 것 같지 않았다. 반시간 동안 사내는 아무런 징후도 발견하지 못했다. 그러다 불상사가 터졌다. 아무런 징후도 없고, 눈이 곱게 쌓여 있어 그 아래가 단단한 땅으로 보이는 곳에서 사내는 몸이 쑥 빠졌다. 물이 깊지는 않았다. 사내가 허둥대며 단단한 얼음 위로 나왔을 때는 거의 무릎까지 젖어 있었다.

그는 화를 내며 재수 없다고 욕을 퍼부었다. 여섯 시면 동료들과 합류할 수 있겠다 싶었는데, 이 일로 한 시간이 지체될 판이었다. 다시 불을 피우고 신발과 양말을 말려야 했기 때문이었다. 이렇게 기온이 낮을 때는 하는 수 없었고, 그도 그 사실을 잘 알았다. 그는 강둑으로 방향을 틀어 위로 올라갔다. 둑 위에는 몇 개의 작은 가문비나무 줄기를 둘러싼 덤불 속에 만조 때 떠밀려온 마른 장작—주로 나무토막과 잔가지였지만, 잘 마른 가지와 가늘고 물기 없는 지난해의 풀도 상당량 있었다—이 엉켜 있었다. 그는 눈 위로 큰 나뭇조각을 몇 개 던졌다. 이렇게 하면 눈이 단단해져 어린 불꽃이 눈에 녹아버리는 사태를 방지할 수 있었다. 사내는 주머니에서 작은 자작나무 껍질을 꺼내 그 껍질에 대고 성냥을 그었다. 자작나무 껍질은 종이보다 훨씬 빨리 불이 붙었다. 그는 이 불을 조금 전 큰 나뭇조각들을 던진 곳에 놓고 마른풀 한 줌과 아주 가는 마른 잔가지들을 그 위에 얹어 어린 불꽃을 더 크게 살렸다.

그는 자신의 위험을 날카롭게 의식하며 천천히 조심스럽게 움직였다. 점점 불꽃이 강해졌을 때 그는 더 많은 잔가지를 모았다. 눈 위에 쪼그리고 앉아 덤불 속에 엉켜 있는 잔가지들을 끌어내 즉시 불 속에 넣었다. 절대 실패하면 안 된다는 것을, 그는 알았다. 영하 60도의 날씨에서는, 더구나 발이 젖은 경우에는 첫 번째 불 피우기를 실패해서는 안 된다. 발이 젖지 않았을 때는 실패하더라도 1킬로미터 정도를 뛰면 온기를 회복할수 있다. 그러나 영하 60도에서는 물에 젖어 언 발은 뜀박질로도 회복되지 않는다. 아무리 빨리 뛰어도 젖은 발은 더 꽁꽁 얼 것이다.

이 모든 것을 사내는 알고 있었다. 지난해 가을 설퍼크리크에서 만난 노인에게서 그 얘기를 들었는데, 지금 그는 노인의 충고에 감사하고 있었다. 발에서는 이미 모든 감각이 사라졌다. 불을 피우기 위해 그는 장갑을 벗을 수밖에 없었는데, 그러자 손가락도 순식간에 마비되었다. 시간당 6킬로미터의 속도로 걷고 있을 때는 손끝 발끝을 비롯해 온몸 구석구석까지 피가 순환하고 있었다. 그러나 걸음을 멈추자마자 피의 순환이 느려졌다. 우주의 추위가 이 지구의 무방비한 끝을 강타했고, 그 끝에 있음으로써 사내는 그 강타를 제대로 얻어맞았다. 조금 전까지도 피가 잘 돌았다. 그 피는 개처럼 살아 있었고, 개처럼 무시무시한 추위를 피하고 싶어했다. 시간당 6킬로미터의 속도로 걷고 있는 동안에는, 피가 어쨌거나 온몸 구석구석까지 돌았다. 그러나 이제는 피가 썰물처럼 달아나며 구석진 곳으로 가라앉았다. 피가 돌지 않는다는 느낌이 먼저 든 곳은 몸의 말단들이었다. 젖은 발이 빠르게 얼어붙기 시작했고, 노출된 손가락은 아직까지는 얼고 있지 않았지만 점점 감각을 잃어갔다. 코와 뺨도 이미 얼기 시작했고, 피가 순환되지 않아서 온몸의 피부도 차가워졌다.

그러나 사내는 무사했다. 불이 활활 타오르기 시작했으니 발가락과 코와 뺨에 서리만 끼고 말 것이다. 그는 손가락만 한 잔가지들을 불 속에 넣고 있었다. 조금 있다가 손목만 한 가지들로 불을 살릴 수 있을 것이다. 그러면 젖은 신발과 양말을 벗어서 말리고, 그동안 자신은 눈을 털고 발을 문지르면서 불 옆에서 발을 녹일 수 있으리라. 불은 성공적으로 피워졌다. 그는 무사했다. 그는 설퍼크리크에서 만난 노인의 충고를 기억하고서 빙긋이 웃었다. 노인은 영하 45도 넘게 떨어지는 날에 클론다이크에서 혼자 돌아다니면 안 된다는 법칙을 말하면서 사뭇 진지했다. 그런데 그가 여기 있지 않은가. 그는 사고를 당했다. 그는 혼자였다. 그는 살아남았다. 그만큼 나이 든 사람들 중에는 다소 유약한 이들도 있는 법이라고, 그는 생각했다. 침착하기만 하면 되는 것이었고, 그는 무사했다. 사람이면 누구나 혼자 여행할 수 있었다. 그러나 뺨과 코가 얼어붙는 속도는 아주 놀라웠다. 그런데도 사내는 손가락이 순식간에 감각을 잃을 수 있다고 생각하지 않았다. 손가락이 감각을 잃었다. 그가 잔가지를 움켜잡으려 하는데 손가락이 거의 움직이지 않았던 것이다. 손가락들은 마치 몸과 멀리 떨어져 있는 듯했다. 그는 잔가지를 만질 때마다 손에 쥐었는지 일일이 확인해야 했다. 그와 손가락 끝 사이에 연결된 전선이 거의 끊어졌다.

이 모든 것은 중요하지 않았다. 널름거리는 불길과 함께 탁탁 소리를 내며 생명을 약속해주는 불이 있었다. 그는 모카신의 끈을 풀기 시작했다. 신은 얼음에 뒤덮여 있었다. 두꺼운 독일제 양말은 무릎 아래 절반까지 쇠로 된 칼집 같았다. 모카신 끈은 불에 타서 배배 꼬이고 엉킨 쇠막대 같았다. 잠시 동안 그는 마비된 손가락으로 끈을 잡아당기다가, 자신의 어리석음을 깨닫고 칼집에 든 칼을 꺼냈다.

그러나 끈을 자르기도 전에 일이 터졌다. 그의 잘못, 아니, 그의 실수였다. 가문비나무 아래서 불을 피우는 게 아니었다. 훤히 트인 곳에 불을 피웠어야 했다. 하지만 그곳이 덤불에서 잔가지를 끌어와 불에 던져넣기가 훨씬 수월했던 것이다. 사내가 그 아래서 불을 지핀 가문비나무는 가지들마다 눈이 수북이 쌓여 있었다. 몇 주 동안 바람이 불지 않아 가지에는 눈이 쌓일 대로 쌓여 있었다. 그가 잔가지를 끌어낼 때마다 그 나무에서 미세한 동요가 일어나곤 했다. 그로서는 감지할 수 없는 동요였지만 재난을 일으킬 만한 동요였다. 나무 높이 걸린 가지 하나가 눈의 무게에 부러졌다. 그러자 그 밑에 있던 가지들도 우르르 무너졌다. 이 과정은 나무 전체로 확산되었다. 그 일은 눈 사태처럼 커져, 아무런 예고도 없이 사내와 불을 덮쳤다. 불이 꺼져버렸다! 불을 피웠던 곳은 여기저기 흩어진 새하얀 눈에 뒤덮였다.

사내는 충격에 휩싸였다. 그 소리는 사형선고와도 같았다. 잠깐 동안 그는 앉아서 불을 피운 장소를 응시했다. 그러자 마음이 평온해졌다. 설퍼크리크의 노인이 한 말이 옳았는지 모른 다. 길동무가 한 명이라도 있었다면 이렇게까지 위험에 빠지지 는 않았으리라. 동료가 불을 피워주었을 테니까. 그러나 지금 다시 불을 피울 사람은 자기뿐이었다. 이번에는 실패해서는 안 된다. 성공한다 해도 발가락 몇 개를 잃을 것이다. 지금 그의 발가락은 심하게 얼었고, 두 번째 불을 피우는 데도 시간이 걸 릴 것이다.

이런 생각들을 그가 가만히 앉아서 한 것은 아니었다. 머릿 속으로 이런 생각들이 지나가는 동안 그는 계속 바쁘게 움직였 다. 불을 피울 새 자리를 만들었다. 이번에는 나무 때문에 불이 갑자기 꺼질 염려가 없는 빈터였다. 다음에 그는 만조 때 밀려 온 잡동사니에서 마른풀들과 잔가지들을 모았다. 손가락으로 그것들을 끌어낼 수는 없었지만, 한 움큼씩 집을 수는 있었다. 이런 식이다보니 달갑지 않은 썩은 잔가지와 녹색 이끼까지 끼 여 왔다. 그러나 이것이 그가 할 수 있는 최선이었다. 그는 나 중에 불을 세게 피울 때 쓰려고 더 큰 나뭇가지들도 한 아름 모으면서 계획적으로 일했다. 그동안 개는 앉아서 어서 불을 피워달라는 간절한 눈빛으로 그를 쳐다보았다. 개에게는 사내가 불 공급자이건만, 도대체가 불을 피우지 못했기 때문이다.

준비가 다 됐을 때 사내는 자작나무 껍질을 꺼내기 위해 주머니에 손을 넣었다. 그 껍질은 분명 주머니 속에 있었다. 하지만 손가락으로는 느끼지 못하고 그것을 만지작거렸을 때 나는 바스락거리는 소리만 들었다. 아무리 애를 써도 그는 자작나무 껍질을 꽉 쥘 수가 없었다. 그러는 내내 그는 발이 매 순간 얼고 있다는 걸 의식했다. 그런 생각이 들자 공포가 엄습했지만, 그는 그런 생각을 떨쳐내고 마음을 가라앉혔다. 이로 장갑을 벗겨낸 다음 팔을 앞뒤로 흔들고 두 손을 옆구리에 있는 힘껏 탁탁 쳤다. 처음에는 앉으면서 그렇게 했고, 다음에는 일어서면서 그렇게 했다. 그동안 개는 눈 속에 앉아 털이 북슬북슬한 꼬리를 말아 앞발을 따뜻하게 감싸고서 귀를 쫑긋 세운 채 열심히 사내를 지켜보았다. 사내는 자신의 팔과 손을 두드리고 치면서, 개란 놈은 타고난 털이 있어 따뜻하고 안전하겠다는 생각이 들어 부러움이 치밀어 올랐다.

얼마 후 두드려대던 손가락에서 희미하지만 감각이 느껴지기 시작했다. 약한 따끔거림이 점점 강해지면서 몹시 고통스러운 욱신거림으로 발전했지만, 그는 이 고통을 달갑게 받아들였다. 그는 오른손에 낀 장갑을 벗어 자작나무 껍질을 꺼냈다. 노출된 손가락은 금세 다시 마비되기 시작했다. 다음에는 성냥

다발을 꺼냈다. 그러나 무시무시한 추위에 손가락은 이미 감각을 잃었다. 그가 성냥 한 개를 뽑으려는 순간 성냥이 통째로 눈속에 떨어졌다. 떨어진 성냥을 집으려 했지만 실패했다. 손가락이 마비되어 성냥을 만질 수도 움켜쥘 수도 없었다. 그는 아주 조심스럽게 행동했다. 얼어붙고 있는 발과 코와 뺨에 대한 생각을 머리에서 떨쳐내며 온 정신을 성냥에만 집중했다. 그는 촉각 대신 시각을 이용하여 손가락이 성냥 다발에 가까워진 걸보고 손가락을 오므렸다. 아니, 오므리려고 했다. 그러나 몸과 의식은 따로 놀았고, 손가락은 말을 듣지 않았다. 그는 오른손에 다시 장갑을 끼고서 무릎에 대고 격렬하게 두들겼다. 그런다음 장갑 낀 두 손을 모아 성냥 다발을 많은 눈과 함께 퍼올려무릎에 올렸다. 그러나 일은 순조롭지 않았다.

몇 번의 시도 끝에 그는 간신히 장갑 낀 양 손목 사이에 성냥다발을 끼웠다. 그 자세로 성냥을 입으로 가져갔다. 엄청난 노력으로 입을 벌리자 얼음이 딱딱거리는 소리를 내며 부러졌다. 그는 아래턱은 끌어당기고 윗입술은 방해가 되지 않도록 위로말아 올린 뒤, 하나를 꺼내기 위해 윗니로 성냥을 뒤적거렸다. 한 개를 얻는 데 성공하여 그것을 무릎 위에 올렸다. 여전히 순조롭지 않았다. 그는 성냥을 집을 수가 없었다. 그때 한 가지묘안이 떠올랐다. 성냥을 이 사이에 물고서 무릎에 대고 그었다. 스무 번을 긁고서야 불을 붙일 수 있었다. 그는 불붙은 성냥을 물고 자작나무에 갖다댔다. 그러나 타고 있던 유황이 콧

속으로 들어가 폐를 지나면서 돌발적으로 기침이 났다. 그 바람에 성냥은 눈 속에 떨어졌고 불은 꺼졌다.

설퍼크리크의 노인이 옳았어, 절망적인 순간이 잇따르자 그런 생각이 들었다. 영하 45도 넘게 떨어질 때는 동료와 함께 길을 나서야 한다는 걸. 그가 아무리 손을 때려도 감각이 되살아나지 않았다. 갑자기 그는 이로 양손의 장갑을 모두 벗겨냈다. 그런 다음 양손 끝 사이에 성냥 다발을 끼웠다. 팔 근육은 아직 얼지 않아서 양손 끝으로 성냥을 꽉 누를 수 있었다. 그런 다음 그는 성냥 다발을 다리에 대고 긁었다. 70개의 성냥이 동시에 불꽃을 일으켰다! 그것을 꺼뜨려줄 바람도 없었다. 그는 질식할 것 같은 연기를 피하기 위해 머리를 옆으로 살짝 돌려 그 불길을 자작나무 껍질에 갖다댔다. 그때 손에서 감각이 느껴졌다. 살이 타고 있었다. 타는 냄새도 났다. 피부 표면 깊숙한 곳에서 그것이 느껴졌다. 그 감각은 점점 격한 고통으로 발전했다. 그런데도 그는 성냥불을 자작나무 껍질에 엉성하게 갖다대면서 고통을 견뎠다. 그러나 대부분이 손에 가려져 자작나무 껍질에는 쉽게 불이 붙지 않았다.

마침내 그는 더 이상 견딜 수가 없어 양손을 얼른 떼어냈다. 타고 있던 성냥들이 눈 속으로 떨어지면서 지글거렸는데, 다행히 자작나무 껍질에 불이 붙었다. 그는 마른풀과 잔가지들을 불 위에 얹기 시작했다. 양손 끝으로 연료를 들어올려야 해서 장작을 고르고 자시고 할 수가 없었다. 그는 썩은 나뭇조각과 잔가지에 붙은 푸른 이끼를 이로 할 수 있는 데까지 떼어냈다. 그는 불을 조심스레 다루었지만 서툴렀다. 그 불은 생명이었다. 절대 꺼뜨리면 안 되는 것이었다. 이제는 피부에도 피가 돌지 않으면서 몸이 떨리기 시작했고, 동작은 점점 서툴러졌다. 녹색 이끼가 제법 많이 그 약한 불로 곧장 떨어졌다. 그가 손가락으로 이끼를 빼내려 했지만, 몸이 부들부들 떨려 손가락이 저만치 나가버렸다. 그 바람에 타고 있던 풀과 잔가지들이 사방으로 흩어지며 작은 불씨마저 꺼지려 했다. 그가 다시 풀과 잔가지를 쑤석거려 불을 돋우려 했지만, 아무리 애를 써도 몸이 떨려서 잔가지들은 속수무책으로 흩어졌다. 모든 잔가지가 연기를 훅 내뿜으며 이내 꺼졌다. 불 피우기는 실패로 끝났다. 무심히 주위를 둘러보던 사내는 우연히 개를 보게 되었다. 개는 눈 속에서 부스러기만 남은 모닥불 맞은편에 앉아 안절부절 못한 채 등을 구부리기도 하고, 앞발을 번갈아 약간 쳐들어 무게 중심을 옮기면서 불이 지펴지기만을 간절히 바랐다.

개를 보자 엉뚱한 생각이 사내의 머릿속에 떠올랐다. 그는 눈보라 속에 갇혀 있던 남자가 수송아지를 죽이고서 그 시체 밑으로 기어들어가 살아났다는 이야기를 기억해냈다. 그럼 자신은 개를 죽여서 손의 마비가 풀릴 때까지 놈의 따뜻한 털 속에 손을 넣어두면 되지 않을까. 그럼 다시 불을 피울 수 있지 않을까. 사내는 자신에게 그런 주문을 걸면서 개에게 말을 걸었는데, 그 목소리에는 개를 두려움에 떨게 하는 이상한 공포가 서려 있었다. 그 인간이 그런 식으로 말하는 것을 개는 본 적이 없었다. 뭔가가 이상했다. 개는 본능적으로 위험을 감지 했다. 어떤 위험인지는 모르겠지만, 어딘가, 어쩐지, 그 남자 에 대한 불안이 녀석의 뇌리에 떠올랐다. 개는 사내의 목소리 를 듣지 않으려고 귀를 납작하게 덮었고, 안절부절못하며 등을 웅크리고 앞발을 번갈아 쳐드는 짓을 더 자주 했다. 그러나 사 내에게는 한사코 가지 않았다. 사내는 손과 무릎을 이용하여 개에게 기어갔다. 이런 이상한 자세는 다시 개의 의심을 부채 질했고, 개는 옆걸음질로 슬금슬금 달아났다.

사내는 잠시 동안 눈 속에 앉아 냉정해지려 애썼다. 그런 다 음 이를 이용해 장갑을 다시 끼고 일어섰다. 처음에는 진짜 일 어나 있는지 확인하기 위해 아래를 힐긋 보았다. 발에 감각이 없어져 땅의 감촉을 느낄 수 없었기 때문이다. 그는 꼿꼿이 서 서 개의 의심을 지우기 위한 작업에 들어갔다. 그가 채찍을 날 리겠다고 위압적으로 말하자 개는 늘 그래왔던 습관대로 그에 게 왔다. 개가 손만 뻗으면 닿는 거리에 이르렀을 때 사내는 자 제력을 잃었다. 그러나 개에게 팔을 휙 뻗었을 때 손을 움켜쥘 수도, 손가락을 굽힐 수도 없고, 손가락에 감각도 없다는 것을 깨닫고서 새삼 놀랐다. 손과 손가락이 얼었고, 점점 더 많이 얼 고 있다는 사실을 잊고 있었던 것이다. 이 모든 일은 순식간에 일어났다. 개가 도망치기 전에 그는 두 팔로 개의 몸을 감쌌다. 그는 눈 속에 앉았다. 그 자세로 잡혀 있는 동안 개는 으르렁거리고 낑낑거리고 발버둥쳤다.

그러나 사내가 할 수 있는 것은 개를 두 팔로 감싼 채 앉아 있는 것뿐이었다. 그는 개를 죽일 수 없다는 걸 깨달았다. 죽일 방법이 없었다. 무력한 손으로는 칼집에서 칼을 빼내 쥘 수도 없었고, 개의 목을 조를 수도 없었다. 그는 개를 풀어주었다. 개는 꼬리를 내리고서 미친 듯이 달아났고, 여전히 으르렁거렸다. 녀석은 12킬로미터 넘게 달아난 뒤에야 멈추고서는 귀를 앞으로 쫑긋 세운 채 호기심에 차서 사내를 관찰했다.

사내는 손이 어디에 있는지 확인하기 위해 아래를 보았고, 양팔 끝에 두 손이 걸려 있는 것을 보았다. 눈을 이용하지 않고서는 손이 어디 있는지 알 수 없다는 것이 신기하게만 여겨졌다. 그는 팔을 앞뒤로 흔들면서 장갑 낀 손을 양 옆구리에 때리기 시작했다. 이런 식으로 5분을 격렬하게 두들기자 심장이 구석구석으로 피를 퍼부어 손 떨림이 멈췄다. 그러나 손의 감각은 되살아나지 않았다. 양손이 마치 추처럼 팔 끝에 매달려 있는 것만 같아 그 느낌을 떨쳐내려 애를 썼지만, 사내는 방법을 찾을 수 없었다.

죽음의 공포가 무디지만 압박하듯 사내에게 엄습했다. 이제는 단지 손가락과 발가락이 얼어붙거나 손과 발을 잃게 되는 문제가 아니었다. 형세가 자신에게 불리하게 돌아가는 생사의 문제임을 깨닫게 되자 공포가 뼈저리게 다가왔다. 공황 상태에 빠진 그는 방향을 틀어 인적 없는 희미한 길을 따라 강바닥을 달렸다. 개도 그의 뒤를 쫓았다. 사내는 살면서 한 번도 경험해 보지 못한 공포에 사로잡혀, 생각 없이 무작정 달렸다. 눈을 헤치고 허우적거리면서 주위의 풍경—강둑들, 오래된 숲, 잎이 없는 사시나무들 그리고 하늘—을 다시 찬찬히 보기 시작했다. 달리고 나니 기분이 한결 좋아졌다. 더 이상 떨리지도 않았다. 어쩌면 이렇게 계속 달리면 발이 녹을지도 모른다. 또 계속 달리면 동료들이 있는 야영지에 도착할지도 모른다. 십중팔구 손가락과 발가락 몇 개를 잃을 것이고, 얼굴에도 탈이 날 것이다. 그러나 야영지에만 도착하면 동료들이 자신을 돌봐줄 것이고, 그는 무사할 것이다. 동시에 그의 머릿속에서는 야영지에 결코 도착하지 못할 거라는 생각도 들었다. 야영지는 너무 멀고 몸은 급속도로 얼어붙고 있으니 조만간 몸이 뻣뻣해지고 죽을 것이다. 이런 생각이 막후에 도사리고 있었지만, 그는 생각지 않으려 했다. 이따금 이런 생각이 제멋대로 불쑥 올라왔지만, 그는 그 생각을 억지로 밀어내고 다른 것들을 떠올리려 애썼다.

발이 얼마나 얼었는지 아무리 뛰어도 몸을 지탱하고 있는 두 발이 땅에 닿는 느낌이 전혀 들지 않아 신기하기만 했다. 마치 자신이 땅과는 아무 상관없이 땅 위를 미끄러져 가는 것만 같았다. 어디선가 그는 날개 달린 메르쿠리우스(로마 신화에 나오는 올림포스 12신 중 전령의 신. 그리스 신화에서는 헤르메스라고 불린다. 웅변가, 장인, 상인, 도둑의 수호신이다—옮긴이)을 본 적이 있었다. 땅 위를 미끄러져 가는 것만 같은 이런 기분을 메르쿠리우스도 느꼈을까.

동료들이 있는 야영지까지 달려가겠다는 계획에는 한 가지 결함이 있었다. 사내에게는 인내력이 부족했다. 그는 몇 번이나 휘청거리다가 마침내 비틀거리며 털썩 쓰러졌다. 일어서려고 했지만 되지 않았다. 그는 앉아 쉬면서 이번에는 걸어서 계속 가보기로 결심했다. 앉아서 숨을 고르노라니, 몸이 제법 화끈거리고 편안했다. 더 이상 떨리지도 않았고, 심지어 가슴과 몸통까지 더운 기운이 도는 듯했다. 그러나 코와 뺨을 만져보니 여전히 감각이 없었다. 그렇게 달렸는데도 코와 뺨은 녹지 않았다. 손과 발도 마찬가지였다. 그러자 동상에 걸린 부위들이 늘고 있는 게 틀림없다는 생각이 들었다. 그는 이런 생각을 떨쳐내려고, 잊으려고, 다른 것을 생각하려고 애썼다. 그것이 일으키는 공포의 느낌을 알기에 그 공포에 휩싸일까 두려웠다. 그러나 생각은 제멋대로 굴러가더니 끝내는 그의 몸이 모조리 언 광경까지 연출했다. 그는 도저히 견딜 수 없어 또다시 강둑을 따라 미친 듯이 달렸다. 그러고는 속도를 낮춰 걷기 시작했는데, 얼어 죽을 것이라는 생각에 또다시 달렸다.

그동안 개도 줄곧 그의 발치에서 함께 달렸다. 그가 두 번째로 넘어졌을 때 개는 꼬리를 말아 앞발을 덮고는 그의 앞에 앉아 잔뜩 호기심에 찬 눈으로 그를 열심히 쳐다보았다. 그 동물이 가진 보온과 안전에 화가 난 사내는 녀석이 귀를 납작하게 덮어버릴 때까지 욕을 퍼부었다. 이번에는 몸 떨림이 더 빠르게 찾아왔다. 그는 혹한과의 싸움에서 지고 있었다. 혹한이 사방에서 몸속으로 기어들고 있었다. 그 생각에 또 마구 달렸지만, 이번에는 고작 30미터밖에 못 가고서 비틀거리며 앞으로 고꾸라졌다. 그의 마지막 공포였다. 호흡과 통제력을 되찾았을 때 그는 일어나 앉아 의연히 죽음을 맞아야겠다는 생각을 품게 되었다. 그러나 이런 생각이 그렇게 명확히 찾아온 것은 아니었다. 그는 자신이 목이 잘린 닭처럼—그런 비유가 문득 떠올랐다—뛰어다니는 바보짓을 했다는 생각이 들었다. 어차피 몸은 얼어붙고 말 텐데, 그렇다면 품위 있게 죽음을 받아들이는 게 낫지 않겠는가. 이런 마음의 평화가 찾아들자 졸음이 몰려오기 시작했다. 자면서 죽는 것도 괜찮다고, 그는 생각했다. 마취제를 마신 듯했다. 몸이 얼어붙는 느낌은 사람들이 생각하는 것만큼 나쁘지 않았다. 더 비참하게 죽는 경우도 얼마나 많은가.

그는 다음 날 동료들이 자신을 찾는 모습을 상상했다. 갑자기 자신이 그들과 함께 강둑을 따라 걸으면서 자신을 찾고 있는 모습이 보였다. 그는 동료들과 함께 그 길에서 방향을 틀었다가 눈 속에 누워 있는 자신을 발견했다. 그는 더 이상 그 자신이 아니었다. 동료들과 함께 서서 눈 속에 누워 있는 자신을 보고 있는 사람은 그 자신과 무관했다. 확실히 추웠다고, 그는 생각했다. 그는 고향으로 돌아가 동네 사람들에게 진짜 추위가 어떤 것인지를 말해주었다. 이 장면은 설퍼크리크에서 만난 노인의 모습으로 옮아갔다. 노인은 아주 또렷이 보였고, 따뜻하고 편안했으며, 파이프를 물고 있었다.

"어르신이 옳았습니다. 어르신이 옳았습니다." 사내는 설퍼 크리크의 그 노인에게 웅얼거렸다.

그런 다음 사내는 꾸벅꾸벅 졸면서 그 어느 때보다 편안하고 만족스러운 잠에 빠져들었다. 개는 앉아서 그를 직시하며 기다렸다. 짧은 낮이 조금씩 긴 땅거미를 드리우기 시작했다. 불은 피워질 기미가 보이지 않았고, 게다가 인간이 불을 피우지도 않고 눈 속에 저렇게 앉아 있는 모습을 보는 건 그 개로서도 처음 있는 일이었다. 땅거미가 짙어질수록 불에 대한 열망이 더욱 개를 사로잡았다. 녀석은 앞발을 번갈아 높이 쳐들면서 작은 소리로 낑낑거린 다음, 사내로부터 욕이 날아들 것을 예상하고 귀를 납작하게 덮었다. 그러나 사내는 아무 말이 없었다. 잠시 후 개는 큰 소리로 낑낑거렸다. 그리고 사내에게 기어갔다가 죽음의 냄새를 맡았다. 그 냄새에 개는 털을 곤두세우며 물러섰다. 차가운 하늘에서는 별들이 뛰고 춤추며 밝게 빛났고, 개는 그 별들 아래서 울부짖으며 조금 더 오래 머물렀다. 그런 다음 방향을 돌려 자신이 아는 야영지 쪽으로 바삐 걸었다. 음식도 주고 불도 피워주는 사람들이 있는 곳으로……

북쪽 땅의 오디세이아

JACK LONDON

1

썰매들은 마구의 삐걱거리는 소리와 선두 개들의 딸랑거리는 방울소리에 맞춰 끝없는 비가를 부르고 있었다. 그러나 사람들과 개들은 녹초가 되어 아무 소리도 내지 않았다. 길 위에는 새로 내린 눈이 두텁게 쌓여 있었다. 일행은 멀리서 왔는데, 언무스를 네 등분해놓은 고깃덩이가 무거운 바윗돌처럼 썰매를 짓눌러 썰매날이 다져지지 않은 표면에 단단히 들러붙어 고집불통 인간마냥 꿈쩍하지 않았다. 어둠이 몰려왔지만, 밤을 보낼 만한 야영지는 없었다. 생기 없는 공기 중으로 조용히 눈이 내렸다. 펄펄 내리지 않고 섬세한 무늬의 작은 얼음 결정으로 내렸다. 날은 아주 포근했고─겨우 영하 23도였다─사람들은 신경 쓰지 않았다. 메이어스와 베틀스는 귀마개를 위로 올렸고, 맬러뮤트 키드는 장갑도 벗어버렸다.

개들은 오후 일찍부터 기진맥진해 있었지만, 지금은 새로운 활력을 보이기 시작했다. 좀더 기민한 녀석들이 조바심이 날 때면 보이는 일정한 행동이 있다. 행군을 방해하는 걸 못 참는 다거나, 엉거주춤 서두른다거나, 코를 킁킁대고 귀를 쫑긋 세우는 식이다. 이들은 행동이 굼뜬 동료들에게 크게 성내며 뒤에서 쉴 없이 은근슬쩍 깨물면서 다그쳤다. 그러면 이렇게 당한 녀석들도 자극을 받아 그런 분위기를 확산시킨다. 마침내 맨 앞쪽 썰매의 선두 개가 만족스러운 울음을 날카롭게 내지르고서 눈 위로 낮게 몸을 구부렸다가 용을 쓰며 몸을 쑥 내밀었다. 나머지 개들도 따라했다. 모두가 왼쪽으로 힘을 실어 썰매 끈을 팽팽히 당겼다. 그러자 썰매는 튕기듯 앞으로 나아갔고, 썰매채를 붙잡고 있던 사람들은 썰매날에 깔리지 않으려고 자신들의 발을 얼른얼른 쳐들었다. 그날의 피로가 확 가셨고, 사람들은 와와 하고 함성을 지르며 개들을 격려했다. 동물들은 즐겁게 컹컹 짖어대며 응답했다. 일행은 밀려오는 어둠 속을 덜커덩거리며 전속력으로 내달렸다.

"오른쪽! 오른쪽!" 썰매들이 갑자기 주요 행로를 벗어나면서 바람을 거스르는 돛단배처럼 한쪽 썰매날로 갸우뚱거리자 사람들이 차례로 소리쳤다.

그렇게 100여 미터를 내달려 일행은 불이 환히 켜진 담황색 창문에 다다랐다. 그 창문은 그곳이 편안한 오두막이자, 활활 타는 유콘 강의 난로이며, 펄펄 끓는 차 주전자와도 같은 곳임을 말해주었다. 하지만 그 안식처에 진을 치고 있는 놈들이 있었다. 60마리 남짓한 허스키들이 덤빌 듯이 일제히 짖어댔고, 비슷한 숫자의 털이 북슬북슬한 놈들도 첫 번째 썰매를 끈 개들을 공격했다. 문이 꽝 열렸고, 북서부 경찰대의 주홍색 상의를 입은 남자가 자신의 무릎까지 오는 난폭한 짐승들을 헤치고 나오면서 녀석들을 달래듯이 침착하게 고루고루 채찍 끝을 날렸다. 그런 다음 남자들은 악수를 나누었다. 이런 식으로 맬러뮤트 키드는 자신의 집에서 낯선 자의 영접을 받았다.

앞서 말한 유콘 강의 난로와 펄펄 끓는 차 주전자를 책임진 사람은 스탠리 프린스였다. 그는 맬러뮤트 키드를 영접했어야 했지만, 다른 손님들 때문에 바빴다. 손님은 열두어 명 있었다. 여왕의 법을 집행하거나 여왕의 우편물을 배달하는 일로 여왕에게 봉사하는 정체 모를 무리였다. 혈통은 다양했지만, 비슷한 생활을 한 탓인지 그들에게는 일정한 특징이 있었다. 길에서 다져진 근육, 볕에 그을린 얼굴 그리고 맑고 안정된 눈으로 앞을 똑바로 응시하는 침착한 영혼을 가진 야위고 억센 부류라는 것이었다. 그들은 여왕의 개들을 몰면서 적들의 심장에 두려움을 안겨주었고, 박봉으로 먹고살면서도 기뻐했다. 세상 물정을 알 만큼 알고 몸으로 부대끼며 살면서도 낭만적으로 살았다. 하지만 그들은 그런 사실을 몰랐다.

게다가 그들은 제집처럼 굴었다. 그들 중 두 명은 맬러뮤트 키드의 침대에 벌렁 드러누워 자신들의 프랑스 선조들이 처음 북서쪽에 발을 들여놓고 인디언 여인들과 짝을 짓던 시절에 부르던 샹송을 부르고 있었다. 베틀스의 침대도 침범을 당해 비슷한 상태였다. 덩치 큰 부아예죄르(voyageurs, 여행자―옮긴이) 서너 명이 담요 속에서 발가락을 꼼지락거리며 울슬리 장군이 하르툼(수단의 수도―옮긴이)으로 진격했을 때 그의 보트 여단에 복무했던 사람의 이야기를 경청하고 있었다. 그가 피곤해하자 어떤 카우보이가 버팔로 빌과 함께 유럽의 수도들을 여행할 때 보았다는 궁정이며 왕이며 귀족들과 귀부인들 얘기를 늘어놓았다. 한쪽 구석에서는 어떤 패배한 전투 때부터 동료로 지내온 두 인디언 혼혈이 마구를 손질하며 북서부가 반란으로 불타오르고 루이 리엘이 왕의 자리에 올랐던 시절에 대해 이야기했다.

왁자지껄한 익살과 농담이 오갔다. 눈길과 강에서 겪은 대단한 모험담들은 흔해빠진 일로 들렸지만, 결국에는 약간의 유머나 익살맞은 사건이 덧붙여지면 계속 되살아났다. 프린스는 역사의 현장을 직접 보았으면서도 그 위대하고 낭만적인 일들을 일상의 한낱 평범한 일로 간주하는 이 이름 없는 영웅들에게 푹 빠졌다. 그는 값비싼 담배를 헤프다 싶을 만큼 아무렇지 않게 그들에게 건넸다. 추억의 녹슨 사슬이 풀리면서 잊혀온 모험들이 특별히 그를 위해 되살아났다.

대화가 중단되고 여행자들이 파이프에 마지막 담배를 채우고 똘똘 말아놓은 잠자리 모피를 폈을 때 프린스는 몇 가지 정보를 더 얻으려고 동료인 맬러뮤트 키드 옆으로 갔다.

"흠, 저 카우보이가 어떤 자인지는 알겠지." 맬러뮤트 키드는 모카신의 끈을 풀면서 대답했다. "저치 옆에 누운 친구는 척 보니 영국인 피가 섞였군. 다른 나머지는, 신만이 아는 온갖 잡다한 피가 섞인 쿼뢰르 뒤부아(coureurs du bois, 미개인—옮긴이)의 자식들이야. 문 옆에서 안쪽으로 돌아누운 두 사람은 보통 '종자' 즉 부아브릴(Boisbrules, '검게 그을린 놈'이라는 뜻으로 아메리카 원주민을 낮춰 부르는 말—옮긴이)이야. 털실 목도리로 엉덩이를 덮은 저 청년—눈썹과 턱의 모양을 잘 봐—은 제 어머니의 연기 나는 천막 안에서 울며 지낸 스코틀랜드 사람이야. 후드 달린 외투를 베고 누워 있는 저 잘생긴 놈은 프랑스 혼혈이야—놈이 말하는 거 들어봤지. 그는 자기 옆에 돌아누운 두 인디언을 좋아하지 않지. 알다시피, 리엘을 중심으로 '혼혈들'이 들고일어났을 때 순혈들은 평화를 지켰고, 그 후로도 서로에 대한 사랑을 많이 잃지 않았거든."

"그런데, 난로 옆에 뚱하게 앉아 있는 자는 누군가? 영어를 모르는 놈 같아. 밤새도록 입 한 번 벙긋 한 적이 없어."

"틀렸어. 저자는 영어를 잘 알아. 이야기 들을 때 저자의 눈이 돌아가는 것 봤어? 난 봤어. 헌데 아는 사람이 없더라고. 사람들이 사투리를 쓸 때는 하나도 못 알아듣는 눈치야. 저자가 어떤 사람인지 궁금하던 참인데, 한번 알아보자고."

"난로에 장작 두 개만 넣어주게." 맬러뮤트 키드는 문제의 그 남자를 똑바로 응시하며 목소리를 높여 명령했다.

그자는 즉시 따랐다.

"군기가 바짝 들었는데." 프린스가 낮은 어조로 말했다.

맬러뮤트 키드는 고개를 끄덕이고 양말을 벗은 뒤, 가로누운 사람들을 뚫고 난로 옆까지 갔다. 그는 스무 켤레 남짓한 양말들 사이에 자신의 축축한 양말을 넣었다.

"도슨에는 언제쯤 닿을 것 같소?" 맬러뮤트는 시험 삼아 물었다.

남자는 잠시 그를 유심히 살펴본 뒤 대답했다. "120킬로미터라고 하던데. 그렇다면? 한 이틀쯤."

어색하게 말을 머뭇거리거나 더듬지는 않았지만, 미묘한 억양만큼은 감지되었다.

"전에 여기 와본 적이 있소?"

"없어요."

"북서쪽 지역은?"

"있어요."

"거기서 태어났소?"

"아니오."

"그럼, 대체 고향이 어디요? 이 사람들과는 영 딴판인데." 맬러뮤트 키드는 프린스의 침대에 누워 있는 경찰관 두 명을 포함해 개몰이꾼들을 손으로 쭉 가리켰다. "어디서 왔소? 당신

같은 얼굴을 전에 본 적이 있는데, 정확히 어디서 봤는지 기억이 나지 않소."

"난 당신을 압니다." 그는 갑자기 맬러뮤트 키드의 질문은 무시하고 엉뚱한 대답을 했다.

"어디서? 날 본 적이 있단 말이오?"

"아니오. 오래전 파스톨릭에서 당신의 친구인 목사한테서요. 그분이 내게 당신을, 맬러뮤트 키드를 아느냐고 묻더군요. 내게 먹을 것을 줬지요. 난 오랫동안 쉬지 못했거든요. 그분한테서 내 얘길 듣지 않았나요?"

"아하! 수달 가죽을 개하고 맞바꾼 사람이 당신이요?"

그 남자는 고개를 끄덕였고, 파이프를 탁탁 털고는 담요를 둘둘 말면서 더 이상 말하기 싫다는 내색을 했다. 맬러뮤트 키드는 기름 램프를 후 불어서 끄고 프린스와 함께 담요 밑으로 기어 들어갔다.

"그래, 뭐 하는 놈이래?"

"몰라. 화제를 돌리더니, 암튼, 입을 꽉 다물어버렸어. 근데 자네 호기심을 자극할 만한 자야. 저자에 대해 들은 적이 있어. 8년 전에 이 해안 일대가 저자를 수상하게 여겼지. 좀 불가사의했다고나 할까. 그는 여기서 수천 킬로미터나 떨어진 북쪽에서, 그것도 완전 한겨울에 귀신에 쫓기는 사람 마냥 베링 해 언저리를 따라 내려왔어. 그가 어디서 왔는지는 아무도 몰랐지만, 멀리서 온 것만은 분명했어. 골로프닌 만에서 스웨덴 선교

사로부터 먹을 것을 얻었을 때 몹시 지쳐 있었는데, 남쪽으로 가는 길을 물었다더군. 우린 이 얘길 나중에 들었어. 그런 다음 그는 해안길을 포기하고 노턴 해협을 곧장 건넜대. 눈보라에다 모진 바람이 부는 지독한 날씨였지만, 열이면 열 모조리 죽어 나갈 곳을 헤쳐나가서는 세인트마이클에는 이르지 못하고 파스톨릭에 닿았대. 개는 두 마리만 살아남았고, 그는 굶어 죽기 일보 직전이었다더군.

그자가 계속 가고 싶어해서 루보 신부가 먹을 것을 챙겨주었지. 하지만 개는 줄 수가 없었어. 그분은 여행을 계속하기 위해 내가 도착하기만을 기다리고 계셨으니까. 율리시스 씨(호메로스의 대서사시 『오디세이』의 주인공—옮긴이)는 개가 없이는 출발할 수 없다는 걸 아주 잘 알았고, 그래서 며칠을 초조하게 기다렸어. 그자의 썰매에는 기가 막히게 보존이 잘된 수달피가, 맞아 해달피가 다발로 있었어. 그 무게가 금값에 맞먹었지. 파스톨릭에는 늙은 샤일록 씨(셰익스피어의 희극 『베니스의 상인』에 나오는 유대인 고리대금업자—옮긴이) 같은 러시아 장사꾼도 있었는데, 그자한테 죽을 때가 다 된 개들이 있었어. 글쎄, 흥정이 쉽게 이루어졌는데, 그 이상한 자가 다시 남쪽을 향했을 땐 개들이 기운차게 달렸다는군. 그나저나 샤일록 씨는 수달피를 얻었어. 봤더니, 정말 굉장하더라고. 계산해보니 개 한 마리당 적어도 500달러를 벌게 해준 거였어. 그 이상한 자가 해달피의 가치를 몰랐던 건 아닌 것 같아. 그는 인디언과 비슷했고, 몇 마디 하는 얘길 들어보니 백인들 사이에서 살았더라고.

바다에서 얼음이 사라진 후 그자가 먹을 것을 구하려고 간 누니바크 섬에서 모습을 보였다고 해. 그러고는 모습을 감췄는데, 이번이 8년 만에 처음 나타난 거야. 어디서 왔고 거기서 뭘 했을까? 여긴 왜 왔을까? 그는 인디언이고, 아무도 모르는 데서 왔어. 규율도 가지고 있었는데, 인디언치고는 색다른 모습이었지. 풀어야 할 북쪽 땅의 미스터리가 또 하나 생겼군, 프린스."

"엄청 고맙지만, 지금 상태로도 너무 많아서 주체하기 힘들어." 프린스가 대답했다.

맬러뮤트 키드는 벌써 깊은 잠에 빠지고 있었다. 그러나 젊은 광산 기술자 프린스는 캄캄한 어둠 속을 뚫어져라 응시하며 자신의 피를 끓게 하는 이상한 격정이 가라앉기를 기다렸다. 잠들었을 때도 그의 뇌는 계속 움직였다. 그 순간 그는 하얀 미지의 세계를 유랑하며 아득히 뻗은 길에서 개들과 싸웠고, 남자들이 살아가고 고생하고 남자답게 죽어가는 모습을 보았다.

다음 날 새벽, 해가 뜨기 몇 시간 전에 개썰매 몰이꾼들과 경찰관들은 도슨으로 떠났다. 그러나 여왕의 이익을 배려하고 여왕의 백성들의 운명을 책임져야 한다는 의무감 때문에 우편배달부들은 거의 쉬지 않고 달렸고, 그 결과 솔트워터로 보내는 편지들을 잔뜩 싣고 일주일 만에 스튜어트 강에 나타났다. 개들은 팔팔한 녀석들로 교체되었다. 하지만 그들 또한 지칠 터였다.

우편배달부들은 여행 도중 충분히 쉴 수 있는 정거장 비슷한 것을 기대했었다. 게다가 이곳 클론다이크는 북극의 새로운 지역이었고, 그들은 돈이 물처럼 흐르고 무도회장이 끝없는 흥청거림으로 쿵쿵 울리는 그런 황금의 도시를 조금이라도 보기를 바랐다. 하지만 그들은 지난번 방문 때처럼 똑같은 활기에 넘쳐 양말을 말리고 담배를 피웠다. 물론 대담한 한두 사람은 자신이 할 일을 제쳐둔 채 아무도 탐험해보지 않은 로키 산맥을 넘어 동쪽으로 간 뒤, 매켄지 골짜기를 따라 치페위안 지방에서 자신들이 잘 아는 곳에 다다를 수 있는 가능성을 따져보기도 했다. 두세 명은 계약 기간이 만료되는 대로 그 길을 따라 집으로 돌아갈 결심을 하고서 도시에서 자란 사람이 휴일 하루를 숲에서 보내기로 마음먹을 때처럼 모험적인 일을 기대하며 즉시 계획을 세우기 시작했다.

해달피의 남자는 매우 불안해 보였다. 사람들의 대화에는 거의 관심을 보이지 않더니 마침내 맬러뮤트 키드를 한쪽으로 끌고 가 낮은 어조로 잠시 얘기를 나눴다. 프린스는 호기심 어린 눈으로 그들 쪽을 보았는데, 두 사람이 모자에다 장갑까지 끼고서 밖으로 나가자 호기심이 더욱 커졌다. 그들이 돌아왔을 때, 맬러뮤트 키드는 금을 다는 저울을 탁자 위에 올려놓고 금 60온스를 달아 그것을 그 이상한 자의 자루로 옮겼다. 잠시 후 개썰매 몰이꾼들의 우두머리가 그 비밀회의에 가담했고, 그들 사이에 어떤 종류의 거래가 이루어졌다. 다음 날 썰매부대는 상류 지대로 계속 갔지만, 해달피의 남자는 먹을 것만 조금 가지고서 도슨 쪽으로 다시 발길을 돌렸다.

"무슨 영문인지 모르겠다니까." 프린스의 질문에 맬러뮤트 키드가 해준 대답이었다. "그 불쌍한 가난뱅이가 무슨 이유에서인지 계약을 끝내고 싶어하는 거야. 이유는 말해주려 하지 않았지만, 적어도 그자한테는 아주 중요한 일 같았어. 우리 계약은 군대랑 똑같잖아. 그자는 2년 계약을 했는데, 자유를 얻으려면 돈을 물 수밖에 없었어. 무단이탈을 할 수가 없어 여기 계속 머물렀는데, 이 지역에 머물 수 있을 만큼 야생에 길들여졌다는군. 도슨에 도착했을 때 마음을 굳혔다고 해. 헌데 아는 사람도 없는 데다 땡전 한 푼 없었고, 그나마 한두 마디라도 섞어본 사람이 나였던 거지. 그래서 부총독이랑 그 얘기를 하고서, 나한테서 돈을 얻을 수 있으면—그러니까 빌린다는 거지—결말을 짓기로 한 거야. 그자 말이 1년 뒤에 돈을 갚겠다더군. 내가 원한다면 금이 풍부한 곳을 알려주겠대. 자기도 본 적은 없지만, 그곳에는 금이 엄청 많다는 거야.

아, 참! 무슨 영문인지, 그자가 날 밖으로 데리고 나갔을 때 금세 울 것 같더라고. 눈 속에 무릎을 꿇고서는 내가 일으켜 세울 때까지 통사정을 하는 거야. 미친놈처럼 구슬려댔지. 몇 해 동안 바로 이 목적을 위해 일해왔는데, 지금 와서 포기하는 건 참을 수 없다고 했어. 대체 그 목적이 뭐냐고 물었더니 말을 하

지 않더군. 그들이 자신을 1년간 길에 묶어둘 거고 그럼 2년 뒤
에나 도슨에 돌아오게 될 텐데, 그러면 너무 늦어버린다는 거
야. 내 생전 그렇게 애달파하는 인간은 첨 봤어. 내가 돈을 주
겠다고 하자 그자가 또 눈 속에 무릎을 꿇는 통에 다시 일으켜
세워야 했어. 밑천을 대주고 이익의 일부를 받는 조건으로 하
자고 말했지. 그자가 받아들였을 것 같아? 천만에! 자기가 찾
은 전부를 주고, 더 이상 욕심낼 수 없을 만큼 날 부자로 만들
어주고, 이것저것 다 주겠다는 거야. 하지만 사람이란 게 남의
밑천이라 해도 자신의 시간과 공을 들이면 제가 발견한 것의
반도 떼주기가 쉽지 않지. 이 일의 배후에는 뭐가 있어, 프린
스. 자넨 그것만 기억해둬. 그자가 이 지역에 머무르고 있으면,
소문을 듣게 될 테니까."

"만약 사라져버리면?"

"그럼 뭐 내 착한 심성이 상처 입고, 60온스를 날리는 거지."

추운 날씨가 긴긴 밤과 함께 찾아왔고, 해가 눈 덮인 남쪽 지
평선을 따라 숨바꼭질을 하기 시작했지만, 맬러뮤트 키드가 밑
천을 대준 남자에게서는 소식이 없었다. 그러다 1월 초의 살을
에듯 추운 어느 날 아침, 짐을 잔뜩 실은 썰매 대열이 스튜어트
강 아래쪽에 자리한 그의 오두막 앞에서 멈췄다. 해달피의 사
내가 거기 있었고, 그의 곁에는 신들조차 빚은 방법을 거의 잊
었을 것 같은 한 사내가 서 있었다. 사람들이 횡재와 담력과

500달러의 돈을 꺼낼 때면 액설 건더슨의 이름이 꼭 거론되었다. 강심장이니 체력이니 모닥불을 겁 없이 지나다니는 이야기를 할 때도 그자가 호명되었다. 대화가 시들해지면, 그의 행운을 나눠가진 여자에 대한 얘기로 대화가 새롭게 타올랐다.

이미 말했듯이, 액설 건더슨을 만들 때 신들은 그 옛날의 솜씨를 기억해내 세상이 처음 생겨났을 때 태어난 영웅들을 본떠 빚었다. '엘도라도의 왕'을 명시하는 휘황찬란한 옷을 입은 건더슨은 키가 2미터가 넘는 거인이었다. 가슴, 목, 팔다리가 모두 거인처럼 컸다. 130킬로그램의 뼈와 근육을 지탱하기 위해 그의 눈신은 다른 사람들 것보다 1미터 정도 더 컸다. 우둘투둘한 이마, 큼지막한 턱, 담청색의 부리부리한 눈을 가진 투박한 얼굴은 그자가 힘의 법칙밖에 모르는 사람이란 걸 말해주었다. 잘 익은 옥수수수염처럼 노랗고, 서리가 내려앉은 머리카락은 어둠을 가로지르는 빛처럼 출렁이며 그의 곰가죽 외투 아래로 흘러내렸다. 개들보다 앞서 그 좁은 길을 활기차게 걸어오는 그의 모습에는 어딘지 모르게 뱃사람의 면모가 배어 있는 듯했다. 노르웨이의 해적이 남쪽을 침략할 때 성문을 열라며 문을 탕탕 두드리듯이, 그자는 맬러뮤트 키드의 오두막 문을 채찍 손잡이로 두드려댔다.

여자 같은 팔을 드러낸 채 빵을 반죽하고 있던 프린스는 여느 때처럼 세 명의 손님—앞으로 다시는 만나볼 수 없을 것 같은 세 손님—을 몇 번이나 힐끔거렸다. 맬러뮤트 키드가 율리시스라는 별명을 붙여준 그 이상한 자는 여전히 그를 매혹시켰다. 하지만 그의 관심은 액설 건더슨과 그의 아내에게 더 많이 쏠렸다. 여자는 남편이 얼음에 묻혀 있던 유망한 광맥으로 부를 거머쥔 뒤로 오랫동안 집에서 편히 지내면서 연약해진 탓인지 그날의 여행을 힘들어했다. 그녀는 마치 벽에 걸어두는 가냘픈 꽃처럼 남편의 커다란 가슴에 기대고서 맬러뮤트 키드의 악의 없는 농담에 건성건성 대답했다. 이따금 그녀가 그 깊고 짙은 눈동자를 굴릴 때면 프린스는 이상하게도 피가 요동쳤다. 왜냐하면 프린스는 남자였고, 그것도 건강한 남자인 데다 몇 달이나 여자라곤 본 적이 없었기 때문이다. 여자는 프린스보다 나이가 많았고, 게다가 인디언이었다. 하지만 그녀는 그가 만나본 여느 인디언 부인들과는 달랐다. 오가는 대화로부터 그녀가 여행을 많이 다녔고, 그의 나라에 있었다는 것도 추측할 수 있었다. 그녀는 백인 여자들이 아는 것을 대부분 알았고, 여자들이 꼭 알아야 할 내용이 아닌 것도 알았다. 그녀는 볕에 말린 생선을 요리하거나 눈 속에 잠자리를 만드는 법도 알았다. 하지만 많은 요리가 나오는 만찬 음식을 감질나게 열거하면서 사람들을 애태웠고, 사람들 간의 의견 차이를 교묘히 부추겨 그들이 거의 잊고 있던 다양한 옛 요리를 들먹이게 했다. 그녀는 무스, 곰, 청회색의 작은 북극여우, 북극 바다에 사는 야생 양서동물의 습성까지 알고 있었다. 숲과 강에 대해서도 박학했고, 사람과 새와 짐승이 섬세한 눈 위에 남긴 자국을 읽어내는 능력은 백과사전을 방불케 했다. 그러다 프린스는 여자가 '야영지의 규칙'을 읽으면서 알겠다는 듯 눈을 반짝이는 것을 포착했다. 이 규칙은 못 말리는 베틀스가 한창 피가 끓던 시절에 세운 것으로, 간결함과 유머가 특징이었다. 프린스는 여자들이 올 때면 언제나 이 게시물을 벽 쪽으로 돌려놓았다. 그러나 이런 인디언 여성이 올 거라고 누가 생각했겠는가—흠, 이제는 너무 늦어버렸다.

게다가 이 여자는 액설 건더슨의 아내. 그 이름과 명성이 남편과 더불어 북쪽 땅 전역에 퍼진 여자였다. 저녁 식탁에서 맬러뮤트 키드는 오래된 친구인 양 그녀에게 추파를 던졌고, 프린스는 첫 대면의 수줍음을 떨쳐내고 키드 편에 끼었다. 그러나 여자는 대등하지 않은 이 싸움에 굴하지 않은 반면, 그녀의 남편은 재치가 모자라 조금도 박수를 받지 못했다. 그는 아내를 무척 자랑스러워했다. 그의 표정과 행동에서 그녀가 그의 삶에 차지하는 막대한 비중이 엿보였다. 해달피의 남자는 그 즐거운 말싸움에서 배제된 채 조용히 먹기만 했다. 그는 다른 사람들이 식사를 마치기 전에 의자에서 일어나 개들이 있는 밖으로 나갔다. 그러자 그의 일행도 곧바로 장갑을 끼고 파카를 입고 그를 따랐다.

며칠 동안 눈이 오지 않아 썰매들은 단단히 다져진 유콘 길을 마치 반지르르한 얼음 위를 달리듯 쉽게 미끄러졌다. 율리시스가 첫 번째 썰매를 이끌었고, 프린스와 액설 건더슨의 아내는 두 번째 썰매를, 맬러뮤트 키드와 노랑머리 거인은 세 번째 썰매를 끌었다.

"순전히 육감인데, 키드." 노랑머리가 말했다. "일이 잘 풀릴 것 같네. 저자가 자기도 가본 적은 없었다면서, 솔깃한 얘기를 해주며 몇 해 전 내가 쿠트네이 지방에 있을 때 들은 적 있는 지도를 보여주었네. 자네도 같이 갔으면 하네. 헌데 저자는 이상한 놈이야. 누구라도 끌어들이면 때려치우겠다고 노골적으로 말하더군. 하지만 돌아오면 자네한테 가장 먼저 알려줌세. 내 옆자리를 자네한테 떼주고, 마을 부지도 반 잘라줌세."

"됐어! 됐어!" 맬러뮤트 키드가 말허리를 자르려 하자 그가 소리쳤다. "난 꼭 갈걸세. 그 일을 해내려면 몸이 두 개라도 모자랄 거야. 일이 잘 풀리면 말일세, 응, 제2의 크리플크리크(콜로라도 주에 있는 도시로 1890년대 초 금이 발견되어 마을이 형성되었다─옮긴이)가 될 거야. 알겠나?─제2의 크리플크리크라고! 알다시피 그곳은 수정 광산이지 금광은 아니잖아. 그러니 일이 잘 풀리면 우린 모든 걸 거머쥐게 될 거야─100만 달러에다 또 100만 달러를 말이지. 그 장소는 들어본 적이 있어, 자네도 들어봤겠지. 마을을 세우는 거야─수천 명의 일꾼─멋진 운하─증기선 항로─대규모 운송업─타성항주(惰性航走) 거리〔배가 방향 전환을 할 때 타력(惰力)으로 바람 부는 쪽으로 움직이는 거리〕를 위한 경하홀수 증기선─잘하면 철로도 내고─제재소─전등공장─우리 소유의 은행─영리회사─신디케이트까지—아무렴! 내가 돌아올 때까지 자넨 잠자코 기다리기나 하라고!"

썰매들은 길이 스튜어트 강의 어귀를 가로지르는 곳에서 멈췄다. 하얀 서리 바다가 끝도 없이 드넓게 미지의 동쪽으로 뻗어 있었다. 썰매에 실려 있던 짐짝에서 눈신들이 꺼내졌다. 액셀 건더슨은 악수를 하고서 앞으로 걸어갔다. 물갈퀴 모양의 큼지막한 신이 깃털처럼 가벼운 눈 속으로 거의 50센티미터나 움푹 들어갔는데, 그는 개들이 눈 속에 빠지지 않게 눈을 단단히 다졌다. 그의 아내는 맨 마지막 썰매 뒤에 주저앉아 익숙하지 않은 눈신을 길들이는 데 많은 공을 들였다. 요란한 작별 인사로 정적이 깨졌다. 개들은 컹컹 짖어댔고, 해달피의 남자는 말 안 듣는 썰매 뒷개에게 말 대신 채찍을 날렸다.

한 시간 뒤, 대열은 큼지막한 하얀 종이 위로 긴 일직선을 그리며 천천히 움직이는 검정 연필처럼 보였다.

2

그 후 몇 주가 지난 어느 날 밤, 맬러뮤트 키드와 프린스는 어떤 오래된 잡지에서 구한 체스 문제를 풀기 시작했다. 자신의 노다지에서 방금 돌아온 키드는 오래 걸릴 무스 사냥을 준비하며 편히 쉬고 있었다. 프린스도 겨우내 강과 길에서 시간을 보낸 터라 더없이 행복한 오두막 생활에 굶주려 있었다.

"검은색 나이트로 막은 다음 왕을 몰아버려. 아냐, 그 수는 잘 안 되겠군. 가만있자, 다음 수는⋯⋯."

"졸을 두 칸 앞으로 미는 게 어때? 길을 막고 있으니까 졸을 잡아야지. 그런 다음 비숍을 움직여서⋯⋯."

"잠자코 있어! 그러면 구멍이 생긴단 말이야. 그러면⋯⋯."

"아니, 지킬 수 있어. 그렇게 해봐! 잘될 거라니까."

체스는 아주 재미있었다. 그때 누군가가 문을 두드렸다. 맬러뮤트 키드가 "들어와요"라고 말하기도 전에 노크 소리가 또 들렸다. 문이 꽝 열렸다. 무엇인가 비틀거리며 들어왔다. 프린스는 문을 정면으로 보고 있다가 벌떡 일어났다. 소름끼쳐 하는 그의 눈을 보고 맬러뮤트 키드도 휙 뒤돌아보았다. 험한 꼴을 무수히 보아온 그였건만, 그 광경에는 자신도 놀라고 말았다. 그것은 비틀거리며 무작정 다가왔다. 프린스는 스미스앤웨슨 권총을 걸어둔 못까지 슬금슬금 뒷걸음쳤다.

"세상에! 저게 뭐야? 프린스는 맬러뮤트 키드에게 작은 소리로 말했다.

"몰라. 꽁꽁 얼어붙고 먹지도 못한 것 같아." 키드는 문 쪽으로 슬며시 움직이며 대답했다. "조심해! 미친놈일지도 모르니까" 그는 이렇게 경고하고서 문을 닫고 돌아왔다.

그것은 탁자로 걸어갔다. 기름 램프의 밝은 불빛이 그것의 눈을 사로잡았다. 그것은 재미있어 하며 좋아 죽겠다는 듯 섬뜩하게 깔깔거리고 웃었다. 그런 다음 갑자기 그―그것은 사람이었다―는 등을 구부려 가죽 바지를 와락 잡아당기며 뱃노래를 부르기 시작했다. 뱃사람들이 철썩이는 파도소리를 들으며 캡스턴(닻이나 무거운 짐을 감아올리는 장치―옮긴이)을 돌릴 때 소리 높여 부르는 그런 노래를.

양―키의 배가 가―앙―을 따라 내려온다.

당겨라! 멋진 뱃사람들아! 당겨라!

아—알고 싶으냐 선장이 어디로 데—에—리고 가는지?

당겨라! 멋진 뱃사람들아! 당겨라!

사우스 캐롤—리—이—나에 조—나—단 존스.

당겨라! 멋진—.

그는 노래를 뚝 멈추더니 늑대처럼 으르렁대며 고기가 놓여
있는 선반으로 비틀비틀 걸어갔다. 두 사람이 말릴 새도 없이
그는 베이컨 한 덩이를 날것 그대로 물어뜯었다. 그자와 맬러
뮤트 키드 사이의 싸움은 격렬했다. 하지만 그의 광포한 힘은
갑자기 생겨난 것처럼 갑자기 사라졌고, 그는 힘없이 약탈품을
뺐었다. 두 사람이 그자를 등받이 없는 걸상에 앉히자 그는 두
다리를 탁자 위로 쭉 뻗었다. 위스키 한 모금으로 기운을 차린
그는 맬러뮤트 키드가 가져다준 설탕통에서 설탕 한 숟가락을
떠먹었다. 배 속이 약간 채워진 후에 프린스는 몸을 부들부들
떨면서 진하지 않은 쇠고기 수프 한 잔을 그에게 건넸다.

놈의 두 눈은 음울한 광기로 번뜩였고, 수프를 한입 가득 들
이켤 때마다 불꽃이 타올랐다 약해졌다. 얼굴에 살이라고는 없
었다. 홀쭉하고 수척한 얼굴은 사람의 형상을 찾아보기 힘들
정도였다. 계속된 강추위에 얼굴이 상할 대로 상해, 전에 생긴
흉터가 채 아물기도 전에 그 위에 딱지가 덕지덕지 앉아 있었
다. 건조하고 딱딱한 얼굴은 검붉은 핏빛이었는데, 심하게 갈라

진 피부 사이로 빨간 속살이 언뜻언뜻 드러나 우둘투둘해 보였다. 가죽옷은 더러워지고 너덜너덜해져 있었고, 한쪽 옷자락이 불에 타 없어진 것으로 보아 불 위에 나뒹군 적이 있는 듯했다.

맬러뮤트 키드는 볕에 그을린 가죽이 조각조각 잘려나간 곳을 가리켰다―굶주리다 못해 뜯어 먹은 징그러운 흔적이었다.

"누―구―요?" 키드가 천천히 또박또박 말했다.

남자는 그의 말을 무시했다.

"어디서 왔소?"

"양―키의 배가 가―앙―을 따라 내려온다." 그는 떨리는 노랫소리로 답했다.

"이 거지가 강을 따라 내려온 게 틀림없어." 키드는 속 시원한 이야기를 이끌어내려고 그를 흔들어댔다.

그러나 남자는 키드가 손을 대자 비명을 지르며 고통에 겨워 옆구리를 탁탁 쳤다. 그러고는 천천히 일어나 탁자에 몸을 반쯤 기댔다.

"여자가 날 비웃었어―그렇게―증오에 가득 찬 눈으로. 여자는―오지―않으려고 했어."

그의 목소리가 잠잠해졌다. 남자가 맥없이 쓰러지려 할 때 맬러뮤트 키드가 그의 손목을 꽉 잡고 소리쳤다. "누가? 누가 오지 않으려 했다고?"

"여자, 웅가. 여자가 비웃으며 날 쳤어. 그래서, 그래서. 그런 다음에……."

"그래서?"

"그런 다음에……."

"그런 다음에 뭐?"

"그런 다음에 그자가 눈 속에 오랫동안 가만히 누워 있어. 눈—속에—가만히—누워 있어."

두 남자는 어떻게 할 수가 없어 서로의 얼굴만 쳐다보았다.

"눈 속에 누가 있다는 거야?"

"여자, 웅가. 여자가 증오에 가득 찬 눈으로 날 보았고, 그런 다음……."

"그래, 그래."

"그런 다음 칼을 꺼냈어. 그렇게. 그리고 한 번, 두 번—여자는 힘이 빠졌어. 난 아주 천천히 걸었어. 그곳에는 금이 많았어, 아주 많은 금이."

"웅가는 어딨지?" 맬러뮤트 키드가 생각하기에, 여자는 수 킬로미터 떨어진 데서 죽어가고 있는 듯했다. 그는 남자를 세차게 흔들며 묻고 또 물었다. "웅가는 어디 있어? 웅가가 누구야?"

"여자는—눈—속에—있—어."

"계속해!" 키드는 남자의 손목을 무자비하게 눌러댔다.

"그렇게—나는—눈—속에—있으려고—했지만—갚을—빚이—있었어. 갚을—빚이—상당히—있었어. 난—빚이……."

그자는 더듬더듬 한마디씩 뱉어내던 말을 그치고 작은 주머니

속을 뒤적거려 사슴가죽으로 만든 자루를 꺼냈다. "금―팔십―온스―맬―러―뮤트―키드한테―내가―빚진……." 진이 빠진 머리가 탁자 위로 고꾸라졌다. 맬러뮤트 키드도 그의 머리를 일으킬 수 없었다.

"율리시스야." 그는 돈자루를 탁자 위로 툭 던지며 조용히 말했다. "그동안 내내 액설 건더슨이랑 그 여자랑 있었나 봐. 자, 담요나 덮어주자고. 이자는 인디언이야. 기운을 차리면 나머지 이야기를 해주겠지."

그들이 남자의 옷을 벗기자 그의 오른쪽 가슴 근처에 깊이 베인 칼자국 두 개가 아물지 않은 채 있었다.

3

"내가 겪은 일들을 말해주겠소. 그것만으로도 이해가 될 거요. 처음부터 시작하죠. 나와 여자, 다음에는 그 남자에 대해."

해달피의 남자는 한동안 불구경이라곤 못해 프로메테우스의 선물이 언제 사라질지 몰라 두려운 사람처럼 난로 옆에 바짝 다가앉았다. 맬러뮤트 키드는 기름 램프를 쳐들어 화자의 얼굴이 잘 비치는 곳에 두었다. 프린스는 침대 가장자리로 슬그머니 다가와 그 자리에 끼었다.

"내 이름은 나스요. 추장이고, 추장의 아들이죠. 일몰과 일출 사이에, 어두컴컴한 바다에서, 아버지의 우미악(나무틀에 물범가죽을 팽팽하게 쳐서 만든 에스키모의 배—옮긴이)에서 태어났소. 밤새도록 남자들은 힘들게 노를 저었고, 여자들은 우리 배

194

를 덮친 파도를 배 밖으로 퍼냈고, 그렇게 우린 폭풍과 싸웠소. 소금물이 내 어머니의 가슴에 뿌려진 채 얼어붙었고, 파도가 물러가면서 내 어머니도 숨을 거뒀소. 그러나 난—난 바람과 폭풍 속에서도 크게 울었고, 살아났소. 우린 아쿠탄에서 살았소⋯⋯."

"어디라고?" 맬러뮤트 키드가 물었다.

"아쿠탄이요. 알류산 열도(알래스카 반도와 함께 태평양과 베링 해를 갈라놓는 호상 열도—옮긴이)에 있소. 치그닉 너머, 카르달락 너머, 유니맥 너머 아쿠탄이 있소. 말했듯이 우린 아쿠탄에서 살았고, 그곳은 세상 끝 바다 한가운데 있소. 우린 짠 바다에서 물고기와 바다표범과 해달을 잡으며 살았소. 우리네 집들은 숲 가장자리와 카약을 놓아두는 누런 해변 사이에 바위로 된 좁고 긴 땅에 어깨를 맞대듯 붙어 있었소. 인구수도 많지 않았고, 사는 세계가 아주 작았소. 동쪽으로 이상한 땅들이 있었소—아쿠탄 같은 섬들이었소. 그래서 우린 모든 세상이 섬이라 생각했고 신경을 쓰지 않았소.

나는 우리 부족 사람들과 달랐소. 해변의 모래 속에는 구부러진 목재와 파도에 뒤틀린 널빤지들이 있었는데, 우리 부족이 만든 배에서 나온 것들이 아니었소. 우리 섬에는 바다를 세 방향으로 굽어볼 수 있는 지점이 있었고, 그곳에는 우리 섬에서는 결코 자라지 않는, 부드럽고 키가 크고 곧게 뻗은 소나무가 한 그루 있었소. 소문에 따르면 두 남자가 며칠 동안 섬을 빙빙 돌다 그 장소까지 와서 빛이 사라지는 것을 지켜보았다고 했소. 두 남자는 해변에 부서져 있던 그 배를 타고 바다에서 왔소. 그들은 당신들처럼 피부가 하얗고, 바다표범이 멀리 달아나 사냥꾼들이 빈손으로 집에 돌아올 때 마냥 어린아이들처럼 허약했소. 난 이 이야길 할아버지 할머니들한테서 들었고, 그들은 또 어머니 아버지한테서 들었소. 이 낯선 백인들은 처음에는 우리네 방식을 쉽게 받아들이지 않았지만, 점점 강해져 고기잡이와 기름 짜는 법도 배우고 또 사나워졌다고 했소. 그들은 각자 집을 지어 우리 부족의 여자를 취했고, 시간이 흘러 아이들이 태어났소. 그렇게 해서 내 아버지의 아버지의 아버지가 될 사람이 태어났소.

말했듯이 난 우리 부족 사람들과 달랐소. 바다에서 들어온 그 백인 남자의 강하고 이상한 피를 이어받았기 때문이었소. 그들이 오기 전까진 다른 법이 있었다고 하오. 그러나 백인들은 사납고 싸우기 좋아했고, 싸우려고 덤비는 자가 없어질 때까지 우리 부족 남자들과 싸웠소. 그런 다음 그들 스스로 추장이 되어서는 우리네 오래된 법을 버리고 새로운 법을 가져왔소. 그 후로는 우리네 방식과 달리 자식이 어머니의 아들이 아니라 아버지의 아들이 되었소. 또한 맏아들이 아버지의 것을 모두 차지하고, 나머지 자식들은 혼자 힘으로 살아가야 한다는 법이 세워졌소. 그들은 다른 법도 세웠소. 물고기를 잡거나 숲에 가득 있는 곰을 죽이는 새로운 방법을 보여주었소. 배고플

때를 대비해 큰 창고를 마련하는 것도 가르쳐주었소. 이런 것들은 좋았소.

그러나 추장이 되고 나서 자신들의 사나움에 맞설 상대가 없어지자, 이 낯선 백인들은 서로서로 싸웠소. 내가 그 피를 이어받은 남자가 물개잡이 작살을 다른 남자의 몸에 관통시켰소. 그 자식들이 그 싸움을 이어받았고, 자식들의 자식들도 이어받았소. 그들 사이의 증오가 깊어졌고, 험악한 사건들은 내 세대까지도 이어져 각자의 집안엔 피를 이을 사람이 한 사람씩밖에 남지 않게 됐소. 우리 핏줄은 나뿐이었고, 저쪽 집안은 여자애 하나, 어머니와 함께 사는 웅가뿐이었소. 웅가의 아버지와 내 아버지는 어느 날 밤 고기잡이를 나갔다가 돌아오지 않았소. 며칠 후 두 사람은 큰 파도를 타고 해변으로 떠밀려 왔는데, 서로가 아주 가까이 붙어 있었소.

마을 사람들은 두 집안 사이의 증오 때문에 걱정을 많이 했소. 노인들은 고개를 절레절레 흔들며 내 아이와 웅가의 아이가 태어나면 싸움이 계속될 거라고 말했소. 난 어렸을 때부터 그런 얘길 듣다 보니 그냥 믿게 되었고, 웅가를 장차 내 아이들과 싸우게 될 아이들을 낳을 적으로 여겼소. 날마다 이 문제를 생각했는데, 풋내기 청년이 되자 일이 왜 꼭 그렇게 되어야 하는지 물었소. 그러자 사람들이 말했소. '우리도 잘 모르겠다. 하지만 자네 아버지들이 그렇게 살아왔다.' 앞으로 태어날 사람들이 이미 죽은 사람들의 싸움을 되풀이해야 한다는 게 나로

선 이상했고, 옳아 보이지 않았소. 그러나 부족 사람들은 그럴 수밖에 없다고 했고, 난 그때 고작 풋내기였소.

노인들은 내 아이가 웅가의 아이보다 더 빨리 강하게 자라게 하려면 결혼을 서둘러야 한다고 했소. 이것은 쉬운 일이었소. 난 추장이었고, 내 선조들의 법과 업적에다 내가 가진 재산 때문에 부족 사람들이 날 존경했으니까. 처녀들이 내게 오고 싶어했지만, 난 아무도 마음에 들지 않았소. 그때 사냥꾼들이 웅가의 몸값을 높게 부르고 있어서 노인들과 처녀들의 어머니들은 내게 결혼을 재촉했소. 만약 내 아이보다 웅가의 아이가 먼저 태어나서 강해지면 내 아이들이 죽게 될 테니 말이오.

처녀를 찾지 못한 채로 어느 날 밤 고기잡이를 하고 돌아오던 길이었소. 햇빛이 아주 낮게 내리비쳐 눈이 부셨고, 바람이 산들거려 카약들이 하얀 물살을 가르며 나아갔소. 갑자기 웅가의 카약이 내 옆을 지나갔는데, 웅가는 검은 머리카락을 밤하늘의 구름처럼 휘날리며 촉촉이 젖은 볼로, 그렇게, 내 얼굴을 바라보았소. 말했듯이 난 햇빛 때문에 눈이 부셨고 풋내기였소. 그런데 웬일인지 적의가 없어지면서 친절에는 친절로 답해야 한다는 생각이 드는 거였소. 웅가는 앞으로 힘차게 나아간 뒤, 노를 두 번 저으면 닿을 거리에서 뒤돌아보았소—그 여자 웅가만이 볼 수 있다는 눈길로 말이오. 난 다시 한 번 그것이 친절의 부름이라는 걸 알았소. 우리가 느릿느릿 움직이는 우미악들을 지나 멀리 가버리자 사람들이 소리를 질렀소. 그러나 웅가는 노를 빨리 저었고, 내 가슴은 풍선처럼 부풀어 오른 채 꺼지질 않았소. 바람은 시원했고, 바다는 하얗게 변했고, 우리는 바다표범들처럼 바람이 불어오는 쪽으로 뛰어오르며 황금빛이 내리비치는 물길을 따라 소리를 지르며 나아갔소."

나스는 당시의 경주 모습을 재현하듯 의자에서 엉거주춤 일어나 노 젓는 시늉을 해보였다. 난로 건너편 어디쯤에서 그는 흔들거리는 카약과 웅가의 휘날리는 머리카락을 보고 있었다. 바람소리가 그의 귀에 들렸고, 짠 바닷바람이 그의 콧속을 시원하게 때렸다.

"하지만 웅가는 해안에 도착해서는, 웃으면서 모래 위를 달려 어머니의 집으로 갔소. 그날 밤 굉장한 생각이 내게 떠올랐소―아쿠탄의 모든 사람들을 다스리는 추장에 걸맞은 생각이었소. 그래서 달이 떠올랐을 때 난 웅가의 어머니 집으로 가서 문 앞에 쌓여 있는 야시누시의 선물을 살펴보았소―웅가의 아이들의 아버지가 되겠다고 마음먹은 힘센 사냥꾼 야시누시가 가져다 놓은 선물이었소. 한 젊은이가 선물을 쌓아놓으면 다른 젊은이가 그것을 치우고 다시 쌓아놓았소. 각자가 전에 쌓인 선물보다 더 높이 선물을 쌓았소.

난 달과 별을 보며 큰 소리로 웃으며 내 재산이 보관돼 있는 집으로 돌아갔소. 그리고 몇 번을 오가며 야시누시가 쌓아놓은 것보다 손가락 길이쯤 더 높게 내 선물을 쌓아놓았소. 볕에 말린 생선과 훈제 생선, 바다표범가죽 40장, 모피 20장이었소.

가죽은 기름을 가득 채워 주둥이를 꼭 묶었소. 겨울잠을 깨고 숲에 나타난 곰들을 죽여서 말려놓은 곰가죽도 10장 있었소. 동쪽에 사는 사람들과 장사를 해서 얻은 구슬과 담요와 주홍색 옷감도 있었는데, 그들은 동쪽 너머에 사는 사람들로부터 그 물건들을 샀던 거였소. 나는 야시누시가 쌓아놓은 물건을 보며 웃었소. 난 아쿠탄의 추장이었고, 내 재산은 다른 젊은이들의 재산을 모두 합친 것보다 더 많았고, 내 조상들은 업적을 이루고 법을 세웠고, 부족 사람들은 늘 그들의 이름을 입에 올렸소.

그래서 아침이 되었을 때, 나는 해변으로 가서 웅가 어머니의 집을 곁눈질로 슬쩍 보았소. 내 선물은 그대로 있었소. 여자들이 서로 수군거리며 웃고 있었소. 그렇게 많은 선물을 바친 예가 없었으므로 나는 의아했소. 그날 밤 나는 선물을 더 높이 쌓았고, 그 위에다 한 번도 바다에 띄운 적 없는, 무두질이 잘 된 가죽으로 만든 카약을 얹었소. 그러나 다음 날 낮에도 선물은 그대로 있었고, 난 사람들의 웃음거리가 되었소. 웅가의 어머니는 교활했고, 난 부족 사람들에게 창피한 꼴을 당해 점점 화가 났소. 그래서 그날 밤 선물을 산더미처럼 더 쌓고서, 카약 20대의 가치가 있는 내 우미악도 올려놓았소. 다음 날 아침에 보니 선물 더미가 없었소.

그래서 난 결혼식을 준비했소. 심지어 동쪽에 사는 사람들도 잔치음식과 선물을 받으러 왔소. 우리가 햇수를 세는 방법으로 하면 웅가는 나보다 네 살이 더 많았소. 난 고작 풋내기였소.

그러나 난 추장이자 추장의 아들이었기 때문에 나이는 중요하지 않았소.

그런데 바다에서 배 한 척이 돛을 밀며 다가왔고, 바람이 불 때마다 그 모습이 점점 커졌소. 갑판의 배수구에서는 깨끗한 물이 쏟아졌고, 남자들이 바쁘게 열심히 펌프질을 해댔소. 뱃머리에 건장한 남자가 우뚝 서서 수심을 살피면서 천둥 같은 소리로 명령을 내리고 있었소. 눈은 깊은 바닷물 같은 담청색이었고, 머리카락은 바다사자 같은 갈기 머리였소. 머리색은 남쪽에서 추수할 때 쓰는 밀짚모자나 뱃사람들이 닿는 마닐라 로프 가닥 같은 노란색이었소.

지난 몇 년간 멀리 지나가는 배들은 더러 있었지만, 아쿠탄의 해변까지 온 배는 처음이었소. 잔치는 산통이 깨졌고, 여자들과 아이들은 집으로 도망을 쳤소. 반면에 우리 남자들은 활시위를 매고는 손에 작살을 들고 기다렸소. 그러나 배의 이물이 해변에 닿았을 때 낯선 남자들은 우리를 거들떠보지도 않고 자기네 일을 하느라 바빴소. 바닷물이 빠지자 그들은 범선을 기울여 배 바닥에 뚫린 커다란 구멍을 때웠소. 그래서 여자들도 슬며시 돌아왔고 잔치는 계속되었소.

바닷물이 들어오자 바다 방랑자들은 닻의 밧줄을 잡아당겨 범선을 깊은 물에 띄운 뒤 우리에게 다가왔소. 선물을 잔뜩 들고 왔고 친절하게 굴었소. 그래서 나는 그들에게 자리를 마련해주고서 관대한 마음으로 내가 모든 손님들에게 준 선물을 주었소. 그날은 내 결혼식 날이었고, 난 아쿠탄의 추장이었기 때문이었소. 바다사자 머리를 가진 남자도 거기 있었는데, 어찌나 크고 힘이 센지 발을 디딜 때마다 땅이 흔들리는 것 같았소. 그는 팔짱을 낀 채 자주 웅가를 뚫어지게 보았고, 해가 지고 별들이 나타날 때까지 머물렀소. 그런 다음 자신의 배로 돌아갔소. 나는 웅가의 손을 잡고 그녀를 내 집으로 데려갔소. 내 집은 노랫소리와 웃음소리로 떠들썩했고, 여자들은 당시의 풍습대로 서로 쑥덕거렸소. 그러나 우리는 신경 쓰지 않았소. 얼마 후 사람들은 우리만 남겨두고 집으로 돌아갔소.

마지막 잡음이 채 가시기 전에 바다 방랑자들의 우두머리가 내 집 앞에 당도했소. 그는 검은 병을 몇 개 가지고 왔는데, 병에 든 것을 마시니 기분이 좋아졌소. 말했듯이, 난 고작 풋내기였고, 평생을 세상의 끝에서 살았소. 피가 불처럼 타올랐고, 마음은 절벽에 부딪치는 파도의 거품처럼 가벼웠소. 웅가는 눈을 동그랗게 뜬 채 구석에 쌓인 가죽들 사이에 조용히 앉아 있었소. 그녀는 무서웠던 거였소. 바다사자의 갈기 머리를 한 남자는 그녀를 오랫동안 뚫어지게 보았소. 잠시 후 그의 선원들이 선물 꾸러미를 가져오자 그 남자는 내 앞에다 아쿠탄을 아무리 뒤져도 볼 수 없는 물건들을 쌓기 시작했소. 크고 작은 총, 화약과 탄환과 포탄, 번쩍이는 도끼와 강철 칼, 기묘한 연장들 그리고 내가 한 번도 본 적 없는 이상한 물건들이 있었소. 그자가 내게 그 물건을 다 가지라고 했을 때, 나는 그자가 정말로 통이 큰 사람이라고 생각했소. 하지만 그는 내게 웅가를 자신의 배로 데려가겠다는 손짓도 해보였소. 이해하겠소? 그자가 웅가를 자기 배로 데리고 가겠다는 거였소. 내 조상들의 피가 갑자기 타올라 난 그자에게 작살을 날리려 했소. 그러나 병 속의 귀신이 내 팔의 힘을 빼앗아버려, 난 그자에게 목을 잡힌 채 벽에 머리를 쾅 부딪쳤소. 난 갓난아기처럼 나약해졌고, 더 이상 두 다리로 서 있을 수가 없었소. 웅가는 비명을 지르며 집 안의 물건들을 닥치는 대로 붙잡고 버텼지만, 결국에는 그자에게 끌려나가면서 그 물건들을 떨어뜨렸소. 그러자 남자는 그 큰 팔로 웅가를 번쩍 들었소. 웅가가 그의 노란 머리카락을 쥐어뜯었을 때 남자는 발정기의 수컷 바다표범이 내지르는 소리 같은 웃음을 터뜨렸소.

나는 해변까지 기어가면서 부족 사람들에게 도움을 청했지만, 다들 두려워했소. 야시누시만이 진짜 남자였소. 그자들이 그의 머리를 노로 내리쳤고, 결국 그는 모래 속에 엎어진 채 움직이지 않았소. 그들은 노랫소리에 맞춰 돛을 올렸고, 배는 바람을 거슬러 떠나갔소.

부족 사람들은 아쿠탄에서 더 이상 집안싸움이 나지 않게 됐으니 오히려 잘된 일이라고들 했소. 그러나 난 일언반구도 하지 않고 달이 꽉 찰 때까지 기다렸다가, 내 카약에 물고기와 기름을 싣고 동쪽으로 떠났소. 섬들도 사람들도 많이 보았소. 세상 끝에서만 살던 내가 세상이 얼마나 넓은지 알게 된 거였소.

나는 손짓으로 말했소. 그러나 범선도, 바다사자의 갈기 머리를 한 남자도 보았다는 사람이 없었소. 그들은 언제나 동쪽을 가리켰소. 난 괴상한 곳에서 잠을 자고, 기묘한 것들을 먹고, 낯선 얼굴들을 만났소. 내가 머리가 좀 모자란다고 생각해 많은 사람들이 날 비웃었소. 그러나 때로는 내 얼굴을 불빛으로 돌려 신의 은총을 빌어주는 노인들도 있었고, 그 이상한 배와 웅가와 바닷사람들에 대해 물어보면서 부드러운 눈길을 보내는 젊은 여자들도 있었소.

그런 식으로 거친 바다와 모진 폭풍을 겪으며 우날라스카에 당도했소. 그곳에 범선 두 척이 있었는데, 둘 다 내가 찾던 배가 아니었소. 그래서 난 동쪽으로 계속 갔고, 세상은 점점 더 넓어졌소. 유니맥이라는 섬에는 그런 배에 해당하는 말이 없었고, 코디악과 아토그낙도 마찬가지였소. 그러던 어느 날 암석이 많은 땅에 도착했는데, 사람들이 산에서 커다란 구멍들을 파고 있었소. 그리고 내가 찾던 범선은 아니었지만, 범선도 한 척 있었소. 그 배에다 사람들이 산에서 캔 돌조각들을 싣고 있었소. 세상이 온통 돌로 만들어져 있는데, 무슨 유치한 짓을 하나 싶었소. 헌데 그들은 내게 먹을 것을 주고 일도 시켰소. 범선이 바다에 띄워졌을 때 선장이 내게 돈을 주며 가라고 했소. 내가 선장에게 어디로 가느냐고 묻자 그는 남쪽을 가리켰소. 나도 같이 가겠다고 손짓하자 그는 처음에는 웃었지만, 일손이 부족했기 때문에 뱃일을 거들게 해줬소. 그렇게 해서 난 뱃사람들 말투를 배우고, 밧줄을 감아올리고, 갑자기 돌풍을 만나면 팽팽한 돛을 접고, 내 순서가 오면 타륜을 쥐는 일도 하게 되었소. 헌데 그 일이 전혀 낯설지가 않았소. 내 조상들의 피가 뱃사람의 피였기 때문이었소.

사실 난 그 남자의 종족 속으로만 들어가면 내가 찾는 사람을 쉽게 찾을 수 있을 거라 생각했소. 어느 날 육지가 보이면서 우리 배가 항구로 들어가는 입구를 지나는데, 범선이 손가락 개수만큼 많아 보이는 거였소. 하지만 그 배들은 마치 작은 물고기들처럼 수 킬로미터에 걸쳐 부두에 매어져 있었소. 내가 사람들 속으로 들어가 바다사자 갈기 머리를 한 남자에 대해 묻자, 그들은 웃으면서 수많은 외국어로 대답을 했소. 그들은 이 세상의 구석구석에서 온 사람들이었소.

난 모든 사람의 얼굴을 구경하려고 도시로 갔소. 그러나 제방에 떼 지어 있는 사람들이 꼭 대구들 같아서 몇 명인지 셀 수가 없었소. 게다가 어찌나 소리를 질러대는지 귀가 멍멍했고, 너무 부산스러워서 머리도 띵했소. 그래서 난 따뜻한 햇볕이 언제나 남아 있는 땅들을 거치면서 계속 돌아다녔소. 추수한 곡식이 평야 가득 쌓여 있는 곳도 있었고, 거짓말을 입에 달고서 마음에는 황금에 대한 시커먼 욕망을 간직한 채 여자들처럼 사는 남자들로 우글거리는 대도시들도 있었소. 그러는 동안에도 아쿠탄의 내 부족은 사냥과 고기잡이를 하면서 세상이 작다고 생각하며 행복하게 살았소.

그러나 고기잡이를 나갔다고 집으로 돌아오는 웅가의 모습이 늘 나를 따라다녔고, 난 때가 되면 그녀를 찾게 될 거라고 생각했소. 그녀는 어스름이 질 때 조용한 골목을 같이 걷거나 아침 이슬에 젖은 무성한 풀밭을 가로지르며 날 쫓아다니게 했소. 그녀의 눈 속에는 그 여자 웅가만이 줄 수 있는 약속이 담겨 있었소.

그렇게 수천 군데의 도시를 떠돌았소. 어떤 이들은 상냥하고 음식도 주었고, 어떤 이들은 비웃어댔고, 또 어떤 이들은 여전히 악담을 퍼부었소. 그러나 난 입을 다문 채 낯선 길을 가고 낯선 광경들을 보았소. 추장이자 추장의 아들인 내가 때로는 사람들을 위해—자신들이 부리는 사람들의 땀과 고통으로 금을 짜내며 우악스럽게 말하고 무쇠처럼 단단한 사람들을 위해—뼈 빠지게 일하기도 했소. 그러나 내가 찾는 것에 대해선 아무런 소문도 듣지 못한 채 번식지로 돌아가는 바다표범처럼 바다로 돌아가곤 했소. 그러다 이번에는 북쪽에 위치한 또 다른 지방의 어떤 항구에 도착하게 되었소. 그곳에서 노란 머리의 그 바다 방랑자에 대한 얘길 대충 들었는데, 그자가 바다표범 사냥꾼이고 그때까지도 다른 나라의 바다를 항해 중이라는 걸 알게 되었소.

그래서 게으른 사이와시즈(Siwashes, 사냥꾼—옮긴이)와 함께 바다표범 범선에 승선해, 당시 바다표범 사냥이 활발한 북쪽으로 길 없는 항로를 따라갔소. 따분한 몇 달을 보냈고, 많은 선단을 만나 내가 찾던 남자의 거친 소행들에 대해 많이 듣게 되었소. 그러나 단 한 번도 바다에서 그자를 보지는 못했소. 우리는 북쪽으로 갔고, 심지어 프리빌로프 섬까지 가서 해변에 떼 지어 있는 바다표범들을 잡았고, 갑판 배수구로 녀석들의 기름과 피가 쏟아지고 갑판에 사람 설 데라곤 없을 때까지 녀석들의 따뜻한 몸뚱이를 배로 옮겼소. 그러다 속도가 느린 증기선 한 척이 우릴 뒤쫓으며 큰 대포를 쏘아대기 시작했소. 우리는 돛을 펴고 재빨리 달아났지만, 바닷물이 갑판을 덮쳐 모든 걸 깨끗이 쓸어버렸고 결국 안개 속에서 길을 잃고 말았소.

우리가 내심 두려워하며 도망을 치고 있던 그때 그 노란 머리의 바다 방랑자가 프리빌로프 섬, 더 정확하게는 그곳 공장에 잠시 들러 그의 선원들 가운데 일부는 그 공장에 일자리를 잡고 나머지는 바다에서 만 개나 되는 생가죽을 건져 올렸다고 했소. 물론 소문이지만, 난 그렇다고 믿고 있소. 그 연안을 항해하는 동안 한 번도 마주친 적은 없었지만, 북쪽 바다에서는 그자의 난폭함과 대담함이 자자했기 때문이었소. 마침내 그곳에 땅을 가진 세 나라가 그들의 배로 그를 찾아나섰소. 나는 웅가 소식도 들었소. 선장들이 큰 소리로 웅가를 칭찬하며 그녀가 늘 그자와 함께 있다고 했소. 그들의 말에 따르면 웅가는 백인들의 생활 방식을 배웠고 행복하게 지낸다고 했소. 그러나나는 더 잘 알았소—그녀의 마음은 아쿠탄의 노란 해변에 사는 부족 사람들로 되돌아가고 있다는 것을 말이오.

그렇게, 오랜 시간이 지나 나는 바다의 입구 곁에 있는 그 항구로 돌아갔소. 하지만 그자는 바다표범을 잡으러 광대한 대양을 가로질러 러시아 해에서 남쪽으로 이어지는 따뜻한 동쪽 땅으로 떠나고 없었소. 뱃사람이 된 나는 그자의 종족 사람들과 배에 올라 그를 쫓아 바다표범 사냥에 나섰소. 그 새로운 땅으로 가는 배들은 거의 없었소. 그러나 우리는 그해 봄 내내 바다표범 떼 측면을 쫓으며 놈들을 북쪽으로 몰아댔소. 암컷들이 새끼를 배어 러시아 해역을 건넜을 때 우리 선원들은 툴툴대고 두려워했소. 그곳은 안개가 짙어 날마다 선원들이 길을 잃었기 때문이었소. 선원들이 일을 거부하자 선장은 배를 왔던 길로 되돌렸소. 하지만 난 그 노란 머리의 바다 방랑자는 두려움 없이 사람들이 거의 가지 않는 러시아 제도까지도 바다표범 떼를 쫓아가리라는 걸 알았소. 그래서 난 캄캄한 밤중에 망꾼이 망루에서 졸고 있을 때 보트 한 척을 훔쳐 혼자서 그 따뜻하고 먼 땅으로 갔소. 남쪽으로 가던 길에 에도 만(도쿄 만의 옛 이름) 사람들을 만났는데, 그들은 거칠고 겁이 없었소. 요시와라(일본 에도 시대의 홍등가) 처녀들은 작고, 강철같이 빛나고, 구경하기 좋았소. 그러나 난 멈출 수가 없었소. 웅가가 북쪽의 바다표범 서식지에서 흔들리는 갑판 위를 돌아다니는 걸 알고 있었으니까.

　세상의 변두리에서 온 에도 만 남자들은 섬기는 신도 집도 없이 일본 국기 아래 항해를 하고 있었소. 난 그들과 함께 코퍼

섬의 비옥한 해변으로 가서 소금을 바다표범가죽 높이만큼 쌓았소. 그 고요한 바다에서 우리는 떠날 준비를 할 때까지 사람 그림자도 보지 못했소. 그러던 어느 날 세찬 바람 끝에 안개가 걷히더니 어떤 범선이 우리 쪽으로 밀고 들어왔고, 그 뒤로 러시아 군함이 굴뚝으로 연기를 내뿜으며 바짝 다가왔소. 우리는 바람이 부는 쪽으로 달아났는데, 그 범선은 더 가까이 치고 들어오며 거의 1미터까지 돌진해왔소. 그 배의 고물에서 바다사자 갈기 머리를 한 남자가 범포로 뱃전의 난간을 누르며 목청껏 웃고 있었소. 웅가도 그곳에 있었지만―난 단번에 알아봤소―대포알이 바다 위를 날아다니기 시작하자 그자는 웅가를 선실로 내려보냈소. 말했듯이 그 배와 우리 배의 간격은 고작 1미터였는데, 선장은 배가 들썩거릴 때마다 얼굴이 새파래졌소. 난 러시아 군함의 대포를 등진 채 타륜을 계속 돌리면서 욕을 해댔소. 난 그자가 우리를 앞질러 우리가 묶여 있는 사이 달아날 생각이라는 걸 알았소. 그들이 우리 배의 돛대를 쓰러뜨려 우리는 상처 입은 갈매기처럼 바람에 끌려다녔소. 반면에 그자는 수평선 너머로 계속 나아갔소―그자와 웅가가 말이오.

우리가 뭘 할 수 있었겠소? 그들은 생가죽만 가지면 그만이었소. 그래서 우리를 러시아 항구로 데리고 간 뒤 어떤 외딴 지역으로 데리고 가서는 우리에게 광산에서 소금 캐는 일을 시켰소. 더러는 죽고, 더러는 살아남았소."

나스는 어깨에 걸치고 있던 담요를 끌어내려 마디지고 뒤틀린 맨살을 드러내 보였는데, 매질을 당한 줄 자국이 뚜렷이 새겨져 있었다. 보고 있기 너무 안쓰러워 프린스는 얼른 그의 어깨를 덮어주었다.

"그곳에서의 나날은 진저리가 났소. 때때로 남쪽으로 도망가는 사람들도 있었지만, 언제나 돌아왔소. 그러다 에도 만에서 온 우리가 밤중에 들고일어나 보초병들의 총을 빼앗아 북쪽으로 갔소. 러시아 땅은 굉장히 넓었소. 물에 잠긴 벌판과 거대한 숲이 있었소. 얼마 안 있어 그 땅에 많은 눈이 내리고 추위가 닥쳤는데, 아무도 길을 몰랐소. 끝없는 숲을 몇 달이나 진저리나게 걸었소. 지금은 기억도 나지 않는데, 먹을 게 없어 죽을 고비를 몇 번이나 넘겼기 때문이었소. 그러나 마침내 우리는 차가운 바다에 도착했고, 남은 사람은 겨우 세 명이었소. 한 명은 에도에서 배를 탄 선장으로, 그는 그 거대한 땅과 인간이 얼음을 타고 다른 곳으로 건너갈 수 있는 곳의 지형을 머릿속에 그릴 수 있는 사람이었소. 그래서 그가 앞장을 섰고—난 길이 그렇게 먼 지 몰랐소—결국에는 둘만 남게 되었소. 그곳에 당도한 우리는 그 지역에서 살아가는 이방인 다섯 명을 발견했소. 그들에겐 개들과 짐승 가죽이 있었고, 우리는 빈털터리였소. 우린 눈 속에서 그자들이 죽을 때까지 싸웠소. 선장도 죽었고, 개와 가죽은 내 차지가 되었소. 난 깨진 얼음을 타고 바다를 건넜소. 바다에 오르자 서쪽에서 강풍이 불어와 나를 해안까지 올려주었소. 그 후 파스톨릭의 골로프닌 만에서 그 스웨덴 신부를 만났소. 그런 다음 남쪽으로, 남쪽으로 가서 내가 처음 떠돌던 따뜻한 땅에 이르렀소.

그러나 바다는 더 이상 벌이가 시원찮았소. 바다표범을 쫓아 바다에 뛰어드는 일은 벌이는 시원찮고 위험만 컸소. 선단은 흩어졌고, 선장들과 선원들은 내가 찾는 사람들에 대해 말을 못 했소. 그래서 나는 결코 쉬지 않는 바다를 등지고서, 나무와 집과 산이 언제나 한자리에 붙박여 움직이지 않는 육지로 갔소. 아주 먼 곳까지 여행하면서 많은 것을 알게 되었고, 심지어 읽고 쓰는 법도 배웠소. 그건 당연한 거였소. 왜냐하면 웅가도 그런 걸 알고 있을 것이고, 언젠가 때가 되어—우리가 말이오—때가 되어 만나게 될 날이 있으리란 생각이 들었기 때문이었소.

그 후로 난 바람에 맞춰 돛을 올릴 줄 알지만 키를 조종할 줄 모르는 풋내기처럼 정처 없이 떠돌았소. 그러나 내 눈과 귀는 늘 열려 있었고, 난 여행을 많이 다니는 사람들 속으로 들어갔소. 그런 자들이 내가 찾는 사람들을 만났을 가능성이 컸으니까. 마침내 한 사람을 만났소. 산에서 갓 내려온 사람이었는데, 그는 완두콩만 한 가공하지 않은 금이 섞인 돌조각을 가지고 있었소. 그는 두 사람의 소식을 들었을 뿐 아니라 그들을 만나기도 하고 알고 있기도 했소. 그자의 말이, 그들은 부자이고 땅에서 금을 캐는 곳에 살고 있다고 했소.

그곳은 황량한 지역이었고, 아주 멀었소. 그러나 얼마 안 있어 난 그 산속에 숨어 있는 야영지에 당도했소. 그 산속에서 사람들은 해도 보지 못한 채 밤낮으로 일했소. 그러나 아직 때가 아니었소. 난 사람들이 하는 말을 귀담아들었소. 그자는 회사를 세우기 위해 많은 돈으로 사람들을 모으는 문제로 영국으로 가버렸다고 했소—둘이서 같이 말이오. 난 두 사람이 살던 집을 보았소. 옛 왕국에서나 볼 수 있는 궁전 이상이었소. 그자가 웅가를 어떤 식으로 대했는지 알아보려고 밤중에 창문으로 그 집에 들어갔소. 이 방 저 방 다니다 보니, 과연 왕과 왕비가 살았음 직하다는 생각이 들었소. 그 정도로 훌륭했소. 사람들 말이 그자는 웅가를 여왕처럼 대했고, 많은 사람들이 여자의 혈통이 무엇인지 궁금하게 여겼다고 했소. 그녀의 혈관에는 다른 피가 흘렀고, 그녀는 아쿠탄의 여자들과도 달랐으며 아무도 웅가의 정체를 몰랐기 때문이었소. 그래요. 웅가는 여왕이었소. 하지만 난 추장이자 추장의 아들이었고, 그녀를 위해 값을 따질 수 없을 만큼의 가죽과 보트와 구슬을 바쳤던 사람이었소.

그러나 말이 무슨 소용 있겠소? 나는 뱃사람이었고, 바다에서 배를 다루는 법을 알고 있었죠. 그래서 영국으로 쫓아갔고, 다음에는 다른 나라들로 쫓아갔소. 그들의 소식을 때로는 소문으로 듣고, 때로는 신문에서 읽었소. 그러나 한 번도 마주칠 수는 없었소. 그들은 돈이 많아 빨리 움직인 반면, 난 가난뱅이였기 때문이었소. 그러다 두 사람에게 불행이 닥쳤고, 그 많던 재산이 하루아침에 연기처럼 날아가버렸소. 당시에는 신문들이 그 기사로 가득했는데, 시간이 지나자 아무 얘기도 하지 않았소. 난 그들이 더 많은 금을 캘 수 있는 곳으로 돌아갔다는 것을 알았소.

빈털터리가 된 두 사람은 세상에서 없어졌고, 난 온 야영지를 돌아다니다 심지어 북쪽의 쿠트네이 지역까지 가서 희미하나마 단서를 입수했소. 그들이 왔다가 갔는데, 누구는 이리로 갔다고 하고 누구는 저리로 갔다고 하고, 또 누구는 유콘 지방으로 갔다고 했소. 그래서 난 이리로 갔다 저리로 갔다 하면서 방방곡곡을 여행했는데, 그렇게 넓은 세상이 진저리날 것만 같았소. 그러나 쿠트네이에서 험하고 먼 길을 북서쪽 출신자와 함께 걸어갔소. 그자는 함께 갔소. 그 원주민은 허기로 쇠약해지자 죽는 편이 낫겠다고 생각했소. 그는 남들이 모르는 길로 산을 넘어 유콘 지방까지 다녀온 적이 있었는데, 죽을 때가 된 것을 알고 내게 지도를 주며 하늘에 맹세코 많은 금이 묻혀 있는 비밀 장소를 내게 일러주었소.

그 일이 있은 후 온 세상이 북쪽으로 몰려들기 시작했소. 난 가난뱅이였고, 개몰이꾼으로 품을 팔아야 했소. 나머지는 당신들이 아는 대로요. 도슨에서 그자와 그녀를 만났소. 그녀는 날 알아보지 못했소. 그때 난 고작 풋내기였고, 그녀는 무수한 일을 겪으면서 자신을 위해 값을 따질 수 없는 대가를 치른 남자를 기억할 시간이 없었던 거였소.

그래서 말이오? 내가 계약을 끝낼 수 있게 당신이 돈을 빌려 줬잖소. 난 내 방식대로 일을 벌이려고 돌아갔소. 오랫동안 기다려왔고, 그자가 내 손아귀에 들었으니 서두를 이유가 없었소. 말했듯이, 난 내 방식대로 할 생각이었소. 내가 보고 겪은 모든 일들을 떠올리며 내 인생을 찬찬히 돌아보았고, 러시아 해안가 숲에서 겪은 추위와 배고픔을 떠올렸소. 당신들도 알다시피, 난 그자를—그자와 웅가를—많이들 갔지만 거의가 돌아오지 못한 동쪽으로 안내했소. 그들이 가져보지 못할 황금과 함께 사람들의 뼈와 저주가 묻혀 있는 지점으로 그들을 안내했소.

길은 멀고 눈은 푹신했소. 개들이 많아 식량을 많이도 먹어 치웠소. 봄이 시작되는데도 우리 썰매는 금을 나르지도 못했소. 강이 풀리기 전에 우리는 돌아와야 했소. 그래서 썰매의 짐도 덜고 돌아오는 길에 굶어 죽는 일이 없게 하려고 여기저기 먹을 것을 숨겨두었소. 맥퀘스천에 세 사람이 있었는데, 그들 근처에 땅굴을 파뒀소. 메이요에서도 그렇게 했소. 그곳에는 남쪽에서 분수령을 넘어온 열 명 남짓한 펠리족의 사냥 야영지가 있었소. 그 후로 우리는 계속 동쪽으로 갔는데, 사람은 없고 잠자는 강과 고요한 숲과 북극의 하얀 침묵만 보일 뿐이었소. 말했듯이, 길은 멀고 눈은 푹신했소. 어느 날은 온종일 달려도 12킬로미터나 16킬로미터밖에 가지 못했고, 밤에는 죽은 사람들처럼 잠을 잤소. 그들은 내가 잘못된 것을 바로잡으려는 아쿠탄의 추장인 나스라는 걸 꿈에도 생각지 못했소.

숨겨둘 식량은 점점 줄어들었고, 밤에는 우리가 다져놓은 길을 되돌아가 은닉 장소를 울버린(북아메리카 지방에 사는 족제비

214

과 동물—옮긴이) 녀석들이 파헤친 것처럼 꾸미는 것도 적잖은 일이었소. 게다가 강으로 쑥 빠지고, 물살이 사납고 위는 얼음이지만 아래는 얼음이 부서져 있는 곳들이 있었소. 그런 곳에서 내가 몰던 썰매가 개들과 함께 물속으로 빠졌소. 그자와 웅가에게는 불운이었을 뿐 그 이상은 아니었소. 그 썰매에는 식량이 꽤 많았고 개들도 가장 튼튼했소. 하지만 그자는 생명력이 강해서인지 웃어 넘겼고, 남은 개들에게 얼마 남지 않은 식량을 주더니 결국에는 한 놈씩 썰매줄에서 끌어내 동료 개들에게 먹이로 줬소. 그자는 우리가 개도 썰매도 없이 여기저기 숨겨둔 음식으로 허기를 달래면서 가벼운 몸으로 집으로 갈 거라고 했소. 맞는 말이었소. 우리에겐 식량이 부족했고, 마지막 개도 우리가 황금과 사람들의 뼈와 저주가 묻혀 있는 땅에 도착한 날 밤, 썰매줄에 매인 채 죽었으니 말이오.

거대한 산맥의 심장부에 있는 그곳에 당도했을 때—지도에 표시된 대로였소—우리는 어떤 분수령의 얼음벽에 계단을 냈소. 저 멀리 골짜기가 있는지 찾아보았지만 골짜기는 없었소. 눈이 드넓은 평야처럼 고르게 뻗어 있었고, 여기저기 거대한 산들이 별들 사이로 하얀 머리를 내밀고 있었소. 골짜기였을 것만 같은 그 이상한 평야의 중간쯤에서 땅과 눈이 세상의 심장부로 쑥 내려앉아 있었소. 만약 우리가 뱃사람이 아니었다면 그 광경에 머리가 빙빙 돌았을 테지만, 우리는 아찔한 벼랑 끝에 서서 내려가는 길을 찾았소. 한쪽 면, 오직 한쪽 면 벽만 산들바람에 기울어지는 갑판처럼 비스듬히 내려앉아 있었소. 왜 그렇게 됐는지는 모르겠지만, 그랬었소. '지옥의 입구로군. 내려가 봅시다.' 그자가 말했소. 그리고 우리는 내려갔소.

벼랑 아래쪽에는 오두막이 한 채 있었는데, 누군가가 벼랑 위에서 통나무를 먼저 던져놓고 아래로 내려와 지은 것이었소. 아주 오래된 오두막이었소. 사람들의 시신은 죽은 시간대가 저마다 달랐고, 자작나무 껍질 조각에는 그들의 마지막 말과 저주가 담겨 있었소. 한 사람은 괴혈병으로 죽었고, 또 한 사람은 동료에게 마지막 남은 식량과 화약을 빼앗긴 채 죽어 있었고, 세 번째 사람은 뻔뻔한 회색곰에게 당했고, 네 번째 사람은 사냥감을 찾아다니다 굶어 죽었더이다. 그런 식이었소. 게다가 그들은 황금을 두고 떠나는 게 싫어서 어떻게 해서라도 황금 옆에서 죽은 거였소. 그들이 모은 쓸모없는 금들은 마치 꿈속처럼 오두막 바닥을 노랗게 물들여 놓았더이다.

하지만 그자의 영혼은 침착했고 머리는 맑았소. 내가 그 멀리까지 안내한 그 남자 말이오. 그자는 이렇게 말했소. '먹을 것이 다 떨어졌다. 우리는 이 금을 잘 살펴서 어디서 캤고 얼마나 많이 묻혀 있는지 알아낼 것이다. 그런 다음 황금이 우리의 눈을 멀게 하고 우리의 판단력을 앗아가기 전에 얼른 떠날 것이다. 그리고 나중에 더 많은 식량을 가지고 돌아와 여기 있는 황금을 가져가면 된다.' 그래서 우리는 커다란 광맥을 자세히 살펴보았소. 진짜 광맥이 그렇듯이 탄갱의 벽을 판 광맥이었소. 우리는 그 광맥을 측정해 위아래 길이를 확인한 뒤 말뚝을 박아 구역을 정하고 우리 것이라는 표시로 나무껍질을 벗겨 안표를 만들었소. 그러자 허기가 밀려오며 무릎이 후들거리고 속이 미식거리고 가쁜 숨이 입언저리까지 올라오는데도 우리는 그 거대한 절벽을 마지막으로 기어올라 우리가 온 길을 돌아보았소.

그리고 안간힘을 다해 웅가를 우리 둘 사이로 끌어올렸소. 우리는 종종 넘어지곤 했지만, 결국에는 식량을 숨겨둔 곳을 찾아냈소. 그런데 음식이 하나도 없었소. 완전 끝장이야, 그 자는 울버린들의 짓이라 생각하고는 녀석들과 신들을 동시에 저주했소. 그러나 웅가는 용감했고 미소를 지으며 그자의 손을 잡았는데, 난 내 마음을 달래려고 얼굴을 돌려버렸소. 웅가는 말했소. '아침까지 불 옆에서 쉬자고요. 그리고 모카신 가죽으로 힘을 모아요.' 그래서 우리는 모카신의 목 부분을 긴 조각으로 잘라, 씹어서 삼킬 수 있을 정도가 될 때까지 거의 반밤을 끓였소. 이튿날 아침 우리는 가능성을 따져보았소. 다음 은닉 장소까지는 닷새 거리였소. 그 상태론 갈 수 없는 거리였소. 우린 사냥감을 찾아야 했소.

'나가서 사냥을 하자.' 그자가 말했소.

'그럽시다, 나가서 사냥합시다.' 내가 말했소.

그자는 웅가에게 불 옆에 있으면서 힘을 아끼라고 지시했소. 우리는 길을 나섰소. 그자는 무스를 찾아다녔고, 난 내가 바꿔둔 은닉 장소를 찾아다녔소. 그러나 거의 먹지를 못해 그런 기력으로는 보이지가 않았소. 밤에 그자는 야영지로 들어오면서 몇 번이나 넘어졌소. 나 또한 약해질 대로 약해져 더 이상 못 일어날 것처럼 눈신에 채여 비틀거리곤 했소. 그래도 우리는 모카신으로 힘을 모았소.

그자는 대단한 남자였소. 정신력으로 끝까지 버텼소. 웅가를 위하는 일이 아니면 큰 소리도 내지 않았소. 둘째 날 난 목적을 이루기 위해 그자를 따라갔소. 그는 종종 드러누워 쉬곤 했소. 그날 밤 그자는 거의 죽은 듯했소. 그러나 아침이 되자 힘없이 욕을 해대며 다시 길을 나섰소. 꼭 술 취한 사람 같았소. 포기할 것 같은 순간이 여러 번 포착되었지만, 그의 힘은 정말로 강했고 정신력도 정말 대단했소. 녹초가 되어서도 끝끝내 몸을 일으켜 세웠으니 말이오. 그자는 타미건(들꿩과에 속하는 뇌조. 한대 지역에 서식한다. 모양은 자고와 비슷하다—옮긴이) 두 마리를 쏴 죽였지만, 먹지는 않았소. 새들이 곧 그의 목숨줄이었는데도 불을 피울 생각을 하지 않았소. 그자는 오직 웅가만을 생각하며 방향을 야영지로 돌렸소. 더 이상 걷지를 못해 손과 무릎으로 눈 속을 기어갔소. 내가 그자에게 다가가니 그의 눈에 죽음의 그림자가 비쳤소. 그때라도 새를 먹으면 늦지 않을 수 있었소. 하지만 그는 총을 버리고 개처럼 새들을 입에 물고 갔소. 나는 그자 옆에서 꼿꼿하게 걸었소. 그는 쉴 때마다 나를 쳐다보았고, 내가 아주 강한 것에 놀라워했소. 그자가 더 이상 말을 못했지만, 난 그것을 알 수 있었소. 입술을 움직이는데도 소리는 나오지 않았소. 말했듯이, 그자는 대단한 남자였고, 내 가슴은 너그러워지라고 주문했소. 그러나 내 지나온 삶을 돌이켜보니, 러시아 해안가의 끝없는 숲에서 겪은 추위와 굶주림이 떠올랐소. 게다가 웅가는 내 여자였고, 난 그녀를 위해 값으로 따질 수 없는 가죽과 보트와 구슬을 바쳤더랬소.

이런 식으로 우리 두 사람은 하얀 숲을 통과했소. 무거운 침묵이 축축한 바다 안개처럼 우리를 짓눌렀소. 과거의 망령들이 공중을 떠돌며 우리를 에워쌌소. 아쿠탄의 노란 해변과 고기잡이를 마치고 집으로 질주하는 카약들과 숲 언저리의 집들이 보였소. 스스로 추장이 된 두 백인들, 내게 그 피를 나눠주고 나와 결혼한 웅가에게도 피를 나눠준 입법자들이 말이오. 아, 그렇지, 야시누시가 젖은 모래를 머리에 묻히고 싸움을 벌일 때 부러뜨린 작살을 여전히 손에 든 채 나와 함께 걸었소. 난 때가 된 것을 알았고, 웅가의 눈에서 그 약속을 보았소.

말했듯이, 우린 숲을 통과했고 마침내 야영지의 연기 냄새가 우리의 코로 들어왔소. 난 그자의 몸뚱이 위로 머리를 숙여 그의 입에서 타미건을 잡아챘소. 그는 옆으로 돌아누워 쉬었소. 놀라움에 가득 찬 눈으로 안쪽 손을 허리춤의 칼 쪽으로 조금씩 움직였소. 그러나 나는 그의 얼굴에 미소 띤 내 얼굴을 바짝 들이댄 채 칼을 빼앗았소. 그때까지도 그자는 영문을 알지 못했소. 그래서 난 검은 병을 마시는 시늉을 하고, 눈을 그 당시의 선물 높이만큼 쌓아올려 내 결혼식 날 밤에 벌어졌던 일을 재현해 보였소. 말을 하지 않았는데도 그자는 모든 걸 이해했소. 그러나 두려워하지는 않았소. 그의 입가에 비웃음에 돋더니 차가운 분노가 일었고, 그는 모든 사실을 알고 새로운 힘을 모았소. 야영지가 멀지는 않았지만, 눈이 깊어서 그자는 아주 천천히 몸을 질질 끌며 갔소. 한번은 그자가 아주 오래 누워 있기에 그자를 똑바로 눕혀 눈을 응시했소. 때로 그는 앞을 보았고, 때로는 죽음을 보았소. 내가 놓아주자 그자는 다시 기어갔소. 이런 식으로 우리는 모닥불까지 왔소. 웅가가 얼른 그자 옆으로 왔소. 그의 입술이 소리 없이 움직였소. 그런 다음 웅가가 이해할 수 있게 나를 가리켰소. 그러고는 오랫동안, 아주 조용히, 눈 속에 누워 있었소. 지금도 그는 그 눈 속에 누워 있소.

나는 타미건이 다 구워질 때까지 말을 하지 않았소. 그런 다음 그녀가 몇 해나 들어보지 못한 우리 부족의 언어로 그녀에게 말을 걸었소. 그녀는 허리를 똑바로 폈고, 놀라서 눈을 휘둥그레 뜬 채 내가 누구며, 어디서 그 말을 배웠느냐고 물었소.

'난 나스요.' 내가 말했소.

'당신이?' 그녀가 말했소. '당신이?' 그녀는 내 얼굴을 자세히 보기 위해 바짝 다가왔소.

'그렇소.' 내가 대답했소. '난 나스요. 아쿠탄의 추장이고, 당신이 당신 핏줄의 마지막 자손인 것처럼 난 내 핏줄의 마지막 자손이요.'

그러자 웅가는 웃었소. 숱하게 많은 일을 보고 겪었지만, 그런 웃음은 난생처음이었소. 그 웃음은 죽은 남자와 웃고 있는 여자와 함께, 하얀 침묵 속에서 거기 앉아 있는 내 영혼에 한기를 끼얹었소.

'어서!' 그녀가 마음을 잡지 못하는 것 같아 내가 말했소. '어서 먹고 떠납시다. 아쿠탄까지 가려면 길이 아주 멀어요.'

그러나 웅가는 그자의 노란 갈기 머리에 얼굴을 파묻고는 하늘이 내려앉을 것처럼 계속 웃어댔소. 사실 난 그녀가 날 보면 미친 듯이 기뻐하고 그 옛날로 돌아가고 싶어할 거라고 생각했소. 그래서 그 모습을 받아들이기가 낯설었소.

'어서!' 난 웅가의 손을 힘껏 잡으면서 소리쳤소. '길이 멀고 캄캄하다니까. 어서 갑시다!'

'어디로 말이죠?' 그녀는 이렇게 묻고는 일어나 앉아 그 괴상한 웃음을 그쳤소.

'아쿠탄으로.' 난 그녀의 얼굴이 그 생각으로 환해질 거라 생각하며 대답했소. 하지만 그 얼굴은 그자의 얼굴 같았소. 입가의 비웃음, 차가운 분노가 말이오.

'그러죠.' 웅가가 말했소. '가자고요, 같이 손잡고 아쿠탄으로, 당신과 내가. 우린 더러운 오두막에서 살면서 물고기와 기름을 먹고 새끼를 낳는 거예요─우리 평생을 자랑스러워 할 새끼를. 세상을 잊고 행복하게 사는 거예요. 아주 행복하게. 좋아요, 아주 좋아요. 가요! 어서 가자고요. 아쿠탄으로 돌아가자고요.'

웅가는 그자의 노란 머리카락을 손으로 훑고서 썩 유쾌하지 않은 미소를 지었소. 그녀의 눈 속엔 아무런 약속도 보이지 않았소.

나는 말없이 앉아 여자의 낯선 모습에 놀라고 있었소. 난 그 자가 내게서 웅가를 끌고 가고 그녀는 비명을 지르며 그자의 머리카락—지금 웅가가 만지작거리며 놓지 않고 있는 그 머리카락—을 쥐어뜯던 그날 밤으로 돌아갔소. 그런 다음 그 대가와 긴긴 세월의 기다림을 떠올렸소. 난 웅가를 꽉 잡고 그자가 했던 대로 그녀를 끌고 갔소. 그녀는 그날 밤과 똑같이 버텼고 새끼를 지키려는 어미 고양이처럼 싸웠소. 모닥불을 사이에 두고 그자의 맞은편으로 왔을 때 난 그녀를 놓아주었소. 그녀는 앉아서 내 이야길 들었소. 난 그녀에게 그동안에 있었던 모든 일을, 낯선 바다에서 내게 일어난 일과 낯선 땅에서 내가 겪은 일을 이야기했소. 진저리나는 여행, 굶주림의 세월 그리고 처음부터 내 것이었던 결혼 약속을. 그렇소. 난 모든 걸 말했소. 심지어 그날 그와 나 사이에 있었던 일과 아직 미숙했던 시절의 일까지 죄다. 내가 이야기하는 동안 그녀의 눈에 그 약속이 새벽의 여명처럼 짙게 번지는 것이 보였소. 그 눈에서 연민, 여성의 부드러움, 사랑, 웅가의 심정과 마음을 읽었소. 난 다시 풋내기가 되었소. 그녀가 깔깔거리며 해변을 내달려 어머니의 집으로 가던 웅가의 모습으로 돌아왔기 때문이었소. 그 가혹한 불안도, 굶주림도, 진저리나는 기다림도 사라졌소. 때가 온 거였소. 난 그녀의 마음속 소리를 느꼈고, 그 가슴에 머리를 베고 모든 걸 잊어야 할 것 같았소. 그녀는 내게 두 팔을 활짝 벌렸고, 난 그녀에게 다가갔소. 그런데 갑자기 그녀의 눈에 증오가 불타오르고 그녀의 손이 내 엉덩이에 닿았소. 그러고는 한 번, 두 번, 그녀는 칼로 찔렀소.

'개자식!' 그녀는 날 눈 속에 내동댕이치며 비웃었소. '야비한 놈!' 그런 다음 깔깔거리고 웃다가 별안간 뚝 그치고는 죽은 자에게 돌아갔소.

말했듯이, 그녀는 칼을 한 번 찌르고, 또 찔렀소. 그러나 굶주려서 약해진 데다 나를 꼭 죽이겠다는 생각은 없었소. 그러나 난 그곳에 머물기로 마음먹고 내 인생에 끼어들어 날 미지의 길로 내몬 사람들과 함께 마지막 긴 잠을 자려고 눈을 감았소. 그런데 날 쉬지 못하게 하는 빛이 생각나는 거였소.

돌아오는 길은 멀고, 지독하게 춥고, 먹을 게 거의 없었소. 무스를 발견하지 못한 펠리족 사람들이 내가 숨겨둔 식량을 훔쳐갔더군요. 백인 세 명도 그런 모양이었으나, 지나가다 보니 그들은 오두막에서 야윈 채 죽어 있었소. 그 후 어떻게 여기까지 와서 음식과 불―많은 불―을 발견했는지는 기억이 나지 않소."

이야기를 마친 그는 난로 쪽으로 더 바싹, 아주 탐욕스럽게 몸을 웅크렸다. 한동안 기름 램프의 그림자들이 오두막 벽에 비극적인 장면을 연출했다.

"하지만 웅가는!" 프린스가 소리쳤다. 그녀의 모습이 그에겐 여전히 강렬하게 남아 있었다.

"웅가요? 그녀는 타미건을 먹으려 하지 않았소. 그자의 목을 껴안고 누운 채 그 노란 머리카락 속에 얼굴을 깊이 파묻었소. 난 그녀가 추위를 느끼지 않도록 불을 가까이 끌어당겨 주었는데, 그녀는 슬며시 반대편으로 가버렸소. 그래서 거기다 다시 불을 피웠소. 하지만 그녀가 먹지를 않아서 불도 별 소용이 없었소. 그렇게 해서 그 두 사람은 아직도 그 눈 속에 누워 있소."

"그럼 당신은?" 맬러뮤트 키드가 물었다.

"모르겠소. 아쿠탄은 작고, 난 그 세상 끝으로 돌아가 살고 싶은 마음이 별로 없소. 그러나 이승에서 작은 쓸모가 있겠죠. 콘스탄틴에게 돌아가면 그자가 내게 족쇄를 채울 테고, 언젠가 사람들이 날 목매달 테고, 그러면 영원히 잘 수 있을 거요. 그러나—아니오. 아직 모르겠소."

"하지만, 키드." 프린스가 항의했다. "이건 살인이네!"

"쉿!" 맬러뮤트 키드는 명령조로 말했다. "우리의 지혜보다 더 심오하고, 우리의 정의를 넘어서는 일도 있는 거야. 이번 일의 옳고 그름을 우린 말할 수 없어. 우리가 판단할 문제가 아니라고."

나스는 더 바짝 불에 다가앉았다. 정적이 흘렀고, 세 사람의 눈에는 수많은 영상들이 나타났다 사라졌다.

~

옮긴이의 글

~

1897년 유콘 강과 클론다이크 강 일대에서 금광이 발견되자 사람의 발길이 드물던 하얀 침묵의 땅 알래스카로 사람들이 몰려든다. 이 책에 실린 소설들은 모두 이즈음의 클론다이크를 배경으로 펼쳐지는 야성의 삶과 모험과 사랑을 담은 이야기다.

알래스카는 이름 없는 풋내기 작가 런던을 시장성을 갖춘 베스트셀러 작가로 만드는 데 지대한 영향을 끼친 한 곳이다. 런던이 알래스카에 머문 기간은 1년 반(1897년 3월~1898년 7월)정도였다. 비록 노다지의 행운은 거머쥐지 못했지만, 20대 초반의 런던은 각양각색의 노다지꾼들과 지내면서 금보다 더 값진 무수한 이야깃거리를 얻었다. 알래스카의 체험을 바탕으로 한 런던의 작품은 원시 대자연을 배경으로 야수적이고 원초적인 것을 묘사하여 미국 문학의 새 지평을 열었다는 평가를 받는다. 눈 덮인 광활한 황야, 죽음과도 같은 적막, 무서운 추위와 어둠, 지독한 굶주림 그리고 이런 적대적 자연환경에 대항하는 인간들의 투쟁을 런던은 생동감 넘치는 언어와 흥미진진한 이야기로 풀어낸다. 그는 야생의 세계에서 강자의 법칙이 더 통하는 것을 보고 다윈과 스펜서의 적자생존 논리를 이야기 속에 적극적으로 담는다. 당시 미국 문학에는 낯선 이런 자연과학 지식을 도입하여 알래스카의 자연 풍광과 노다지꾼들의 진짜 삶의 이야기를 박진감 있게 묘사한 것은 런던의 알래스카 소설이 지닌 가장 큰 매력이다.

이 책에 실린 런던의 세 작품은 2002년 지식의 풍경 출판사에서 출간된 것이다. 잭 런던 걸작선을 펴내며 그때 번역한 것을 여기저기 다듬고 〈옮긴이의 글〉도 조금 수정했다.

야성이 부르는 소리 *The Call of the Wild*, 1903

1903년에 발표된 『야성이 부르는 소리』는 런던에게 작가로서의 세계적 명성을 안겨 준 작품이다. 발표된 그 해만도 1만 부가 팔렸고 1909년에 이르러서는 무려 75만 부나 나가면서 런던은 이른바 베스트셀러 작가의 대열에 오르게 된다. 런던이 개를 주인공으로 내세운 이야기로는 이 작품 외에 단편 〈사생아(Bâtard)〉와 장편 『늑대개(White Fang)』가 있다. 〈사생아〉는 사생아라는 이름으로 불리는 늑대의 자식이 인간에게 학대를 받은 나머지 본래 지니고 있던 야성이 한층 더 강해져 주인을 물어 죽이는 이야기이다. 『늑대개』는 북쪽 땅의 황야에서 태어난 늑대 새끼가 인디언의 손에 사육되다가 백인의 손으로 넘어가면서 성장해가는 일생을 그린 이야기이다. 이 작품은 『야성이 부르는 소리』와 함께 동물을 다룬 걸작으로 알려져 있지만, 전작만큼의 성공을 거두지는 못했다.

『야성이 부르는 소리』는 『늑대개』와는 반대로 문명에 길들여진 개가 알래스카의 황야로 가서 야생의 법칙에 따라 생존을 위해 싸우면서 자신의 야성을 되찾게 된다는 것이 기본 줄거리이다. 따뜻한 남쪽 나라에서 사람들의 귀여움을 독차지하며 살던 벅은 19세기 말에 일어난 클론다이크의 금광열로 북쪽 땅의 썰매끌이 개로 팔려가게 된다. 빨간 스웨터를 입은 남자에게 몽둥이로 얻어맞고 야생의 개들 사이에서 지내면서 벅은 원시 세계의 법칙을 배운다. 그것은 죽느냐 죽이느냐, 먹느냐 먹히느냐라는 적자생존의 법칙이다. 살아남기 위해 벅은 몽둥이와 엄니의 법칙을 배우고, 몰래 도둑질하는 법을 익히며, 개들 사이에서 주도권을 잡기 위해 싸우는 법을 터득한다. 그러는 동안 그 옛날 자신의 원시 조상이 가지고 있던 야성을 되찾아 늑대개로 돌아가게 된다.

런던의 작품에 등장하는 대부분의 주인공이 그렇듯이, 이 작품 속의 벅은 적자생존의 다윈주의, 스펜서의 사회적 다윈주의 그리고 니체적 초인주의를 육화(肉化)해놓은 동물이라 할 수 있다. 런던이 그려놓은 알래스카는 "평화도 휴식도 한순간의 안전도" 없는, 몽둥이와 엄니의 법칙이 지배하는 곳이다. 문명 세계에서도 마찬가지이겠지만, 이런 곳에서는 강자의 우월성이 더욱 드러날 수밖에 없다. 세인트버나드와 스코틀랜드 셰퍼드의 피를 이어받은 벅은 늑대와 흡사한 외모에다 어떤 상황에서도 절대 굴하지 않는 강인함을 갖춘 개다. 그러나 적대적인 환경을 이겨내는 벅의 적응력은 논리보다는 무의식, 다시 말해 그의 유전형질에 찍혀 있는 원시 조상들에 대한 기억에서 비롯된다. 이런 식의 환경과 유전에 의해 모든 것이 결정된다는 사상은 유럽의 자연주의 전통과도 상통하는데, 런던은 짐승인 벅을 통해 사람의 성격 또한 유전과 환경의 법칙에 따른다는 것을 말하고 있는 것이다. 그러나 유전과 환경 중 어느 쪽이 우선하느냐에 대해서는 논의의 여지가 많을 듯하다. 남쪽 지방에서 온 할의 가족이 가혹한 북쪽 땅에 던져지자 이전의 상냥함과 온순함을 잃고 서로를 욕하면서 잔인하게 변해가는 모습을 보면 그 사람들의 유전형질이 원래 그렇기 때문인지, 아니면 환경에 의해 그렇게 된 것인지 의아한 대목이다.

이런 주제들 외에 『야성이 부르는 소리』에는 몇 가지 따뜻한 주제도 나타나 있다. 하나는 죽는 순간까지 혼신의 힘을 다해 썰매를 끈 데이브에게서 볼 수 있듯(이 장면은 읽을 때마다 가슴이 짠해진다), 사람이든 짐승이든 자신에게 맞는 일을 할 때 가장 뿌듯해하고 행복해하는 노동의 즐거움이다. 또 하나는 벅이 여행 중에 만난 사람들이나 짐승들과 맺은 우정이다. 그중 존 손턴에 대한 벅의 애정은 이성을 뛰어넘은, 거의 맹목에 가까운 사랑을 보여준다. 사실 런던은 이 작품에서 시시각각 생명과 사지를 위협하는 위험이 도사린 야생의 세계에서는 사랑과 동료애를 갖다버려야 할 쓰레기처럼 줄곧 이야기한다. 그러나 벅이 스키트와 닉과 나눈 우정이나 그와 존 손턴과의 끈끈한 유대감을 보면, 적자생존이 난무하는 그 황량한 땅에도 휴머니티가 분명 존재했을 것 같다. 또한 자연(또는 동물)의 세계가 런던의 지적처럼 지배와 피지배의 관계만이 존재하는지, 자비는 정말 존재하지 않는지에 대해서도 의문이 생긴다. 어쩌면 인간의 논리로, 인간의 잣대로 가른 성급한 판단은 아닐는지.

『야성이 부르는 소리』는 세계적 베스트셀러라는 명성에 걸맞게 한 번 손에 들면 쉽게 놓을 수 없는 아주 흥미진진한 소설이다. 주인공이 개라는 이유로 청소년 도서로 분류되곤 하는데, 사실 이 작품의 어조는 밝다기보다 어둡고, 어른인 내가 보아도 섬뜩하고 잔인한 폭력적 장면이 무수히 널려 있다. 물론 그 때문에 박진감이 넘치는 게 사실이지만, 나는 이 작품을 다시 읽으면서 문명 세계인 우리네가 야생의 세계보다 더 잔인하고 더 섬뜩한 폭력을 행사하는 건 아닐까란 생각이 들었다.

불을 피우기 위하여 *To Build a Fire*, 1908

런던의 무수한 작품들 중에서 압권을 대보라고 한다면 나는 주저 없이 이 단편을 꼽을 것이다. 많은 사람들이 잠이 든 어느 늦은 밤, 나는 이 작품의 원서를 엎드려서 읽다 나도 모르게 스르르 일어나 앉았다. 내 등골을 오싹하게 하는 섬뜩함 때문이었다. 〈불을 피우기 위하여〉는 섭씨 영하 45도를 웃도는 혹한이라는 자연의 거대한 힘 앞에 무력하게 쓰러져가는 인간의 모습을 아주 밀도 있게 그려낸 단편이다. 런던이 작가로서 가진 매력 중 하나가 독자들이 마치 영화 장면을 보듯 생생하게 상황을 그려내는 것인데, 이 단편은 그러한 매력을 유감없이 살린 작품이다. 영하 45도 밑으로 떨어지는 날에는 북쪽 땅에서 절대 혼자 다니지 말아야 한다고 노인은 말했다. 그러나 사내는 노인의 말을 무시했다. 젊고 억센 그는 자신의 능력을 과신했다. 영하 45도가 넘는 지독한 추위를 사내는 이번에야 실감한다. 침을 뱉으면 침이 공중에서 곧바로 얼어붙고, 잠깐만 장갑을 벗어도 손가락이 마비되며, 잠깐만 가만히 서 있어도 발가락이 감각을 잃는다. 물웅덩이에 빠지는 사고를 당한 후 얼어붙은 손으로 생명을 약속해주는 불을 피우기 위한 사내의 노력은 실로 처절하다. 불 피우기가 실패하자 사내는 미친 듯이 뛰어보지만, 결국에는 의연히 죽음을 맞는다.

이 단편에서 자연은 제3의 등장인물로 중요한 역할을 하고 있다. 자연은 사내의 생존을 가로막는 적대자다. 그러나 자연이 일부러 그런 것이 아니다. 자연은 단지 사람에게 무관심하고 무자비할 뿐이다. 죽음을 부른 것은 사내의 어리석음과 오만이다. 극한 지방에서 생존에 필요한 것은 문명화된 지능보다 날카로운 본능인데, 사내에게는 이 본능이 부족했다. 인간의 자유의지보다 자연의 힘에 중점을 둔 이 단편은 사회적 다원주의에 영향을 받은 자연주의 운동의 훌륭한 예다. 출구가 없는 삶과 죽음의 소용돌이 속에서 발버둥치는 한 인간의 모습을 보면서 독자들 또한 그 소용돌이 속으로 말려드는 섬뜩한 감동을 맛볼 수 있을 것이다.

북쪽 땅의 오디세이아 *An Odyssey of the North*, 1900

〈북쪽 땅의 오디세이아〉는 액자 소설(이야기 속에 또 하나의 이야기가 액자처럼 끼어들어 있는 소설)의 구조를 띠고 있다. 초반에는 맬러뮤트 키드와 프린스라는 개몰이꾼이자 광부인 두 백인의 삶을 보여주지만, 중반부터는 '나스'라는 이름의 인디언 추장의 삶에 초점을 맞추고 있다. 앞선 두 사람은 나스라는 인물에게 그의 파란만장한 인생 역정을 듣게 된다. 나스는 '세상 끝 바다 한가운데' 자리한 작은 섬에서 사냥과 고기잡이를 하며 평화롭고 행복한 삶을 살고 있었다. 그러던 어느 날 노란 머리칼의 백인 남자가 그의 사랑하는 여자를 빼앗아 간다. 결혼 첫날밤이었다. 여자에 대한 그리움과 백인 남자에 대한 증오에 불탄 나스는 그날로 섬을 떠나 세상 곳곳과 바다를 떠돌며 그들을 찾는다. 그는 유색인이라는 이유로 웃음거리가 되기도 하고, 온갖 욕설과 저주를 듣기도 하며, 백인들을 위해 뼈 빠지게 일하기도 한다. 그런 수많은 비웃음과 모진 고생을 참아낸 것은 오직 사랑하는 여자를 찾겠다는 일념에서다. 그는 여자를 찾기만 하면 고향으로 돌아가서 행복하게 살 수 있을 것이라 믿는다. 그러나 운명은, 조롱이라도 하듯 그의 믿음을 가차 없이 배반한다. 천신만고 끝에 찾아낸 여자는 예상과 달리 그를 냉담하고 쌀쌀맞게 대한다. 여자는 오래전에 그를 잊고 자신을 데려간 백인 남자와의 호화로운 삶에 길들여져 있었던 것이다. 북쪽 땅의 차가움보다 더 싸늘해진 여자의 돌변에 충격을 받은 그는 함께 죽으려 하지만, 지켜야 할 약속이 있어 여자와 남자를 죽음의 땅에 남겨놓고 홀로 돌아간다.

이 작품의 말미에서 나스의 이야기를 듣고 난 맬러뮤트 키드는 이렇게 말한다. "우리의 지혜보다 더 심오하고, 우리의 정의를 넘어서는 일도 있는 거야. 이번 일의 옳고 그름을 우린 말할 수 없어. 우리가 판단할 문제가 아니라고." 그의 말대로, 나스의 이야기는 정말로 인간의 지혜와 정의로 판단할 수 없는 일일까? 그저 운명의 장난에 지나지 않는 일일까? 나스는 그 작은 섬에서 여자와 소박하지만 행복한 삶을 살 수 있었다. 그 행복을 빼앗은 것은 백인인 액설 건더슨이다. 나스의 마지막 행동에 대한 옳고 그름을 논하기 전에 남의 신부를 아무런 죄책감도 없이 데려간 액셀의 행동을 먼저 질책해야 하지 않을까. 운명의 장난은 그 다음에 논할 일이다.

2009년 6월

곽영미

【 잭 런던 연보 】

1876년(1세) 1월 12일 캘리포니아 주 샌프란시스코에서 중산계급 출신의 플로라 웰먼의 사생아로 태어나다. 웰먼은 떠돌이 점성가인 윌리엄 체이니를 생부라고 주장하지만, 체이니는 임신 사실을 알고 그녀를 버리며, 런던이 자신의 아이임을 부인한다. 얼마 후 플로라 웰먼은 존 런던을 새 남편으로 맞아들인다.

1881년(5세) 가족이 앨러미다의 농장으로 이주하다.

1882년(6세) 앨러미다 웨스트엔드 초등학교에 들어가다.

1885년(9세) 리버모어 밸리로 이주한 뒤, 위다의 『시냐(Signa)』와 어빙의 『알람브라 이야기(Tales of Alhambra)』를 읽으며 독서의 세계에 빠지다.

1886년(10세) 오클랜드로 이주하여 신문배달 등 중노동을 하며 가계를 돕다. 오클랜드 공공 도서관에서 만난 사서 이나 쿨브리스의 도움으로 열심히 책을 읽기 시작하다.

1887년(11세) 웨스트 오클랜드의 오클랜드 콜 문법학교에 등록하다.

1890년(14세) 학업을 중단하고, 한 시간에 10센트를 받는 연어 통조림 공장에서 일하다.

1891년(15세)	유모 제니 프렌티스에게서 300달러를 빌려 작은 배 '래 즐대즐' 호를 사다. 샌프란시스코 만에서 굴 양식장을 터는 해적질을 하다.
1892년(16세)	해적단의 동태를 살피는 '캘리포니아 해안 순찰대'의 일원이 되다.
1893년(17세)	바다표범잡이 배, 소피 서덜랜드 호의 선원이 되어 7개월 동안 하와이, 일본, 베링 해 등의 수역을 항해하다. 《샌프란시스코 모닝콜》에 현상응모한 『일본 해안의 태풍(Story of a Typhoon off the Coast of Japan)』이 당선되어, '묘사가 가장 탁월한 작품'이라는 평을 들으며 상금으로 25달러를 받다.
1894년(18세)	실업자 집단인 '켈리 장군의 군단'에 들어가다. 실업 문제에 항의하기 위해 들고 일어난 제이콥 콕시의 '산업 역군 부대'에 합류하고자 워싱턴으로 행진하다. 이후 미국과 캐나다를 떠돌다 부랑죄로 이리 카운티 교도소에서 30일 동안 중노동을 한다. 이때의 경험을 바탕으로 10여 년 뒤 『길(The Road)』을 펴내다.
1895년(19세)	오클랜드 고등학교에 들어가 4년 과정을 18개월 만에 끝마치다. 토론 모임인 헨리 클레이 클럽에 가입하여 상류사회를 처음으로 접하며, 상류계급 여성 메이블 애플가스와 사랑에 빠지다. 허먼 짐 휘태이커와 친구가 되고, 그에게서 권투와 펜싱을 배우다.
1896년(20세)	사회노동당에 가입하다. 대학입학시험에 몰입해, 가을학기부터 버클리 대학에 다니다. 집안 사정으로 한 학기 만

에 학업을 포기하다.

1897년(21세) 사회주의자로서 오클랜드 교육위원회에 입후보하다. 알래스카를 여행하며 돈을 모으기 위해 매형과 함께 클론다이크 골드러시 대열에 합류하다.

1898년(22세) 돈 한 푼 없이 오클랜드로 돌아오다. 의붓아버지가 죽자, 어머니와 살아가기 위해 글을 쓰면서 독학하기로 결심하다. 직업으로서 글쓰기를 시작하면서 자신의 집필능력을 발전시키기 위해 노력하다.

1899년(23세) 《오버랜드 먼슬리》에 『황야에 선 남자(To the Man on Trail)』를 발표하다. 출판사로부터 수백 번 퇴짜를 맞았지만 에세이와 시, 소설 등을 계속 써나가다.

1900년(24세) 베시 매던과 결혼하다. 그와 동시에 차미언 키트리지를 만나다. 클론다이크의 이야기를 모은 첫 책『늑대의 아들(The Son of the Wolf)』을 펴내다.

1901년(25세) 딸 조안이 태어나다. 오클랜드 사회노동당 시장 후보로 나서지만 낙마하다.

1902년(26세) 영국 런던의 이스트엔드 슬럼가에서 6주간 하층민의 삶을 체험하고서 『밑바닥 사람들(The People of the Abyss)』을 쓰다. 딸 베스가 태어나다. 런던의 첫 소설인 『눈의 딸(The Daughter of the Snows)』을 비롯해『대즐러의 항해(The Cruise of the Dazzler)』와 『혹한의 아이들(Children of the Frost)』이 출간되다. 『야성이 부르는 소리(The Call for the Wild)』를 쓰기 시작하다.

1903년(27세)	차미언 키트리지와 사랑에 빠져, 아내 베시와 헤어지다. 글렌엘런을 처음 방문하다. 『야성이 부르는 소리』를 《새터데이 이브닝 포스트》에 보내 큰 인기를 얻다. 『밑바닥 사람들』과 『켐프튼 웨이스 서한집(The Kempton-Wace Letters)』이 출간되다.
1904년(28세)	허스트 신문 신디케이트 소속 러일전쟁 특파원으로 일본과 조선을 방문하다. 조선에서는 YMCA의 초청으로 『야성이 부르는 소리』 낭독회를 가지다. 이를 바탕으로 조선에 대한 많은 글을 기고하고 『잭 런던의 조선사람 엿보기』를 쓰다. 아내 베시가 이혼 소송을 하다. 『바다의 이리(The Sea Wolf)』와 『남자들의 신념(The Faith of Men)』을 출간하다.
1905년(29세)	'아름다운 농장'을 구상하며 글렌엘런 근처의 땅을 사들이다. 오클랜드 사회당 시장 후보에 다시 나서나 역시 당선되지 못하다. 동부와 중서부 대학을 돌아다니며 사회주의 관련 강연을 하다. 베시와 끝내 이혼하고 차미언과 결혼하다. 『계급투쟁(War of the Classes)』, 『경기(The Game)』, 『해안 순찰대 이야기(Tales of the Fish Patrol)』를 출간하다.
1906년(30세)	예일 대학, 카네기 홀 등을 돌며 다시 강연을 시작하나 몸이 아파 중단하다. '스나크' 호를 만들기 위해 배제작자와 계약하다. 『늑대개(White Fang)』, 『달빛 얼굴과 그 밖의 이야기들(Moon-Face and Other Stories)』, 희곡 『여성들의 냉소(The Scorn of Women)』를 출간하다.
1907년(31세)	오클랜드에서 본인이 직접 설계한 최고급 요트인 스나크

호를 띄워 하와이 섬과 타히티 섬 등을 향해 세계 여행을 떠나다. 『비포 아담(Before Adam)』, 『삶을 향한 사랑과 그 밖의 이야기들(Love of Life and Other Stories)』, 『길』 을 출간하다.

1908년(32세)   남태평양을 항해하다 건강 문제로 호주에서 치료를 받고, 여행을 그만두다. 『강철군화(The Iron Heel)』를 출간하다.

1909년(33세)   호주 시드니에서 치료를 받다, 오클랜드로 돌아오다. 『마틴 이든(Martin Eden)』을 출간하다.

1910년(34세)   울프 하우스를 짓기 시작하다. 이복여동생 엘리자 셰퍼드를 농장 관리자로 삼다. 아내 차미언이 첫딸을 낳았으나 서른여섯 시간 만에 죽다. 『버닝 데이라이트(Burning Day light)』, 『잃어버린 얼굴(Lost Face)』, 『혁명과 그 밖의 에세이들(Revolution and Other Essays)』, 『도둑질: 4막 연극(Theft: A Play in Four Acts)』을 출간하다.

1911년(35세)   울프 하우스를 계속 짓고, K&F 와이너리를 사들이다. 『스나크 호의 항해(The Cruise of the Snark)』, 『모험(Adventure)』, 『남양 이야기(South Sea Tales)』, 『신이 웃을 때와 그 밖의 이야기들(When God Laughs and Other Stories)』을 출간하다.

1912년(36세)   '디리고' 호를 타고 발티모어에서 케이프 혼을 거쳐 시애틀까지 항해하다. 아내 차미언이 유산하면서 더 이상 아이를 갖지 못한다는 소식을 듣다. 『태양의 아들(A Son of the Sun)』, 『스모크 벨로(Smoke Bellew)』를 출간하다.

1913년(37세)	신장이 안 좋다는 진단을 받다. 누군가의 방화로 울프하우스가 불에 타버리다. 로머 호를 타고 새크라멘토와 산 호아킨 강 삼각주를 향해하다. 『존 발리콘(John Barleycorn)』, 『달의 계곡(The Valley of the Moon)』, 『나락의 짐승(The Abysmal Brute)』을 출간하다.
1914년(38세)	멕시코혁명을 기록하기 위해 미군 수송대와 베라크루즈로 떠나지만, 병을 얻어 글렌엘런으로 돌아오다. 『강자의 힘(The Strength of the Strong)』, 『엘시노어 폭동(The Mutiny of the Elsinore)』을 출간하다.
1915년(39세)	류머티즘을 심하게 앓다. 요양차 하와이에서 5개월을 지내다. 『표류하는 영혼(The Star Rover)』, 『새빨간 돌림병(The Scarlet Plague)』을 출간하다.
1916년(40세)	사회당을 탈당하다. 『도토리재배자(The Acorn-Planer)』, 『대저택에 사는 작은 아씨(The Little Lady of the Big House)』 등을 출간하다. 류머티즘과 요독증을 계속 앓다. 불면증에 시달리다 11월 22일에 세상을 떠나다. 런던의 죽음에 관해서는 지병으로 숨을 거둔 것으로 발표되나, 약물 중독으로 인한 자살이라는 설도 있다.
1917년	『인간의 표류(The Human Drift)』가 출간되다.
1963년	미완성 작품 『암살주식회사(The Assassination Bureau)』를 추리소설가 로버트 L. 피시가 완성해 출간하다.

잭 런던 걸작선을 펴내며

19세기 말과 20세기 초, 미국 문학의 중심에 서 있던 인물 잭 런던. 최하층 노동자에서 미국 내 가장 많은 돈을 번 작가가 된 그에게는 언제나 상반된 수식어가 따라다녔다. 미국 최고의 사회주의 작가이자 대중에 영합하는 통속소설가, 낭만적 이상주의자이자 과학적 사실주의자, 과격한 선동가이자 온정적 연민가, 노동자들의 친구이자 자본주의 정신의 표상, 시대의 희생자이자 스스로 만든 늪에 빠진 도피자 등등. 한마디로 그는 복잡하면서도 모순에 찬 사람이었다.

그러나 마흔이라는 길지 않은 삶을 사는 동안 그가 한결같이 간직한 것이 있었다. 바로 삶에 대한 열정이었다. 런던은 자신을 짓누르는 억압된 상황을 끊임없이 박차고 나가 모험의 길에 들어섰고, 그 길에서 무엇이든 배우고자 애썼다. 죽은 듯 영구히 사는 별이 되느니 순식간에 화려하게 타올랐다 사라지는 유성이 되고자 했던 작가였기에 그가 남긴 많은 작품들이 오늘날의 우리에게도 더없이 많은 생각거리를 안겨준다.

19세기 말은 미국으로서 초기 자본주의의 모순이 적나라하게 드러나던 격동기였다. 독과점으로 치닫는 자본가들은 점점 더 많은 부를 축적해갔지만, 노동자들은 저임금과 빈곤에 시달려야 했다. 이에 불황까지 덮쳐 많은 은행과 기업이 파산했고 실업이 만연했다. 노동자들의 파업과 농민들의 저항이 줄을 잇고 수백만 민중이 굶주림으로 고통 받는 상황에서도 미국 정부는 아랑곳하지 않았다. 이런 격동기에 특별한 기술도 없이 닥치는 대로 일하던 잭 런던이 가장 먼저 터득한 것은 살아남기였다.

그의 눈에 보이는 세상은 힘의 논리가 지배하는 생존투쟁의 전장이었다. 그는 피 튀기는 그곳에서 살아남는 방법을 튼튼한 육체와 강인한 정신력에서 찾았고, 그런 생각은 자연스레 다윈의 적자생존, 스펜서의 사회진화론, 니체의 초인사상으로 이어졌다. 야성의 법칙이 난무하는 알래스카에서 겪은 극한의 체험 역시 자신의 생각들을 더욱 확신하게 하는 계기가 되었다. 그래서일까? 그의 작품 속 주인공은 대개가 불굴의 의지를 가진 강인한 인물이다.

19편의 장편소설을 비롯해, 단편소설, 논픽션 등 수백 편에 이를 만큼 많은 작품들이 전부 뛰어날 수는 없지만, 자신의 다양한 경험을 글로 형상화했다는 점은 그만이 누릴 수 있는 문학적

성과로 남아 있다. 그는 자신이 직접 보고 듣고 체험한 세계에 상상력을 가미하여 구수한 입담으로 이야기를 풀어낸 작가이다. 그렇기에 작품 속에는 언제나 생동감이 흘러넘치며, 그 특유의 기지 넘치는 입담과 더불어 미국뿐 아니라 전 세계 대중들에게 많은 사랑을 받고 있다.

런던의 동료 작가였던 업턴 싱클레어는 그를 두고 "적응과 순응을 강요하는 미국의 문화 풍속"이 낳은 희생자라고 했다. 현실에 대한 폭넓고 날카로운 관찰과 그 이면의 모순까지 통찰한 1세기 전 작가는 어찌 보면 시대가 낳은 비극이기도 하다. 자신의 작품만큼 열정적인 삶을 살다 간 잭 런던, 오늘날 우리가 처한 시대의 현실과 모순을 직시하기에 그만큼 알맞은 작가도 없지 않을까.

〈잭 런던 걸작선〉에는 방대한 그의 작품 중 오늘의 현실을 되비추는 날카로운 통찰력이 담긴 작품들이 선별되었다. 이미 국내에도 잘 알려진 작품들이 있는가 하면, 국내 초역으로 그동안 접할 수 없었던 숨겨진 명작들도 있다. 런던이 살았던 100년 전 약육강식의 세상은 오늘날과 그리 다르지 않다. 단지 고도 자본주의라는 이름하에 좀더 세련된 모습만 보일 뿐 더 잔인하고 혹독해졌다. 그래서 그가 작품 속에 담았던 초기 자본주의의 야생은 시간이 지날수록 더 생생하게 다가온다.

자본주의 정글에서 강자가 되려던 남자. 그 치열한 삶의 순간순간을 피 흘리며 글로 써내려간 그의 작품들이 오늘의 우리에게 말하는 메시지는 여러 함의로 읽힐 수 있다. 그것이 쾌락이든 욕망이든 반성이든 성찰이든 한국의 독자들 역시 한 위대한 이야기꾼이 풀어내는 이야기에서 우리의 자화상을 만날 수 있으리라 생각한다. 그러한 바람으로 100년 전 잭 런던이 던졌던 불길한 예언이 점점 실현되어가는 우울한 현실을 감당해야 하는 우리 독자들에게 이 걸작선을 바친다.

책임기획

곽영미

야성이 부르는 소리

1판 1쇄 찍음 2009년 6월 24일
1판 1쇄 펴냄 2009년 6월 30일

지은이 잭 런던
옮긴이 곽영미

주간 김현숙
편집 변효현, 김주희
디자인 이현정, 전미혜
영업 백국현, 도진호
관리 김옥연

펴낸곳 궁리출판
펴낸이 이갑수

등록 1999. 3. 29. 제300-2004-162호
주소 110-043 서울시 종로구 통인동 31-4 우남빌딩 2층
전화 02-734-6591~3
팩스 02-734-6554
E-mail kungree@kungree.com
홈페이지 www.kungree.com

ⓒ 궁리출판, 2009. Printed in Seoul, Korea.

ISBN 978-89-5820-154-0   03840
ISBN 978-89-5820-150-2   03840(세트)

값 9,800원